# 唐宋八大家

唐宋时期八大散文代表作家的合称

竭宝峰 / 主编

辽海出版社

肆

# 田　　制(1)

古之税重乎？今之税重乎？周公之制，园廛二十而税一(2)，近郊十一，远郊二十而三，稍甸县都皆无过十二(3)，漆林之征二十而五(4)。盖周之盛时，其尤重者至四分而取一，其次者乃五而取一，然后以次而轻，始至于十一，而又有轻者也(5)。今之税虽不啻十一，然而使县官无急征，无横敛，则亦未至乎四而取一与五而取一之为多也。是今之税与周之税，轻重之相去无几也(6)。

虽然，当周之时，天下之民歌舞以乐其上之盛德(7)，而吾之民反戚戚不乐，常若擢筋剥肤以供億其上。周之税如此，吾之税亦如此，而其民之哀乐何如此之相远也？其所以然者，盖有由矣。周之时用井田(8)，井田废，田非耕者之所有，而有田者不耕也。耕者之田资于富民，富民之家地大业广，阡陌连接(9)，募召浮客，分耕其中，鞭笞驱役，视以奴仆，安坐四顾，指麾于其间(10)，而役属之民，夏为之耨，秋为之获，无有一人违其节度以嬉。而田之所入，已得其半，耕者得其半。有田者一人，而耕者十人，是以田主日累其半以至于富强，耕者日食其半以至于穷饿而无告(11)。夫使耕者至于穷饿，而不耕不获者坐而食富强之利，犹且不可(12)；而况富强之民输租于县官，而不免于怨叹嗟愤(13)。何则(14)？彼以其半而供县官之税，不若周之民以其全力而供其上之税也[15]。周之十一，以其全力而供十一之税也，使以其半供十一之税，犹用十二之税然也[16]。况今之税，又非特止于十一而已，则宜乎其怨叹嗟愤之不免也[17]。噫[18]！贫民耕而不免于饥，富民坐而饱以嬉，又不免于怨，其弊皆起于废井田。井田复，则贫民有田以耕，谷食粟米不分于富民，可以无饥[19]。富民不得多占田以锢贫民，其势不耕则无所得食，以地之全力供县官之税，又可以无怨。是以天下之士争言复井田。

既又有言者曰：夺富民之田以与无田之民，则富民不伏，此必生乱。如乘大乱之后，土旷而人稀，可以一举而就[20]。高祖之灭秦，光武之承汉，可为而不为，以是为恨。吾又以为不然，今虽使富民皆奉其田而归诸公，乞为井田，其势亦不可得。何则？井田之制，九夫为井，井间有沟[21]。四井为邑，四邑为丘，四丘为甸[22]。甸方八里，旁加一里为一成，成间有洫，其地百井而方十里[23]。四甸为县，四县为都。四都方八十里，旁加十里为一同，同间有浍，其地万井而方百里[24]。百里之间为浍者一，为洫者百，为沟者万。既为井田，又必兼修沟洫。沟洫之制：夫间有遂，遂上有径；十夫有沟，沟上有畛；百夫有洫，洫上有涂；千夫有浍，浍上有道；万夫有川，川上有路[25]。万夫之地，盖三十二里有半，而其间为川为路者一，为浍为道者九，为洫为涂者百，为沟为畛者千，为遂为径者万。此二者非塞溪壑，平涧谷，夷丘陵，破坟墓，坏庐舍，徙城郭，易疆垅，不可为也。纵使能尽得平原广野而遂规画于其中，亦当驱天下之人，竭天下之粮，穷数百年专力于此，不治他事，而后可以望天下之地尽为井田，尽为沟洫。已而又为民作屋庐于其中，以安其居，而后可[26]。呼！亦已迂矣[27]。井田成而民之死，其骨已朽矣。古者井田之兴，其必始于唐虞之世乎⁽²⁸⁾！非唐虞之世，则周之世无以成井田⁽²⁹⁾。唐虞启之，至于夏、商稍稍葺治，至周而大备⁽³⁰⁾。周公承之，因遂申定其制度，疏整其疆界，非一日而遽能如此也，其所由来渐矣。

夫井田虽不可为，而其实便于今，今诚有能为近井田者而用之，则亦可以苏民矣乎⁽³¹⁾！闻之董生曰：井田虽难卒行，宜少近古，限民名田以赡不足。名田之说，盖出于此。而后世未有行者，非以不便民也，惧民不肯损其田以入吾法，而遂因之以为变也。孔光、何武曰：吏民名田无过三十顷，期尽三年，而犯者没入官。夫三十顷之田，周民三十夫之田也。纵不能尽如周制，一人而兼三十夫之田，亦已过矣，而期之三年，是又迫蹙平民，使自坏其业，非人情，难用⁽³²⁾。吾欲少为之限，而不禁其田尝已过吾限者，但使后之人不敢多占田以过吾限耳。要之数世，富者之子孙，或不能保其地以复于贫，而彼尝已过吾限者，散而入于他人矣⁽³³⁾。或者子孙出而分之以无几矣⁽³⁴⁾。如此，则富民所占者少而余地多，余地多则贫民易取以为业，不为人所役属，各食其地之全利。利不分于人，而乐输于官⁽³⁵⁾。夫端坐于朝廷，下令于天下，不惊民，不动众，不用井田之制，而获井田之利，虽周之井田，何以远过于此哉⁽³⁶⁾？

## 【注释】

（1）田制：本文是《衡论》的第十篇，评论如何改革田赋制度。

（2）周公之制句：周公定的制度，园圃与庐里二十而税取其一。

（3）稍甸县都：古时四种划分田里、区域的单位。稍去国三百里，甸二百里，县四百里。又说：九夫为井，四井为邑，四邑为丘，四丘为甸,四甸为县,四县为都。

(4)漆:木名。落叶乔木,互生羽状复叶,初夏开小花,果实扁圆,树汁可为涂料。

(5)盖:句首语气词。 周:朝代名。前十一世纪周武王灭商建立周朝,建都于镐(今陕西西安之西南)。

(6)相去:相差;相距。 无几:没有多少;不多。

(7)上:君王;天子。

(8)井田:古代的一种土地制度。以方九百亩为一里,划为九区,形如"井"字。其中央为公田,外八区为私田,八家均私百亩,同养公田。

(9)资:取用。 阡陌:田界。

(10)安坐四顾句:安稳地坐着环视四周,在他们中间指挥安排。

(11)是以:连词。因此;所以。 日累:每天积累。 日食:每天的饮食。 无告:无处诉讼。

(12)夫:句首语气词。表示将发议论。 食:享受,受用。 犹且:尚且。

(13)输租:交纳租税。 嗟愤:叹恨;愤恨。

(14)何则:为什么。多用于自问自答。

(15)不若:不如;比不上。

(16)犹:如同,好像。 然:代词。这样;一样。

(17)况:连词。何况,况且,表示更进一层。 特:仅,只。而已:助词。表示仅止于此,犹罢了。 宜:合宜,合适。

(18)噫:文言叹词。表示悲痛或叹息。

(19)谷食粟米:泛指粮食。

（20）旷：荒凉，荒芜。　一举而就：谓一次行动取得成功。

（21）沟：井田中间的界沟。

（22）邑：古代区域单位。方二里。　丘：古代区划田地、政区的单位名。

（23）一成：古为方十里之地。　洫：田间水道，沟渠。

（24）一同：古为方百里之地。　浍：田间的水沟。

（25）夫：古代井田制，一夫受田百亩，故以百亩为夫。　遂：田间排水的小沟。　畛：zhěn，田间分界的小路。

（26）已而：然后，后来。　屋庐：住房。

（27）吁句：唉！也是太迂腐了。

（28）唐虞：唐尧与虞舜的并称。亦指尧与舜的时代，古人以为太平盛世。

（29）无以：古代汉语中的习惯句式。谓没有什么可以用来。

（30）唐虞启之句：唐尧虞舜之时开始，到了夏朝和商朝稍稍整治，到了周朝就完备了。

（31）诚：确实，的确。　近：相近，近似，　苏：拯救；解救。

（32）纵：即使。　迫蹙：逼迫，压迫。

（33）要：矫正；更正。　复：再，又。

（34）这句的意思是：有的子孙出去而分开后所剩没有多少了。

（35）输：缴纳赋税。

（36）何以：用反问的语气表示没有或不能。

# 苏轼卷

## 到黄州谢表

臣轼言。去岁十二月二十九日，准敕责降臣检校尚书水部员外郎充黄州团练副使本州安置不得签书公事(1)，臣已于今月一日到本州讫者。狂愚冒犯，固有常刑。仁圣矜怜，特从轻典。赦其必死，许以自新。祗服训辞(2)，惟知感涕。中谢。伏念臣早缘科第，误忝缙绅(3)。亲逢睿哲(4)之兴，遂有功名之意。亦尝召对便殿，考其所学之言；试守三州，观其所行之实。而臣用意过当，日趋于迷。赋命衰穷，天夺其魄；叛违义理，幸负恩私。茫如醉梦之中，不知言语之出。虽至仁屡赦，而众议不容。案罪责情，固宜伏斧锧于两观(5)；推恩屈法，犹当御魑魅于三危(6)。岂谓尚玷散员(7)，更叨(8)善地。投畀麢貔之野(9)，保全樗栎(10)之生。臣虽至愚，岂不知幸。此盖伏遇皇帝陛下，德刑并用，善恶兼容。欲使法行而知恩，是用小惩而大诫。天地能覆载之，而不能容之于度外；父母能生育之，而不能出之于死中。伏惟此恩，何以为报。惟当蔬食没齿，杜门思愆。深悟积年之非，永为多士⁽¹¹⁾之戒。贪恋圣世，不敢杀身；庶几余生，未为弃物。若获尽力鞭箠之下，必将捐躯矢石之间。指天誓心，有死无易。臣无任⁽¹²⁾。

【注释】

（1）本州安置不得签书公事：本州安置，就是不得擅离本州。不得签书公事，就是不得处理公务。

（2）祗服训辞：恭敬地服从皇帝在降责诏书中教训的言辞。

（3）误忝缙绅：误入官宦行列。这是一种自谦的说法。忝，愧。缙绅，有官职或做过官的人的代称。

（4）睿哲：圣明，用作对皇帝的尊称。

（5）两观：宫廷外悬挂法令之处。两台并列，故称两观，又称两阙，也在这里行刑。

（6）三危：神话中的仙山。

（7）尚玷散员：尚且玷污散员的名称。散员，没有实职的官员。

(8) 叨：打扰。

(9) 投畀麋鼯之野：投放到麋鼯出没的田野。麋鼯，动物名称。

(10) 樗栎：植物名称，比喻为无用之材。

(11) 多士：士子众多。

(12) 无任：不胜任，无能。

## 谢量移汝州表

臣轼言。伏奉正月二十五日诰命，特授臣汝州团练副使本州安置不得签书公事者。稍从内迁，示不终弃。罪已甘于万死，恩实出于再生。祗服训词，惟知感涕。臣轼诚惶诚恐，顿首顿首。伏念臣向者名过其实，食浮于人(1)。兄弟并窃于贤科(2)，衣冠(3)或以为盛事。旋从册府，出领郡符(4)。既无片善可纪于丝毫；而以重罪当膏(5)于斧钺。虽蒙恩贷，有愧平生。只影自怜，命寄江湖之上；惊魂未定，梦游缧绁之中。憔悴非人，章狂失志。妻孥之所窃笑，亲友至于绝交。疾病连年，人皆相传为已死；饥寒并日，臣亦自厌其余生。岂谓草芥之贱微，尚烦朝廷之纪录。开其悛悔，许以甄收(6)。此盖伏遇皇帝陛下，汤(7)德日新，尧(8)仁天覆。建原庙以安祖考，正六官而修典刑。百废具兴，多士爰集。弹冠结绶，共欣千载之逢；掩面向隅，不忍一夫之泣。故推涓滴，以及焦枯。顾惟效死之无门，杀身何益；更欲呼天而自列，尚口乃穷(9)。徒有此心，期于异日。臣无任。

【注释】

（1）食浮于人：空受其禄的意思。食，禄。

（2）兄弟并窃于贤科：兄弟二人都中了科举考试。

（3）衣冠：士大夫。

（4）旋从册府，出领郡符。意思是刚通过科考，就领到了出任郡县官职的印符。册府，原意为藏书之处，这里应引申为考场。

（5）膏：滋润。这里引申为"血染"之意。

（6）开其恫悔，许以甄收：使之感到痛悔，然后再选拔收用。

（7）汤：指商朝的第一位君主。

（8）尧：相传古代著名贤君。

（9）尚口乃穷：意思是说不出什么来。

# 答丁连州朝奉启

七年远谪(1)，不知骨肉之存亡；万里生还，自笑音容之改易。久恬飓雾，稍习蛙蛇，自疑本儋崖(2)之人，难复见鲁卫之士，而况清时雅望，令德高标(3)，固以闻名而自惭，盖欲通书而未敢。

岂谓知郡朝奉(4)，仁无择物，义有逢时，每怜迁客之无归，独振孤风而愈厉。固无心于集菀(5)，而有力于嘘枯。远移一纸之书，何啻百朋之锡[6]？过情之誉，虽知无其实而愧于中；起废之文，犹欲借此言以华其老。穷途易感，永好难忘。

【注释】

（1）七年：从绍圣元年苏轼被贬岭表，至元符三年赦还，前后正好七年。

（2）儋崖：儋耳，属琼崖道，今海南省儋县。

（3）书信中常用的客套语。清时雅望：即清平世界，雅洁的声誉。令德高标：美好的品行，高尚的人格。

（4）朝奉：朝奉郎、朝奉大夫之省称。宋文散官之阶。不知丁连州是朝奉郎亦朝奉大夫。

（5）集菀：又作集苑。

（6）曾：止。　朋：古以贝壳为货币，五贝为一串，两串为一朋。锡：同赐。

## 谏买浙灯状

熙宁四年正月□日，殿中丞直史馆判官告院权开封府推官臣苏轼状奏：右臣向蒙召对便殿，亲奉德音，以为凡在馆阁，皆当为朕深思治乱，指陈得失，无有所隐者。自是以来，臣每见同列[1]，未尝不为道陛下此语，非独以称颂盛德，亦欲朝廷之间如臣等辈，皆知陛下不以疏贱间[2]废其言，共献所闻，以辅成太平之功业。然窃谓空言率人[3]，不如有实而人自劝，欲知陛下能受其言之实，莫如以臣试之。故臣愿以身先天下试其小者，上以补助圣明之万一，下以为贤者卜其可否，虽以此获罪，万死无悔。

臣伏见中使传宣下府市司买浙灯四千余盏，有司具实直以闻，陛下又令减价收买，见已尽数拘收，禁止私买，以须上令[4]。臣始闻之，惊愕不信，咨嗟累日。何者？窃为陛下惜此举动也。臣虽至愚，亦知陛下游心经术，动法尧舜，穷天下之嗜欲，不足以易其乐，尽天下之玩好，不足以解其忧，而岂以灯为悦者哉。此不过以奉二宫[5]之欢，而极天下之养耳。然大孝在乎养志，百姓不可户晓，皆谓陛下以耳目不急之玩，而夺其口体必用之资。卖灯之民，例非豪户，举债出息，畜之弥年。衣食之计，望此旬日。陛下为民父母，唯可添价贵买，岂可减价贱酬。此事至小，体则甚大。凡陛下所以减价者，非欲以与此小民争此豪末[6]，岂以其无用而厚费也？如知其无用，何必更索；恶其厚费，则如勿买。且内廷故事，每遇放灯，不过令内东门杂物务临时收买，数目既少，又无拘收督迫之严，费用不多，民亦无憾。故臣愿追还前命，凡悉如旧。京城百姓，不惯侵扰，因德已厚，怨讟[7]易生，可不惧欤！可不畏欤！

近日小人妄造非语，士人有展年科场之说，商贾有京城榷酒之议，吏忧减俸，兵忧减廪。虽此数事，朝廷所决无，然至此纷纷，亦有以见陛下勤恤之德，未信于下，而有司聚敛之意，或形于民。方当责己自求，以消谗慝之口。而台官[8]又劝陛下以严刑悍吏捕而戮之，亏损圣德，莫大于此。而又重以买灯之事，使得因缘以为口实，臣实惜之。

方今百冗未除，物力凋弊，陛下纵出内帑财物，不用大司农钱，而内帑所储，孰非民力，与其平时耗于不急之用，曷若留贮以待乏绝之供。故臣愿陛下将来放灯与凡游观苑囿宴好赐予之类，皆饬⁽⁹⁾有司，务从俭约。顷者诏旨裁减皇族恩例⁽¹⁰⁾，此实陛下至明至断，所以深计远虑，割爱为民。然窃揆⁽¹¹⁾其间，不能无少望于陛下，惟当痛自刻损，以身先之，使知人主且犹若此，而况于吾徒哉。非惟省费，亦且弭怨。

昔唐太宗遣使往凉州讽李大亮献其名鹰，大亮不可，太宗深嘉之。诏曰："有臣若此，朕复何忧。"明皇遣使江南采鸂鶒⁽¹²⁾，汴州刺史倪若水论之，为反其使。又令益州织半臂背子、琵琶捍拨、镂牙合子等，苏许公不奉诏。李德裕在浙西，诏造银盝子妆具二十事，织绫一千匹，德裕上疏极论，亦为罢之。使陛下内之台谏有如此数人者，则买灯之事，必须力言。外之有司有如此数人者，则买灯之事，必不奉诏。陛下聪明睿圣，追迹尧舜，而群臣不以唐太宗、明皇事陛下，窃尝深咎之。臣忝备府僚，亲见其事，若又不言，臣罪大矣。陛下若赦之不诛，则臣又有非职之言大于此者，忍不为陛下尽之。若不赦，亦臣之分也。谨录奏闻，伏候敕下。

【注释】

（1）同列：共同处事的官员。

（2）间：闲置。

（3）率人：作别人的表率、楷模。

（4）以须上令：以等待上边的命令。

（5）二宫：一般指皇帝和皇后。这里指太后。

（6）豪末：指细微的小利。

（7）怨讟：怨恨。

（8）台官：指宰相，这里指王安石。

（9）饬：通"敕"，告诫，（帝王）命令。

（10）恩例：恩惠的条例。

（11）揆：度量，估量，考察。

（12）鸡鹕：水鸟名，即"池鹭"。

# 与王庠书

轼启。远蒙差人致书问安否，辅以药物，眷意甚厚⁽¹⁾。自二月二十五日，至七月十三日，凡一百三十余日乃至，水陆盖万余里矣。罪戾远黜⁽²⁾，既为亲友忧，又使此二人者，跋涉万里，比其还家，几尽此岁，此君爱我之过而重其罪也⁽³⁾。但喜比来侍奉多暇，起居佳胜。

轼罪大责薄，居此固宜⁽⁴⁾，无足言者。瘴疠之邦⁽⁵⁾，僵仆者相属于前⁽⁶⁾，然亦皆有以取之。非寒暖失宜，则饥饱过度，苟不犯此者，亦未遽病也⁽⁷⁾。若大期至，固不可逃，又非南北之故矣。以此居之泰然。不烦深念。

前后所示著述文字，皆有古作者风力，大略能道此意欲言者。孔子曰："辞达而已矣。"辞至于达，止矣，不可以有加矣。《经说》一篇诚哉是言也。西汉以来，以文设科而文始衰，自贾谊、司马迁，其文已不逮先秦古书，况所谓下者。文章犹尔，况其道德者乎？

若所论周勃，则恐不然。平、勃未尝一日忘汉，陆贾为之谋至矣。彼视禄、产犹几上肉，但将相和调，则大计自定。若如君言，先事经营，则吕后觉悟，诛两人，而汉亡矣。

轼少时好议论，既老，涉世更变，往往悔其言之过，故乐以此告君也。儒者之病，多空言而少实用。贾谊、陆贾文学，殆不传于世。老病且死，独欲以此教子弟，岂意姻亲[8]中，乃有王郎乎？

三复来贶，喜抃不已[9]。应举者志于得而已。今程试文字[10]，千人一律，考官亦厌之，未必得也。知君自信不回[11]，必不为时所弃也。又况得失有命，决不可移乎？勉守所学，以卒远业[12]。

相见无期，万万自重而已。人还，谨奉于启，少谢万一[13]。

## 【注释】

（1）眷：关怀。

（2）罪戾：罪过。

（3）比：及，等到。此君爱我之过而重其罪也，意思说，您这么过分地怜爱于我，实在使我深感罪过。　重：加重。

（4）宜：应当。

（5）瘴疠：南方潮湿之地热气蒸郁而致，内病称瘴，外病称疠。

（6）僵仆：僵倒仆地而死。　属：接。　这句的意思是：僵倒仆地而死者接二连三。

（7）遽：迅速，陡然。

（8）姻亲：结成婚姻的亲戚。

(9)抃：鼓掌，表示欢迎。

(10)程试文字：科举考试的文章。　程：格式。科考文有定式，故谓。

(11)不回：不悔，坚定不移。

(12)卒：成就。

(13)少谢万一：聊表谢意。

## 上神宗皇帝书

熙宁四年二月□日，殿中丞直史馆判官告院权开封府推官臣苏轼，谨昧万死，再拜上书皇帝陛下。臣近者不度愚贱，辄上封章<sup>(1)</sup>言买灯事。自知渎犯天威，罪在不赦，席藁私室<sup>(2)</sup>，以待斧钺之诛，而侧听逾旬，威命不至，问之府司，则买灯之事，寻已停罢。乃知陛下不惟赦之，又能听之，惊喜过望，以至感泣。何者？改过不吝，从善如流，此尧舜禹汤之所勉强<sup>(3)</sup>而力行，秦汉以来之所绝无而仅有。顾此买灯毫发之失，岂能上累日月<sup>(4)</sup>之明，而陛下翻然改命，曾不移刻，则所谓智出天下，而听于至愚，威加四海，而屈于匹夫。臣今知陛下可与<sup>(5)</sup>为尧舜，可与为汤武，可与富民而措刑，可与强兵而伏戎虏矣。有君如此，其忍负之。惟当披露腹心，捐弃肝脑，尽力所至，不知其它。乃者<sup>(6)</sup>，臣亦知天下之事，有大于买灯者矣，而独区区以此为先者，盖未信而谏，圣人不与，交浅言深，君之所戒，是以试论其小者，而其大者固将有待而后言。今陛下果赦而不诛，则是既已许之矣，许而不言，臣则有罪，是以愿终言之。

臣之所欲言者三，愿陛下结人心、厚风俗、存纪纲而已。

人莫不有所恃，人臣恃陛下之命，故能役使小民，恃陛下之法，故能胜服强暴。至于人主所恃者谁与？《书》曰："予临兆民，凛乎若朽索之驭六马。"言天下莫危于人主也。聚则为君臣，散则为仇雠，聚散之间，不容毫厘。故天下归往谓之王，人各有心谓之独夫。由此观之，人主之所恃者，人心而已。人心之于人主也，如木之有根，如灯之有膏，如鱼之有水，如农夫之有田，如商贾之有财。木无根则槁，灯无膏则灭，鱼无水则死，农夫无田则饥，商贾无财则贫，人主失人心则亡。此必然之理，不可逭[7]之灾也。其为可畏，从古以然。苟非乐祸好狂，轻易丧志，则孰敢肆其胸臆，轻犯人心？昔子产焚载书以弭众言，赂伯石以安巨室，以为众怒难犯，专欲难成。而子夏亦曰："信，而后劳其民；未信，则以为厉己也。"[8]唯商鞅变法，不顾人言，虽能骤致富强，亦以召怨天下，使其民知利而不知义，见刑而不见德，虽得天下，旋踵而亡也。至于其身，亦卒不免，负罪出走，而诸侯不纳，车裂以徇[9]，而秦人莫哀。君臣之间，岂愿如此。宋襄公[10]虽行仁义，失众而亡。田常[11]虽不义，得众而强。是以君子未论行事之是非，先观众心之向背。谢安之用诸桓未必是，而众之所乐，则国以乂安[12]。庾亮之召苏峻未必非，而势有不可，则反为危辱。自古及今，未有和易同众而不安，刚果自用而不危者也。

今陛下亦知人心之不悦矣。中外之人，无贤不肖[13]，皆言祖宗以来，治财用者不过三司使副判官，经今百年，未尝阙事。今者无故又创一司，号曰制置三司条例。使六七少年日夜讲求于内，使者四十余辈，分行营干于外，造端<sup>(14)</sup>宏大，民实惊疑，创法新奇，吏皆惶惑。贤者则求其说而不可得，未免于忧，小人则以其意而度朝廷，遂以为谤。谓陛下以万乘之主而言利，谓执政以天子之宰而治财，商贾不行，物价腾踊。近自淮甸，远及川蜀，喧传万口，论说百端。或言京师正店<sup>(15)</sup>，议置监官，夔路<sup>(16)</sup>深山，当行酒禁，拘收僧尼常住，减刻兵吏廪禄，如此等类，不可胜言。而甚者至以为欲复肉刑，斯言一出，民且狼顾<sup>(17)</sup>。陛下与二三大臣，亦闻其语矣。然而莫之顾者，徒曰我无其事，又无其意，何恤于人言。夫人言虽未必皆然，而疑似则有以致谤。人必贪财也，而后人疑其盗。人必好色也，而后人疑其淫。何者？未置此司，则无此谤，岂去岁之人皆忠厚，而今岁之人皆虚浮？孔子曰："工欲善其事，必先利其器。"又曰："必也正名乎。"今陛下操其器而讳其事，有其名而辞其意，虽家置一喙以自解，市列千金而购人，人必不信，谤亦不止。夫制置三司条例司，求利之名也。六七少年与使者四十余辈，求利之器也。驱鹰犬而赴林薮，语人曰，我非猎也，不如放鹰犬而兽自驯。操网罟而入江湖，语人曰，我非渔也，不如捐网罟而人自信。故臣以为消谗慝以召和气，复人心而安国本，则莫若罢制置三司条例司。

夫陛下之所以创此司者，不过以兴利除害也。使罢之而利不兴，害不除，则勿罢。罢之而天下悦，人心安，兴利除害，无所不可，则何苦而不罢。陛下欲去积弊而立法，必使宰相熟议而后行，事若不由中书<sup>(18)</sup>，则是乱世之法，圣君贤相，夫岂其然。必若立法不免由中书，熟议不免使宰相，则此司之设，无乃冗长而无名。智者所图，贵于无迹。汉之文、景，《纪》无可书之事，唐之房、杜<sup>(19)</sup>，《传》无可载之功，而天下之言治者与文、景，言贤者与房、杜。盖事已立而迹不见，功已成而人不知。故曰：善用兵者，无赫赫之功。岂惟用兵，事莫不然。今所图者，万分未获其一也，而迹之布于天下，已若泥中之斗兽，亦可谓拙谋矣。陛下诚欲富国，择三司官属与漕运使副，而陛下与二三大臣，孜孜讲求，磨以岁月，则积弊自去而人不知。但恐立志不坚，中道而废。孟子有言："其进锐者其退速。"[20]若有始有卒，自可徐徐，十年之后，何事不立。孔子曰："欲速则不达，见小利则大事不成。"使孔子而非圣人，则此言亦不可用。《书》曰："谋及卿士，至于庶人，翕然大同，乃底元吉。"若违多而从少，则静吉而作凶。今上自宰相大臣，既已辞免不为，则外之议论，断亦可知。宰相，人臣也，且不欲以此自污，而陛下独安受其名而不辞，非臣愚之所识也。君臣宵旰[21]，几一年矣，而富国之效，茫如捕风，徒闻内帑[22]出数百万缗，祠部度五千余人耳。以此为术，其谁不能。

且遣使纵横，本非令典。汉武遣绣衣直指[23]，桓帝遣八使，皆以守宰狼藉，盗贼公行，出于无术，行此下策。宋文帝元嘉之政，比于文、景，当时责成郡县，未尝遣使。及至孝武，以为郡县迟缓，始命台使督之，以至萧齐[24]，此弊不革。故景陵王子良上疏，极言其事，以为此等朝辞禁门，情态既异，暮宿村县，威福便行，驱追邮传，折辱守宰，公私烦扰，民不聊生。唐开元中，宇文融奏置劝农官使裴宽等二十九人，并摄御史，分行天下，招携户口，检责漏田。时张说、杨玚、皇甫璟、杨相如皆以为不便，而相继罢黜。虽得户八十余万，皆州县希旨[25]，以主为客，以少为多。及使百官集议都省，而公卿以下，惧融[26]威势，不敢异辞。陛下试取其《传》而读之，观其所行，为是为否？近者均税宽恤，冠盖相望，朝廷亦旋觉其非，而天下至今以为谤。曾未数岁，是非较然。亦臣恐后之视今，亦犹今之视昔。且其所遣，尤不适宜。事少而员多，人轻而权重。夫人轻而权重，则人多不服，或致侮慢以兴争。事少而员多，则无以为功，必须生事以塞责。陛下虽严赐约束，不许邀功，然人臣事君之常情，不从其令而从其意。今朝廷之意，好动而恶静，好同而恶异，指趣<sup>(27)</sup>所在，谁敢不从。臣恐陛下赤子，自此无宁岁矣。

至于所行之事，行路皆知其难。何者？汴水浊流，自生民以来，不以种稻。秦人之歌曰："泾水一石，其泥数斗。且溉且粪，长我禾黍。"何尝言长我粳稻耶？今欲陂<sup>(28)</sup>而清之，万顷之稻，必用千顷之陂，一岁一淤，三岁而满矣。陛下遽信其说，即使相视地形，万一官吏苟且顺从，真谓陛下有意兴作，上糜帑廪，下夺农时，堤防一开，水失故道，虽食议者之肉，何补于民。天下久平，民物滋息，四方遗利，盖略尽矣。今欲凿空<sup>(29)</sup>访寻水利，所谓即鹿无虞<sup>(30)</sup>，岂惟徒劳，必大烦扰。凡有擘画利害，不问何人，小则随事酬劳，大则量才录用。若官私格沮<sup>(31)</sup>，并重行黜降，不以赦原，若财力不办兴修，便许申奏替换，赏可谓重，罚可谓轻。然并终不言诸色人妄有申陈或官私误兴工役，当得何罪。如此，则妄庸轻剽，浮浪奸人，自此争言水利矣。成功则有赏，败事则无诛。官司虽知其疏，岂可便行抑退。所在追集老少，相视可否，吏卒所过，鸡犬一空。若非灼然难行，必须且为兴役。何则？格沮之罪重，而误兴之过轻。人多爱身，势必如此。且古陂废堰，多为侧近冒耕<sup>(32)</sup>，岁月既深，已同永业，苟欲兴复，必尽追收，人心或摇，甚非善政。又有好讼之党，多怨之人，妄言某处可作陂渠，规坏所怨田产，或指人旧业，以为官陂，冒佃之讼，必倍今日。臣不知朝廷本无一事，何苦而行此哉。

自古役人，必用乡户，犹食之必用五谷，衣之必用丝麻，济川之必用舟楫，行地之必用牛马，虽其间或有以他物充代，然终非天下所可常行。今者徒闻江浙之间，数郡雇役，而欲措之天下，是犹见燕晋之枣栗，岷蜀之蹲鸱⁽³³⁾，而欲以废五谷，岂不难哉。又欲官卖所在坊场，以充衙前雇直，虽有长役，更无酬劳，长役所得既微，自此必渐衰散，则州郡事体，憔悴可知。士大夫捐亲戚，弃坟墓，以从宦于四方者，用力之余，亦欲取乐，此人之至情也。若凋弊太甚，厨传萧然，则似危邦之陋风，恐非太平之盛观。陛下诚虑及此，必不肯为。且今法令莫严于御军，军法莫严于逃窜，禁军三犯，厢军⁽³⁴⁾五犯，大率处死。然逃军常半天下，不知雇人为役，与厢军何异。若有逃者，何以罪之，其势必轻于逃军，则其逃必甚于今日，为其官长，不亦难乎？近者虽使乡户颇得雇人，然而所雇逃亡，乡户犹任其责。今遂欲于两税之外，别立一科，谓之庸钱，以备官雇。则雇人之责，官所自任矣。自唐杨炎废租庸调以为两税⁽³⁵⁾，取大历十四年应干赋敛之数，以定两税之额，则是租调与庸，两税既兼之矣。今两税如故，奈何复欲取庸。圣人之立法，必虑后世，岂可于常税之外，别出科名哉！万一不幸，后世有多欲之君，辅之以聚敛之臣，庸钱不除，差役仍旧，使天下怨嗟，推所从来，则必有任其咎者矣。又欲使坊郭等第之民，与乡户均役，品官形势之家，与齐民并事。其说曰："《周礼》田不耕者出屋粟，宅不毛者有里布。而汉世宰相之子，不免成边。"此其所以藉口也。古者官养民，今者民养官。给之以田而不耕，劝之以农而不力，于是乎有里布屋粟大家之征。今民无以为生，去为商贾，事势当尔，何名役之。且一岁之戍，不过三日，三日之雇，其直三百。今世三大户之役，自公卿以降，毋得免者，其费岂特三百而已。大抵事若可行，不必皆有故事。若民所不悦，俗所不安，纵有经典明文，无补于怨。若行此二者，必怨无疑。女户单丁，盖天民之穷者也。古之王者，首务恤此。而今陛下首欲役之，此等苟非户将绝而未亡，则是家有丁而尚幼，若假之数岁，则必成丁而就役，老死而没官。富有四海，忍不加恤。

孟子曰："始作俑者，其无后乎？"《春秋》书"作丘甲"、"用田赋"，皆重其始为民患也。青苗放钱，自昔有禁。今陛下始立成法，每岁常行，虽云不许抑配，而数世之后，暴君污吏，陛下能保之欤？异日天下恨之，国史记之曰，青苗钱自陛下始，岂不惜哉！且东南买绢，本用见钱，陕西粮草，不许折兑，朝廷既有著令，职司又每举行。然而买绢未尝不折盐，粮草未尝不折钞，乃知青苗不许抑配之说，亦是空文。只如治平之初，拣刺义勇，当时诏旨慰谕，明言永不戍边，著在简书，有如盟约。于今几日，议论已摇，或以代还东军，或欲抵换弓手，约束难恃，岂不明哉。纵使此令决行，果不抑配，计其间愿请之户，必皆孤贫不济之人，家若自有赢余，何至与官交易。此等鞭挞已急，则继之逃亡，逃亡之余，则均之邻保。势有必至，理有固然。且夫常平之为法也，可谓至矣，所守者约，而所及者广。借使万家之邑，止有千斛，而谷贵之际，千斛在市，物价自平。一市之价既平，一邦之食自足，无操觚乞丐之弊，无里正催驱之劳。今若变为青苗，家贷一斛，则千户之外，孰救其饥？且常平官钱，常患其少，若尽数收籴，则千户之外，孰救其饥？且常平官钱，常患其少，若尽数收籴，则无借贷，若贸充借贷，则所籴几何，乃知常平青苗，其势不能两立，坏彼成此，所得几何，亏官害民，虽悔何逮。臣窃计陛下欲考其实，则必亦问人，人知陛下方欲力行，必谓此法有利无害。以臣愚见，恐未可凭。何以明之？臣顷在陕西，见刺义勇，提举诸县，臣尝亲行，愁怨之民，哭声振野。当时奉使还者，皆言民尽乐为。希合取容，自古如此。不然，则山东之盗，二世(36)何缘不觉，南诏之败，明皇(37)何缘不知。今虽未至于此，亦望陛下审听而已。

昔汉武之世，财力匮竭，用贾人桑弘羊之说，买贱卖贵，谓之均输。于时商贾不行，资贼滋炽，几至于乱。孝昭既立，学者争排(38)其说，霍光顺民所欲，从而予之，天下归心，遂以无事。不意今者此论复兴。立法之初，其说尚浅，徒言徙贵就贱，用近易远。然而广置官属，多出缗钱，豪商大贾，皆疑而不敢动，以为虽不明言贩卖，然既已许之变易，变易既行，而不与商贾争利者，未之闻也。夫商贾之事，曲折难行，其买也先期而与钱，其卖也后期而取直(39)，多方相济，委曲相通，倍称之息，由此而得。今官买是物，必先设官置吏，簿书禀禄，为费已厚，非良不售，非贿不行，是以官买之价，比民必贵，及其卖也，弊复如前，商贾之利，何缘而得。朝廷不知虑此，乃捐五百万缗以予之。此钱一出，恐不可复。纵使其间薄有所获，而征商之额，所损必多。今有人为其主牧牛羊，不告其主，而以一牛易五羊。一牛之失，则隐而不言，五羊之获，则指为劳绩。陛下以为坏常平而言青苗之功，亏商税而取均输之利，何以异此？

陛下天机洞照，圣略如神，此旨至明，岂有不晓？必谓已行之事，不欲中变，恐天下以为执德不一，用人不终，是以迟留岁月，庶几万一(40)，臣窃以为过矣。古之英主，无出汉高。郦生谋挠楚权，欲复六国，高祖曰善，趣(41)刻印，及闻留侯之言，吐哺而骂之曰，趣销印。夫称善未几，继之以骂，刻印、销印，有同儿戏。何尝累高祖之知人，适足明圣人之无我。陛下以为可而行之，知其不可而罢之，至圣至明，无以加此。议者必谓民可与乐成，难与虑始，故劝陛下坚执不顾，期于必行。此乃战国贪功之人，行险侥幸之说，陛下若信而用之，则是徇高论而逆至情，持空名而邀实祸，未及乐成，而怨已起矣。臣之所愿结人心者，此之谓也。

士之进言者，为不少矣，亦尝有以国家之所以存亡、历数<sup>(42)</sup>之所以长短告陛下者乎？夫国家之所以存亡者，在道德之浅深，不在乎强与弱，历数之所以长短者，在风俗之厚薄，不在乎富与贫。道德诚深，风俗诚厚，虽贫且弱，不害于长而存。道德诚浅，风俗诚薄，虽强且富，不救于短而亡。人主知此，则知所轻重矣。是以古之贤君，不以弱而忘道德，不以贫而伤风俗，而智者观人之国，亦以此而察之。齐至强也，周公知其后必有篡弑之臣。卫至弱也，季子知其后亡。吴破楚入郢，而陈大夫逢滑知楚之必复。晋武既平吴，何曾知其将乱。隋文既平陈，房乔知其不久。元帝斩郅支，朝呼韩<sup>(43)</sup>，功多于武、宣矣，偷安而王氏之衅生。宣宗收燕赵，复河湟，力强于宪、武矣，消兵而庞勋之乱起。故臣愿陛下务崇道德而厚风俗，不愿陛下急于有功而贪富强。使陛下富如隋，强如秦，西取灵武，北取燕蓟，谓之有功可也，而国之长短，则不在此。夫国之长短，如人之寿夭，人之寿夭在元气，国之长短在风俗。世有尪羸<sup>(44)</sup>而寿考，亦有盛壮而暴亡。若元气犹存，则尪羸而无害。及其已耗，则盛壮而愈危。是以善养生者，

慎起居，节饮食，导引关节，吐故纳新。不得已而用药，则择其品之上、性之良，可以久服而无害者，则五脏和平而寿命长。不善养生者，薄节慎之功，迟吐纳之效，厌上药而用下品，伐真气而助强阳，根本已危，僵仆无日。天下之势，与此无殊。故臣愿陛下爱惜风俗，如护元气。

古之圣人，非不知深刻<sup>(45)</sup>之法可以齐众，勇悍之夫可集事，忠厚近于迂阔，老成初若迟钝。然终不肯以彼而易此者，知其所得小而所丧大也。曹参，贤相也，曰慎无扰狱市。黄霸，循吏也，曰治道去泰甚。或讥谢安以清谈废事，安笑曰，秦用法吏，二世而亡。刘晏为度支<sup>(46)</sup>，专用果锐少年，务在急速集事，好利之党，相师成风。德宗初即位，擢崔祐甫为相。祐甫以道德宽大，推广上意，故建中之政，其声翕然，天下想望，庶几贞观。及卢杞为相，讽上以刑名整齐天下，驯致浇薄，以及播迁。我仁祖之驭天下也，持法至宽，用人有叙，专务掩覆过失，未尝轻改旧章。然考其成功，则曰未至，以言乎用兵，则十出而九败，以言乎府库，则仅足而无余。徒以德泽在人，风俗知义。是以升遐<sup>(47)</sup>之日，天下如丧考妣，社稷长远，终必赖之。则仁祖可谓知本矣。今议者不察，徒见其末年吏多因循，事不振举，乃欲矫之以苛察，济之以智能，招来新进勇锐之人，以图一切速成之效，未享其利，浇风<sup>(48)</sup>已成。且天时不齐，人谁无过，国君含垢，至察无徒。若陛下多方包容，则人材取次可用，必欲广置耳目，务求瑕疵，则人不自安，各图苟免，恐非朝廷之福，亦岂陛下所愿哉。汉文欲拜虎圈啬夫<sup>(49)</sup>，释之以为利口伤俗，今若以口舌捷给而取士，以应对迟钝而退人，以虚诞无实为能文，以矫激不仕为有德，则先王之泽，遂将散微。

自古用人，必须历试。虽有卓异之器，必有已成之功，一则使其更变而知难，事不轻作，一则待其功高而望重，人自无辞。昔先主以黄忠为后将军，而诸葛亮忧其不可，以为忠之名望，素非关、张之伦，若班爵遽同，则必不悦，其后关羽果以为言。以黄忠豪勇之姿，以先主君臣之契，尚复虑此，况其他乎？世常谓汉文不用贾生，以为深恨。臣尝推究其旨，窃谓不然。贾生固天下之奇才，所言亦一时之良策。然请为属国欲以系单于，则是处士之大言，少年之锐气。昔高祖以三十万众，困于平城，当时将相群臣，岂无贾生之比，三表五饵，人知其疏，而欲以困中行说，尤不可信矣。兵、凶器也，而易言之，正如赵括之轻秦，李信之易楚。若文帝呕用其说，而天下殆将不安。使贾生尝历艰难，亦必自悔其说，施之晚岁，其术必精，不幸丧亡，非意所及。不然文帝岂弃材之主，绛、灌岂蔽贤之士。至于晁错，尤号刻薄，文帝之世，止于太子家令，而景帝既立，以为御史大夫。申屠嘉贤相，发愤而死，纷更政令，天下骚然。及至七国发难，而错之术亦穷矣。文、景优劣，于斯可见。大抵名器爵禄，人所奔趋，必使积劳而后迁，以明持久而难得。则人各安其分，不敢躁求。今若多开骤进之门，使有意外之得，公卿侍从，跬步可图，其得者既不肯以侥幸自名，则其不得者必皆以沉沦为恨。使天下常调，举生妄心，耻不若人，何所不至，欲望风俗之厚，岂可得哉。选人之改京官，常须十年以上，荐更险阻，计析毫厘。其间一事聱牙，常至终身沦弃。今乃以一言之荐，举而与之，犹恐未称，章服<sup>(50)</sup>随至。使积劳久次而得者，何以厌服哉。夫常调之人，非守则令，员多阙少，久已患之，不可复开多门以待巧进。若巧者侵夺已甚，则拙者迫怵无聊，利害相形，不得不察。故近岁朴拙之人愈少，而巧佞之士益多。惟陛下重之惜之，哀之救之。

如近日三司献言，使天下郡选一人，催驱三司文字，许之先次指射以酬其劳，则数年之后，审官吏部，又有三百余人得先占阙，常调待次，不甚愈难。此外勾当发运均输，按行农田水利，已振监司之体，各怀进用之心，转对者望以称旨而骤迁，奏课者求为优等而速化，相胜以力，相高以言，而名实乱矣。惟陛下以简易为法，以清净为心，使奸无所缘，而民德归厚。臣之所愿厚风俗者，此之谓也。

古者建国，使内外相制，轻重相权。如周如唐，则外重而内轻。如秦如魏，则外轻而内重。内重之弊，必有奸臣指鹿之患。外重之弊，必有大国问鼎之忧。圣人方盛而虑衰，常先立法以救弊。我国家租赋总于计省，重兵聚于京师，以古揆今，则似内重。恭惟祖宗所以深计而预虑，固非小臣所能臆度而周知。然观其委任台谏之一端，则是圣人过防之至计。历观秦、汉以及五代，谏诤而死，盖数百人。而自建隆(51)以来，未尝罪一言者，纵有薄责，旋即超升，许以风闻，而无官长，风采所系，不问尊卑，言及乘舆，则天子改容，事关廊庙，则宰相待罪。故仁宗之世，议者讥宰相但奉行台谏(52)风旨而已。圣人深意，流俗岂知。台谏固未必皆贤，所言亦未必皆是，然须养其锐气而借之重权者，岂徒然哉，将以折奸臣之萌，而救内重之弊也。夫奸臣之始，以台谏折之而有余，及其既成，以干戈取之而不足。今法令严密，朝廷清明，所谓奸臣，万无此理。然而养猫所以去鼠，不可以无鼠而养不捕之猫。畜狗所以防奸，不可以无奸而畜不吠之狗。陛下得不上念祖宗设此官之意，下为子孙立万世之防，朝廷纪纲，孰大于此？

臣自幼小所记，及闻长老之谈。皆谓台谏所言，常随天下公议，公议所与，台谏亦与之，公议所击，台谏亦击之。乃至英庙之初，始建称亲之议，本非人主大过，亦无礼典明文，徒以众心未安，公议不允，当时台谏，以死争之。今者物论沸腾，怨讟交至，公议所在，亦可知矣，而相顾不发，中外失望。夫弹劾积威之后，虽庸人亦可奋扬，风采消委之余，虽豪杰有所不能振起。臣恐自兹以往，习惯成风，尽为执政私人，以致人主孤立，纪纲一废，何事不生。孔子曰："鄙夫可与事君也欤，其未得之也，患得之，既得之，患失之，苟患失之，无所不至矣。"臣始读此书，疑其太过，以为鄙夫之患失，不过备位而苟容。及观李斯忧蒙恬之夺其权，则立二世以亡秦，卢杞忧李怀光之数其恶，则误德宗以再乱。其心本生于患失，而其祸乃至于丧邦。孔子之言，良不为过。是以知为国者，平居必常有忘躯犯颜之士，则临难庶几有徇义守死之臣。若平居尚不能一言，则临难何以责其死节。人臣苟皆如此，天下亦曰殆哉。君子和而不同，小人同而不和。和如和羹，同如济水。孙宝有言："周公上圣，召公大贤，犹不相悦，著于经典。两不相损。"晋之王导，可谓元臣，每与客言，举坐称善，而王述不悦，以为人非尧舜，安得每事尽善，导亦敛衽谢之。若使言无不同，意无不合，更唱迭和，何者非贤。万一有小人居其间，则人主何缘知觉。臣之所愿存纪纲者，此之谓也。

臣非敢历诋新政，苟为异论，如近日裁减皇族恩例、勘定任子条式、修完器械、阅习鼓旗，皆陛下神算之至明，乾刚之必断，物议既允，臣安敢有词。至于所献之三言，则非臣之私见，中外所病其谁不知。昔禹戒舜曰："无若丹朱傲，惟慢游是好。"舜岂有是哉！周公戒成王曰："毋若商王受之迷乱，酗于酒德。"成王岂有是哉！周昌以汉高为桀、纣，刘毅以晋武为桓、灵，当时人君，曾莫之罪，而书之史册，以为美谈。使臣所献三言，皆朝廷未尝有此，则天下之幸，臣与有焉。若有万一似之，则陛下安可不察。然而臣之为计，可谓愚矣。

以蝼蚁之命，试雷霆之威，积其狂愚，岂可数赦，大则身首异处，破坏家门，小则削籍投荒，流离道路。虽然，陛下必不为此，何也？臣天赋至愚，笃于自信。向者与议学校贡举，首违大臣本意，已期窜逐，敢意自全。而陛下独然其言，曲赐召对，从容久之，至谓臣曰："方今政令得失安在，虽朕过失，指陈可也。"臣即对曰："陛下生知之性，天纵文武(53)，不患不明，不患不勤，不患不断，但患求治太速，进人太锐，听言太广。"又俾具述所以然之状。陛下颔之曰："卿所献三言，朕当熟思之。"臣之狂愚，非独今日，陛下容之久矣。岂有容之于始而不赦之于终，恃此而言，所以不惧。臣之所惧者，讥刺既众，怨仇实多，必将诋臣以深文，中臣以危法，使陛下虽欲赦臣而不可得，岂不殆哉。死亡不辞，但恐天下以臣为戒，无复言者，是以思之经月，夜以继昼，表成复毁，至于再三，感陛下听其一言，怀不能已，卒进其说。惟陛下怜其愚忠而卒赦之，不胜俯伏待罪忧恐之至。

【注释】

（1）封章：古代凡是章奏皆开封，言机密事则用皂囊重封以进，名封章，也叫封事。

（2）席藁私室：在秘室里席藁而卧。私室，暗秘的小屋。

（3）勉强：勉励奋发。

（4）日月：代称皇帝。

（5）与：等同。

（6）乃者：从前，往日。

（7）逭：逃避之意。

(8) 信，而后可以劳其民；未信，则以为厉己也：帝王有信义，然后才可以使用他的人民；没有信义，则会被人们认为是危害自己。

(9) 徇：通"殉"，为……而献身，为某种目的而死。

(10) 宋襄公：春秋时宋国国君。

(11) 田常：一名田成子，又名田恒。

(12) 乂安：平安。

(13) 无贤不肖：不论是贤人还是不贤的人。

(14) 造端：犹言规模。

(15) 正店：正常的店铺。

(16) 夔路：野兽走的道路，形容难行的山路。夔，古代传说中的兽名。

(17) 狼顾：狼惧怕被袭击，走路时经常反顾，因此以狼顾来比喻人有所畏惧。

(18) 中书：指中书省，总管国家政务。

(19) 房、杜：指房玄龄和杜如晦，都是唐太宗的宰相，共掌朝政。房多谋，杜善断，古史有"房谋杜断"之称。

(20) 其进锐者其退速：语见《孟子·尽心上》。意思是进得太快，退得也很快。

(21) 宵旰：即"宵衣旰食"之省。意思是天未明就起来穿衣，傍晚才进食。比喻勤于政务。

(22) 内帑：朝廷收藏钱财的仓库。

(23) 绣衣直指：汉代光武帝的特使名称。

(24) 萧齐：指南北朝时南朝的齐朝，国君姓萧。

(25) 希旨：迎合在上者的意旨。

（26）融：指宇文融。

（27）指趣：同"旨趣"。宗旨，意义。

（28）陂：小岸，这里为修堤坎之意。

（29）凿空：凭空。

（30）即鹿无虞：语出《易·屯》。意谓猎取野鹿，而无管理山林的虞官帮助，就将一无所获。

（31）若官私格沮：假若官人或私人言论被阻隔。

（32）冒耕：犹言私自开垦耕作。

（33）蹲鸱：芋头。因状如蹲伏的鸱，故名。

（34）厢军：宋初开始称全国镇兵为厢军。

（35）两税：即夏秋两税。唐初实行租庸调法，到德宗建中元年杨炎制两税法，把租庸调合并为一，规定用钱纳税，夏税不超过六月，秋税不超过十一月，被称为两税。

（36）二世：指秦二世。

（37）明皇：指唐明皇李隆基。

（38）排：攻击，贬斥。

（39）直：通"值"，价值。

（40）庶几万一：希望万一能成功。

（41）趣：通"促"，催促。

（42）历数：（国家）所维持的时间。

（43）朝呼韩：使呼韩单于来朝见（汉帝）。呼韩，即呼韩单于，匈奴首领。

（44）尪羸：瘦弱。

（45）深刻：尖深苛刻。

（46）度支：官名，掌管全国财赋的统计和支配调度。

（47）升遐：指皇帝死去。

（48）浇风：不淳厚的风尚。

（49）虎圈啬夫：汉代的乡官名称，掌管养禽兽等事。汉代有暴室啬夫，虎圈啬夫等。

（50）章服：以图文为等级标志的礼服。

（51）建隆：宋太祖赵匡胤的第一个年号。

（52）台谏：这里指谏官，因谏官专事弹劾谏争，归属御史台，故称台谏。

（53）天纵文武：意为天赋文武之才。

# 再上皇帝书

熙宁四年三月日(1)，殿中丞直史馆判官告院权开封府推官(2)臣苏轼，谨昧万死再拜上书皇帝陛下。臣闻之：益戒于禹曰(3)："任贤勿贰，去邪勿疑(4)。"仲虺言汤之德(5)，曰："用人惟己，改过不吝(6)。"秦穆丧师于崤(7)，悔痛自誓，孔子录之。自古聪明豪杰之主，如汉高帝(8)、唐太宗，皆以受谏如流，改过不惮，号为秦汉以来百王之冠也。孔子曰："君子之过，如日月之食焉。过也，人皆见之；更也，人皆仰之(9)。"圣贤举动，明白正直，不当如是耶？所用之人，有邪有正；所作之事，有是有非。是非邪正，两言而足。正则用之，邪则去之；是则行之，非则改之。此理甚明，犹饥之必食，渴之必饮，岂有别生义理，曲加粉饰，而能欺天下哉！《书》曰："与治同道，罔不兴；与乱同事，罔不亡。"陛下自去岁以来，所行新政[10]，皆不与治同道。立条例司[11]，遣青苗使[12]，敛助役钱，行均输法[13]，四海骚动，行路怨咨。自宰相以下，皆知其非而不敢争。臣愚蠢不识忌讳，乃者上疏论之详矣，而学术浅陋，不足以感动圣明。近者故相旧臣，藩镇侍从，杂然争言不便，以至台谏二三人者，本其所与缔交唱和表里之人也，然犹不免一言其非者，岂非物议沸腾，事势迫切，而不可止欤？自非见利忘义居之不疑者，孰肯终始胶固，不自湔[14]洗？如吴师孟乞免提举[15]，胡宗愈不愿检详，如逃垢秽，惟恐不脱，人情畏恶，一至于此。近者中外诸谨言[16]，陛下已有悔悟意，道路相庆，如蒙大赉[17]，实望陛下于旬日之间，涣发德音，洗荡乖僻，追还使者，而罢条例司。今者侧听所为，盖不过使监司体量抑配而已[18]，比之未悟，所较几何？此孟子所谓知兄臂之不可紾[19]，而姑劝以徐；知邻鸡之不可攘，而月取其一[20]。帝王改过，岂如是哉？

　　臣又闻陛下以为此法且可试之三路。臣以为此法，譬之医者之用毒药，以人之死生，试其未效之方，三路之民，岂非陛下赤子，而可试以毒药乎！今日之政，小用则小败，大用则大败，若力行而不已，则乱亡随之。臣非敢过为危论，以耸动陛下也。自古存亡之所寄者，四人而已，一曰民，二曰军，三曰吏，四曰士。此四人者一失其心，则足以生变。今陛下一举而兼犯之。青苗、助役之法行，则农不安；均输之令出，则商贾不行，而民始忧矣。并省诸军，追逐老病，至使戍兵之妻，与士卒杂处其间，贬杀军分，有同降配，迁徙淮甸，仅若流放，年近五十，人人怀忧，而军始怨矣。内则不取谋于元臣侍从，而专用新进小生，外则不责成于守令监司，而专用青苗使者，多置闲局，以摈[21]老成，而吏始解体矣。陛下临轩选士，天下谓之龙飞榜，而进士[22]一人首削旧恩，示不复用，所削者一人而已，然士莫不怅恨者，以陛下有厌薄其徒之意也。今用事者，又欲渐消进士，纯取明经[23]，虽未有成法，而小人招权，自以为功，更相扇摇，以谓必行，而士始失望矣。今进士半天下，自二十以上，便不能诵记注义为明经之学，若法令一更，则士各怀废弃之忧，而人材短长，终不在此。昔秦禁挟书[24]，而诸生皆抱其业以归胜、广[25]，相与出力而亡秦者，岂有它哉，亦徒以失业而无所归也。故臣愿陛下勿复言此。民忧而军怨，吏解体而士失望，祸乱之源，有大于此者乎？今未见也，一旦有急，则致命之士必寡矣。方是之时，不知希合苟容之徒，能为陛下收板荡[26]而止土崩乎？去岁诸军之始并也，左右之人，皆以士心乐并告陛下，近者放停军人李兴，告虎翼吏率钱行赂以求不并[27]，则士卒不乐可知矣。夫谄谀之人，苟务合意，不惮欺罔者，类皆如此。故凡言百姓乐请青苗钱，乐出助役钱者，皆不可信。陛下以为青苗抑配果可禁乎？不惟不可禁，乃不当禁也。何以言之？若此钱放而不收，则州县官吏，不免责罚。若此钱果不抑配，则愿请之户，后必难收索。前有抑配之禁，后有失陷之罚，为陛下官吏，不亦难乎！故臣以为既行青苗钱，则不当禁抑配，其势然也。人皆谓陛下圣明神武，必能徙义修慝[28]，以致太平。而近日之事，乃有文过遂非之风[29]，此臣所以愤懑太息而不能已也。

　　昔贾充用事，天下忧恐，而庚纯[30]、任恺，戮力排之，及充出镇秦凉，忠臣义士，莫不相庆，屈指数日，以望维新之化。而冯统[31]之徒，更相告语曰："贾公远放，吾等失势矣。"于是相为献谋而充复留。

则晋氏之乱，成于此矣。自古惟小人为难去。何则？去一人而其党莫不破坏。是以为之计谋游说者众也。今天下贤者，亦将以此观陛下，为进退之决，或再失望，则知几之士，相率而逝矣。岂皆如臣等辈，偷安怀禄而不忍去哉！猖狂不逊，忤(32)陛下多矣，不敢复望宽恩，俯伏引领，以待诛殛(33)。臣轼诚惶诚恐，顿首顿首。谨言。

【注释】

（1）本文应作于熙宁三年（1070），原文有误。

（2）殿中丞、直史馆、判官告院、权开封府推官：当时苏轼兼任的官职。

（3）益：指伯益，亦称大费。古代嬴姓各族的祖先，东夷族领袖。他为禹所重用，助禹治水有功，被选为继承人。禹去世后，为禹子启所杀。

（4）出自《尚书·大禹谟》。

（5）仲虺：商汤的左相。

（6）出自《尚书·仲虺之诰》。

（7）秦穆：指秦穆公，春秋时秦国君，名任好。

（8）汉高帝：即汉高祖刘邦。

（9）食：通蚀。　更：改过。出自《论语·子张》。

（10）新政：指王安石变法后采用的新政策。

（11）条例司：指主持变法的机构制置三司条例司。

（12）青苗使：推行青苗法的官员。

（13）均输法：北宋王安石新法之一。

（14）湔：洗涤。

（15）乞免：请求辞去官职。

（16）讙：喧哗。

（17）赉：赏赐。

（18）抑配：强行摊征税物。

（19）绐：拗折，变化。

（20）攘：窃，偷。苏轼意在用此典故责备宋神宗缺乏改过的决心。

（21）摈：排斥，抛弃。

（22）进士：科举制度中的科目之一，主要试诗赋。

（23）明经：科举制度中的科目之一，主要试经义。

（24）禁挟书：秦始皇三十四年，嬴政采纳李斯建议，下令除秦记、医药、卜筮、种树书外，焚毁民间所藏的诗、书和百家书等。

（25）胜、广：指陈胜、吴广。

（26）板荡：指政局变乱或社会动荡不安。旧唐书六十三萧瑀传太宗诗："疾风知劲草，板荡识诚臣。"

（27）虎翼吏：宋代主管禁军的官吏。赂：贿赂。

（28）修慝：改正过失。

（29）文过遂非：掩饰过错坚持错误。

（30）庾纯：字谋甫，晋臣，曾任黄门侍郎、中书令、河南尹等职。

（31）冯𬘡：字少胄，贾充党羽。

（32）忤：违反，抵触。

（33）殛：诛杀。

# 论冗官札子

元祐元年十月二十三日，翰林学士朝奉郎知制诰苏轼札子奏。臣伏见近日言者，以吏部员多阙少，欲清入仕之源，救官冗之弊，裁减任子及进士累举之恩(1)，流外入官(2)之数，已有旨下吏部、礼部与给舍详议。臣窃谓此数者，行之则人情不悦，不行则积弊不去，要当求其分义，务适厥中，使国有去弊之实，人无失职之叹，然后为得也。欲乞应任子及进士累举免解恩例，并一切如旧，只行下项。

一、奏荫文官人(3)，每遇科场，依进士法试大义策论。如系武官，即试弓马。并三人中解一人。仍年及二十五已上，方得出官。内已举进士得解者免试。如三试不中，年及三十五已上，亦许出官。应试大义策论及试法者，在京随进士赴国学，在外赴转运司。试弓马者，在京随武举人赴武学，在外转运司差官。

一、进士累举免解，合推恩者[4]，并约嘉祐以前内中数目，立为定额。如所试优长，系额内人数，即等第推恩，并许出官。如系额外，即并与一不出官名衔。

一、流外入官人，除近已有旨裁减三省恩例外，其余六曹寺监等处，及州郡监司人吏出职者，并委官取索文字，看详有无侥幸定夺，酌中恩例。

右[5]若行此数者，则任子[6]虽有三试滞留之艰，而无终身绝望之叹。亦使人人务学，文臣知经术时务，武臣娴弓马法律。皆有益于事。而进士累举，有词学人[7]自得出官，若无所能，得虚名一官，免为白丁，亦无所恨。如有可采，乞降下与前文字一处详议。取进止[8]。

【注释】

（1）进士累举之恩：即免解进士。唐朝贡于乡者，皆称进士。经过中央礼部考试中选的，称之为登第。不中选的人，次年考试仍由本贡取解。到了宋代，三举不中选的人，一律直接到礼部考试，称为免解进士。

（2）流外入官：唐制，一品至九品，各分正、从，谓之流内。九品以外，别置九级，自勋品至九品，无正、从，谓之流外，其官卑猥，不得预于正流，故称流外。流外入官，是指流外的人也有了官职。

（3）奏荫文官人：即靠父兄之荫庇得到文官位职的人。

（4）合推恩者：应该得到皇上恩惠条件的。

（5）右：犹言"以上"。

（6）任子：指由父兄荫庇而得到官职的人。

(7) 有词学人：有才学的人。

(8) 取进止：指所奏之事或进或止，由皇帝处置定夺。

# 上梅直讲书

轼每读《诗》至《鸱鸮》⁽¹⁾，读《书》至《君奭》⁽²⁾，常窃悲周公之不遇⁽³⁾。及观《史》，见孔子厄于陈、蔡之间⁽⁴⁾，而弦歌之声不绝，颜渊、仲由之徒相与问答⁽⁵⁾。夫子曰："'匪兕匪虎，率彼旷野⁽⁶⁾'，吾道非邪，吾何为于此？"颜渊曰："夫子之道至大，故天下莫能容。虽然，不容何病⁽⁷⁾？不容然后见君子。"夫子油然而笑曰："回⁽⁸⁾，使尔多财，吾为尔宰⁽⁹⁾。"夫天下虽不能容，而其徒自足以相乐如此。乃今知周公之富贵，有不如夫子之贫贱。夫以召公之贤，以管、蔡之亲而不知其心⁽¹⁰⁾，则周公谁与乐其富贵？而夫子之所与共贫贱者，皆天下之贤才，则亦足与乐乎此矣！

轼七、八岁时，始知读书，闻今天下有欧阳公者⁽¹¹⁾，其为人如孟轲、韩愈之徒⁽¹²⁾。而又有梅公者从之游⁽¹³⁾，而与之上下其议论⁽¹⁴⁾。其后益壮，始能读其文词，想见其为人，意其飘然脱去世俗之乐而自乐其乐也⁽¹⁵⁾。方学为对偶声律之文⁽¹⁶⁾，求斗升之禄，自度无以进见于诸公之间。来京师逾年，未尝窥其门⁽¹⁷⁾。今年春，天下之士群至于礼部⁽¹⁸⁾，执事与欧阳公实亲试之⁽¹⁹⁾。诚不自意⁽²⁰⁾，获在第二。既而闻之人，执事爱其文，以为有孟轲之风。而欧阳公亦以其能不为世俗之文也而取焉,是以在此。非左右为之先容<sup>(21)</sup>,非亲旧为之请属<sup>(22)</sup>,而向之十余年间闻其名而不得见者,一朝为知己。退而思之,人不可以苟富贵,亦不可以徒贫贱。有大贤焉而为其徒,则亦足恃矣<sup>(23)</sup>。苟其侥一时之幸<sup>(24)</sup>,从车骑数十人,使闾巷小民聚观而赞叹之,亦何以易此乐也。《传》曰:"不怨天,不尤人<sup>(25)</sup>。"盖优哉游哉,可以卒岁<sup>(26)</sup>。执事名满天下,而位不过五品,其容色温然而不怒,其文章宽厚敦朴而无怨言,此必有所乐乎斯道也。轼愿与闻焉!

【注释】

(1)《鸱鸮》:《诗经·豳风》中的篇名。

(2)君奭:《尚书》中的篇名。

(3)周公:姓姬,名旦,周武王之弟,武王死后,辅佐成王治平天下。

(4)孔子厄于陈、蔡之间:孔子周游列国至陈、蔡时,被陈、蔡两国的大夫们围困于郊野,断粮挨饿,但孔子仍给弟子们讲学,且琴声歌声不绝。 厄:困。 陈、蔡:春秋时国名。

(5)颜渊、仲由:皆为孔子的弟子。颜渊:名回,字子渊。 仲由:字子路。

(6)匪兕匪虎,率彼旷野:不是犀也不是虎,却奔波于旷野上。兕,雌的犀牛。 率:沿,引申为来回奔波。

(7)不容何病:不能容纳又有什么可担忧的呢。

(8)回:颜回。

(9)宰:主宰,管理。这里指掌管财产。

（10）管、蔡：即管叔、蔡叔。

（11）欧阳公：指欧阳修。

（12）孟轲、韩愈：儒家学派代表人物之一孟子，唐代著名文学家韩愈。

（13）从之游：与之交游。

（14）上下：互相切磋、相辅相成之意。

（15）飘然：高超的样子。

（16）对偶声律之文：指诗赋。

（17）窥其门：登门拜访的意思。

（18）礼部：朝廷六部之一，掌管礼制、科举、学校等事。

（19）执事：本指侍从左右供使令之人。旧时书信里，以执事代称对方，以示尊敬，是烦扰对方执事的意思。此处指梅尧臣。

（20）诚不自意：自己实在没有想到。

（21）先容：先作介绍，先通关节。

（22）请属：请求，嘱托。

（23）恃：依托。

（24）侥一时之幸：一时侥幸。

（25）不怨天，不尤人： 怨：抱怨。 尤：指责，归罪。

（26）优哉游哉，可以卒岁：悠然自得，快乐地生活。

# 乞郡札子

元祐三年十月十七日，翰林学士朝奉郎知制诰兼侍读苏轼札子奏。臣近以左臂不仁，两目昏暗，有失仪旷职[1]之忧，坚乞一郡[2]。伏蒙圣慈降诏不允，遣使存问，赐告养疾。恩礼之重，万死莫酬。以臣子大义言之，病未及死，皆当勉强，虽有失仪旷职之罚，亦不当辞。然臣终未敢起就职事者，实亦有故。言之则触忤权要，得罪不轻。不言则欺罔君父，诛罚尤大。故卒言之。

臣闻之《易》曰："君子安其身而后动。"又曰："君不密，则失臣，臣不密，则失身。"以此知事君之义，虽以报国为先，而报国之道，当以安身为本。若上下相忌，身自不安，则危亡是忧，国何由报。恭惟陛下践阼[3]之始，收臣于九死之余。半年之间，擢臣为两制之首。方将致命，岂敢告劳。特以臣拙于谋身，锐于报国，致使台谏，例为怨仇。臣与故相司马光，虽贤愚不同，而交契最厚。光既大用，臣亦骤迁，在于人情，岂肯异论。但以光所建差役一事，臣实以为未便，不免力争。而台谏诸人，皆希合光意，以求进用，及光既殁，则又妄意陛下以为主光之言[4]，结党横身，以排异议，有言不便，约共攻之。曾不知光至诚为民，本不求人希合，而陛下虚心无我，亦岂有所主哉！其后又因刑部侍郎范百禄与门下侍郎韩维争议刑名，欲守祖宗故事，不敢以疑法杀人，而谏官吕陶又论维专权用事[5]。臣本蜀人，与此两人实是知旧。因此，韩氏之党一例疾臣，指为川党。御史赵挺之，在元丰末通判德州，而著作黄庭坚方监本州德安镇，挺之希合提举官杨景棻，意欲于本镇行市易法，而庭坚以谓镇小民贫，不甚诛求，若行市易，必致星散，公文往来，士人传笑。其后挺之以大臣荐，召试馆职，臣实对众言，挺之聚敛小人，学行无取，岂堪此选。又挺之妻父郭概为西蜀提刑时，本路提举官韩玠违法虐民，朝旨委概体量，而概附会隐庇，臣弟辙为谏官，劾奏其事，玠、概并行黜责。以此挺之疾臣，尤出死力。臣二年之中，四遭口语，发策草麻[6]，皆谓之诽谤。未出省榜[7]，先言其失士。以至臣所荐士，例加诬蔑，所言利害，不许相度[8]。近日王觌胡宗愈指臣为党，孙觉言丁骘云是臣亲家。臣与此两人有何干涉，而于意外巧构曲成，以积[9]臣罪。欲使臣桡椎[10]于十夫之手，而使陛下投杼于三至之言。中外之人，具晓此意，谓臣若不早去，必致倾危。臣非不知圣主天纵聪明，察臣无罪。但以台谏气焰，震动朝廷，上自执政大臣，次及侍从百官，外至监司守令，皆畏避其锋，奉行其意，意所欲去，势无复全。天下知之，独陛下深居法宫[11]之中，无由知耳。

臣窃观三代以下，号称明主，莫如汉宣帝、唐太宗。然宣帝杀盖宽饶，太宗杀刘洎，皆信用谗言，死非其罪，至今哀之。宣帝初知盖宽饶忠直不畏强御，自侯、司马擢为太中大夫、司隶校尉，不可谓不知之深矣。而盖宽饶上书有云："五帝官天下，三王家天下。"[12]而当时谗人，乃谓宽饶欲求禅位[13]。宣帝不察，致使宽饶自刭北阙下。太宗信用刘洎，言无不从，尝比之魏文贞公，亦不谓不知之深矣。而太宗征辽患痈，洎泣曰："圣体不康，甚可忧惧。"而当时谗人，乃谓洎欲行伊、霍之事。太宗不察，赐洎自尽。二主非不明也。二臣之受知，非不深也。恃明主之深知，不避谗人积毁，以至身首异处，为天下笑。今臣自度受知于陛下，不过如盖宽饶之于汉宣帝，刘洎之于唐太宗也。而谗臣者，乃十倍于当时，虽陛下明哲宽仁，度越二主[14]，然臣亦岂敢恃此不去，以卒蹈二臣之覆辙哉！且二臣之死，天下后世，皆言二主信谗邪而害忠良，以为圣德之累[15]。使此二臣者，识几畏渐，先事求去，岂不身名俱泰，臣主两全哉！臣纵不自爱，独不念一旦得罪之后，使天下后世有以议吾君乎？昔先帝召臣上殿，访问古今，敕臣今后遇事即言。其后臣屡论事，未蒙施行，乃复作为诗文，寓物托讽，庶几流传上达，感悟圣意。而李定、舒亶、何正臣三人，因此言臣诽谤，臣遂得罪。然犹有近似者，以讽谏为诽谤也。今臣草麻词，有云"民亦劳止"，而赵挺之以为诽谤先帝，则是以白为黑，以西为东，殊无近似者。臣以此知挺之憸毒甚于李定、舒亶、何正臣，而臣之被谗甚于盖宽饶、刘洎也。古人有言曰："为君难，为臣不易。[16]"臣欲依违苟且，雷同众人，则内愧本人，上负明主。若不改其操，知无不言，则怨仇交攻，不死即废。伏望圣慈念为臣之不易，哀臣处此之至难，始终保全，措之不争之地[17]，特赐指麾[18]，检会前奏，早赐施行。臣无任感恩知罪，祈天请命，激切战恐之至。取进止。

  贴黄。郭概人材凡猥，众所共知，既以附会小人得罪，近复擢为监司者，盖畏挺之之口，欲以苟悦其意。正如向时王岩叟在言路时[19]，擢用其父荀龙知澶州、妻父梁焘为谏议，天下知其为岩叟也。

  又，贴黄。臣所举自代人[20]黄庭坚、欧阳棐，十科人王巩，制科人秦观，皆诬以过恶，了无事实。臣又曾建言乞行给国募役法，吕大防、范纯仁皆深以为便。方行下相度，而台谏争言其不可，更不得相度。至今臣每见大防、纯仁，皆咨嗟太息，惜此法之不行，但畏台谏不敢行下耳。

又，贴黄。中外臣僚，畏避台谏，附会其言，以欺朝廷者，皆有实状。但以事不关臣，故不敢一一奏陈耳。又，贴黄。陛下若谓臣此言狂妄，即乞付外核实其事，显加黜责。若以为然，即乞留中省览，臣当别具札子乞郡外付施行。

【注释】

(1) 失仪旷职：有失形象，耽误工作。

(2) 坚乞一郡：坚决请求到一个郡去任职。

(3) 践祚：登上皇位。

(4) 主光之言：支持司马光的主张。

(5) 又论维专权用事：又议论韩维专权用事。

(6) 草麻：起草诏书。唐宋时，用黄麻纸写诏，故称草诏为草麻。

(7) 省榜：省里还设等公布（官员任职）名单。宋时设中书，门下，尚书三省，分管国政。

(8) 相度：相互讨论，商量。

(9) 积：增加。

(10) 桡棰：屈服于击打之下。桡，屈服。棰，击打。

(11) 法宫：皇宫。

(12) 五帝官天下，三王家天下：意为为五帝以天下为公，三王将天下变为自己的。

(13) 欲求禅让：想使天子将帝位传给自己。

（14）度越：超过。

（15）累：牵累。

（16）"为君难"二语：见《论语·子路》。

（17）措之不争之地：安置到没有争议的地方。

（18）指麾：同"指挥"，皇上所下的敕、诏令等。

（19）在言路时：在作谏官的时候。

（20）自代人：代替自己的人。

# 杭州召还乞郡状

元祐六年五月十九日，龙图阁学士左朝奉郎前知杭州苏轼状奏。右臣近奉诏书及圣旨札子，不允臣辞免翰林学士承旨恩命及乞郡事[1]。臣已第三次奏乞除臣扬、越、陈、蔡一郡去讫。窃虑区区之诚，未能遽回天意，须至尽露本心，重干圣听[2]，惶恐死罪！惶恐死罪！

臣昔于治平中，自凤翔职官得替入朝，首被英宗皇帝知遇，欲骤用臣。当时宰相韩琦以臣年少资浅，未经试用，故且与馆职。亦会臣丁父忧去官[3]。及服阕入觐[4]，便蒙神宗皇帝召对，面赐奖激，许臣职外言事。自惟羁旅之臣，未应得此，岂非以英宗皇帝知臣有素故耶？是时王安石新得政，变易法度，臣若少加附会，进用可必[5]。自惟远人，蒙二帝非常之知，不忍欺天负心，欲具论安石所为不可施行状，以裨万一[6]。然未测圣意待臣深浅，因上元有旨买灯四千碗，有司无状，亏减市价，臣即上书论奏，先帝大喜，即时施行。臣以此卜知先帝圣明，能受尽言，上疏六千余言，极论新法不便。后复因考试进士，拟对御试策进上，并言安石不知人，不可大用。先帝虽未听从，然亦嘉臣愚直，初不谴问。而安石大怒，其党无不切齿，争欲倾臣[7]。御史知杂谢景温，首出死力，弹奏臣丁忧归乡日，舟中曾贩私盐。遂下诸路体量[8]追捕当时梢工篙手等，考掠取证，但以实无其事，故锻炼[9]不成而止。臣缘此惧祸乞出，连三任外补[10]。而先帝眷臣不衰，时因贺谢表章，即对左右称道。党人疑臣复用，而李定、何正臣、舒亶三人，构造飞语[11]，酝酿百端，必欲致臣于死。先帝初亦不听，而此三人执奏不已，故臣得罪下狱。定等选差悍吏皇遵，将带吏卒，就湖州追摄，如捕寇贼。臣即与妻子诀别，留书与弟辙，处置后事，自期必死。过扬子江，便欲自投江中，而吏卒监守不果。到狱，即欲不食求死。而先帝遣使就狱，有所约敕[12]，故狱吏不敢别加非横。臣亦觉知先帝无意杀臣，故复留残喘，得至今日。及窜责黄州，每有表疏，先帝复对左右称道，哀怜奖激，意欲复用，而左右固争，以为不可。臣虽在远，亦具闻之。古人有言，聚蚊成雷，积羽沉舟[13]，言寡不胜众也。以先帝知臣特达如此，而臣终不免于患难者，以左右疾臣者众也。

及陛下即位，起臣于贬所，不及一年，备位禁林，遭遇之异，古今无比。臣每自惟昆虫草木之微，无以仰报天地生成之德，惟有独立不倚，知无不言，可以少报万一。始论筍前差顾利害，与孙永、傅尧俞、韩维争议，因亦与司马光异论。光初不以此怒臣，而台谏诸人，逆探光意，遂与臣为仇。臣又素疾程颐之奸，未尝假以色词[14]，故颐之党人，无不侧目。自朝廷废黜大奸数人，而其余党犹在要近，阴为之地，特未敢发尔。小臣周穜，乃敢上疏乞用王安石配享<sup>(15)</sup>，以尝试朝廷。臣窃料穜草芥之微，敢建此议，必有阴主其事者。足以上书逆折其奸锋，乞重赐行遣，以破小人之谋。因此，党人尤加忿疾。其后，又于经筵极论黄河不可回夺利害，且上疏争之，遂大忤执政意。积此数事，恐别致患祸。又缘臂痛目昏，所以累章力求补外。

窃伏思念，自忝禁近<sup>(16)</sup>，三年之间，台谏言臣者数四，只因发策草麻，罗织语言，以为谤讪，本无疑似，白加诬执。其间暧昧潜诉，陛下察其无实而不降出者，又不知其几何矣。若非二圣仁明，洞照肝膈，则臣为党人所倾，首领不保，岂敢望如先帝之赦臣乎？自出知杭州二年，粗免人言，中间法外刺配颜章、颜益二人，盖攻积弊，事不获已。陛下亦已赦臣，而言者不赦，论奏不已。其意岂为颜章等哉？以此知党人之意，未尝一日不在倾臣，洗垢求瑕，止得此事。

今者忽蒙圣恩召还擢用，又除臣弟辙为执政，此二事，皆非大臣本意。窃计党人必大猜忌，磨厉以须<sup>(17)</sup>，势必如此。闻命悸恐，以福为灾，即日上章，辞免乞郡。行至中路，果闻弟辙为台谏所攻，般出廨宇待罪。又蒙陛下委曲，照见情状，方获保全。臣之刚褊，众所共知，党人嫌忌，甚于弟辙。岂敢以衰病之余。复犯其锋，虽自知无罪可言，而今之言者，岂问是非曲直。窃谓人主之待臣子，不过公道以相知，党人之报怨嫌，必为巧发而阴中。臣岂敢恃二圣公道之知，而傲党人阴中之祸。所以不避烦渎，自陈入仕以来进退本末，欲陛下知臣危言危行独立不回，以犯众怒者，所从来远矣。又欲陛下知臣平生冒涉患难危崄如此，今余年无几，不免有远祸全身之意，再三辞逊，实非矫饰，柳下惠有言："直道而事人，焉往而不三黜。"臣若贪得患失，随世俯仰，改其常度，则陛下亦安所用。臣若守其初心，始终不变,则群小侧目,必无安理。虽蒙二圣深知,亦恐终不胜众。所以反覆计虑,莫若求去。非不怀恋天地父母之恩,而衰老之余,耻复与群小计较短长曲直,为世间高人长者所笑。

伏望圣慈,察臣至诚,特赐指挥执政检会累奏,只作亲嫌回避,早除一郡(18)。所有今来奏状,乞留中不出,以保全臣子,臣不胜大愿。若朝廷不以臣不才,犹欲驱使,或除一重难边郡,臣不敢辞避,报国之心,死而后已。惟不愿在禁近,使党人猜疑,别加阴中也。干犯天威,谨俟斧锧。臣不任祈天请命战恐殒越之至。谨录奏闻,伏候敕旨。

贴黄。臣受圣知最深,故敢披露肝肺,尽言无隐。必致当途怨怒,愈为身灾,君臣不密,《周易》所戒,故亲书奏状。

眼昏字大,又涉不恭,进退惟谷,伏望圣慈宽赦,臣不胜战恐之至。

## 【注释】

(1) 乞郡事:乞求到地方任职的事。郡,郡州。

(2) 重干圣听:再次打扰圣上。干,干涉,打扰。

(3) 丁父忧去官:为父守丧而辞去官职。丁……忧,为……服丧。

(4) 及服阕入觐:等到守完了父丧入朝觐见。

(5) 进用可必:肯定会得到进用。

(6) 以裨万一:以多少有点补益。

(7) 争欲倾臣:争先恐后想打倒我。

(8) 体量:辨察、考核。

（9）锻炼：罗织罪名，陷人于罪。

（10）外补：到外地任职。

（11）飞语：没有根据的言论。

（12）约敕：约束的命令。

（13）聚蚊成雷，积羽沉舟：蚊子聚多了叫声如雷，羽毛积多了也能压沉船。

（14）未尝假以色词：未曾给他们好看的颜色，好听的话语。

（15）配享：以功臣的身份附祭于皇家祖庙。

（16）自忝禁近：自从进入翰林院。忝，自谦之词。禁近，指翰林院，因其官署在宫禁中，与皇帝所居相近，故称"禁近"。

（17）磨厉以须：做好准备等待。磨厉，同"磨砺"，将……磨快。这里当准备好讲。

（18）早除一郡：早日下令到一个郡州去任职。

# 乞校正陆贽议上进札子

元祐八年五月七日，端明殿学士兼翰林侍读学士左朝奉郎守礼部尚书苏轼，同吕希哲、吴安诗、丰稷、赵彦若、范祖禹、顾临札子奏。臣等猥以空疏，备员讲读<sup>(1)</sup>，圣明天纵，学问日新，臣等才有限而道无穷，心欲言而口不逮，以此自愧，莫如所为。窃谓人臣之献忠，譬如医者之用药，药虽进于医手，方多传于古人。若已经效于世间，不必皆从于己出。伏见唐宰相陆贽,才本王佐,学为帝师。论深切于事情,言不离于道德。智如子房,而文则过;辩如贾谊,而术不疏。上以格<sup>(2)</sup>君心之非,下以通天下之志。三代已还,一人而已。但其不幸,仕不遇时。德宗以苛刻为能,而贽谏之以忠厚;以猜疑为术,而贽劝之以推诚;好用兵,而贽以消兵为先;德宗好聚财,而贽以散财为急。至于用人听言之法,治边驭将之方,罪己以收人心,改过以应天变,远小人以除民患,惜名器以待有功,如此之流,未易悉数,可谓进苦口之药石,针害身之膏肓。使<sup>(3)</sup>德宗尽用其言,则贞观<sup>(4)</sup>可得而复。臣等每退自西阁,即私相告言,以陛下圣明,必喜贽议论,但使圣贤之相契<sup>(5)</sup>,即如臣主之同时。昔冯唐论颇、牧之贤,则汉文为之太息;魏相条晁、董之对,则孝宣以致中兴。若陛下能自得师,莫若近取诸贽。夫六经三史、诸子百家,非无可观,皆足为治。但圣言幽远,末学支离<sup>(6)</sup>,譬如山海之崇深,难以一二而推择。如贽之论,开卷了然。聚古今之精英,实治乱之龟鉴<sup>(7)</sup>。臣等欲取其奏议,稍加校正,缮写进呈。愿陛下置之坐隅,如见贽面,反覆熟读,如与贽言,必能发圣性之高明,成治功于岁月。臣等不胜区区之意。取进止。

【注释】

(1) 备员讲读:备员,谦词。充数。讲读,为皇上讲书教授的人。

(2) 格:纠正。

(3) 使:假使,假如。

(4) 贞观:唐太宗李世民的年号,史有"贞观之治"的说法。

(5) 相契:相合。

（6）末学支离：肤浅无根的学术不成体系。

（7）龟鉴：犹"龟镜"，借鉴的意思。龟可以卜吉凶，镜能区别美恶。

## 赴英州乞舟行状

臣轼言。近准诰命，落两职，追一官，谪守岭南小郡。臣寻火急治装，星夜上道，今已行次滑州。而自闻命已来，忧悸成疾，两目昏障，仅分道路。左手不仁(1)，右臂缓弱，六十之年，头童齿豁(2)，疾病如此，理不久长。而所负罪名至重，上孤恩义，下愧平生，悸伤血气，忧隔饮食，所以疾病有加无瘳(3)。加以素来不善治生，禄赐所得，随手耗尽，道路之费，囊橐已空。臣本作陆行，日夜奔驰，速于赴任，而疾病若此，资用不继，英州接人，卒未能至，定州送人，不肯前去，雇人买马之资，无所从出。道尽涂穷，譬如中流失舟，抱一浮木，恃此为命，而木将沉，臣之衰危亦云极矣。窃伏思念得罪以来，三改谪命，圣恩保全，终付一郡。岂期圣主至仁至明，尚念八年经筵之旧臣(4)，意欲全其性命乎？臣若强衰病之余生，犯三伏之毒暑，陆走炎荒四千余里，则僵仆中途，死于逆旅之下，理在不疑。虽罪累之重，不足多惜，而死非其道，则非仁圣不杀全育之意也。轼已分散骨肉，令长子带往近地，躬耕就食，臣只带家属数人，前去汴泗之间，乘舟泛江，倍道而行，至南康军出陆赴任。所贵医药粥食，不至大段失所。

臣切揣自身，多病早衰，气息仅属，必无生还之道。然尚延晷刻⁽⁵⁾于舟中，毕余生于治所，虽以瘴疠死于岭表，亦所甘心，比之陆行毙于中道，稿葬路隅，常为羁鬼，则犹有间⁽⁶⁾矣。恭惟圣主之德，下及昆虫，以臣曾经亲近任使，必不欲置之死地，所以辄为舟行之计。敢望天慈，少加悯恻。臣无任。

【注释】

(1) 不仁：没有知觉，有疾病。
(2) 头童齿豁：头发稀少牙齿脱落。
(3) 无瘳：不能痊愈。
(4) 经筵之旧臣：为皇上讲学的老臣。经筵，为皇上讲学的地方。
(5) 晷刻：很短的时间。
(6) 有间：有一定的间隔。

## 王安石赠太傅

敕。朕式观古初，灼见天命。将有非常之大事，必生希世之异人。使其名高一时，学贯千载。智足以达其道，辩足以行其言。瑰玮⁽¹⁾之文，足以藻饰万物；卓绝之行，足以风动四方。用能于期岁⁽²⁾之间，靡然变天下之俗。具官王安石，少学孔、孟，晚师瞿、聃⁽³⁾。罔罗六艺<sup>(4)</sup>之遗文，断以己意；糠秕百家之陈迹，作新斯人。属熙宁之有为，冠群贤而首用。信任之笃，古今所无。方需功业之成，遽起山林之兴<sup>(5)</sup>。浮云何有，脱屣如遗。屡争席于渔樵，不乱群于麋鹿。进退之美，雍容可观。朕方临御之初，哀疚罔极。乃眷三朝之老，邈在大江之南。究观规模，想见风采。岂谓告终之问，在予谅闇之中。胡不百年，为之一涕。於戏<sup>(6)</sup>。死生用舍之际，孰能违天；赠赙哀荣之文，岂不在我。宠以师臣之位，蔚为儒者之光。庶几有知，服我休命<sup>(7)</sup>。可。

【注释】

（1）瑰玮：辞彩灿烂的样子。

（2）期岁：一周年。

（3）瞿、聃：指商瞿和老聃。商瞿，春秋时鲁国人，学《易》于孔子。传《易》。老聃，春秋时楚国人李耳。著有《道德经》。

（4）六艺：礼、乐、射、御、书、数六种科目。汉以后，指儒家的六经。

（5）山林之兴：隐遁山林之意。

（6）於戏：同"呜呼"。

（7）服我休命：接受我美善的诏命。

## 策别厚货财一

夫天下未尝无财也$^{(1)}$。昔周之兴，文王武王之国不过百里$^{(2)}$。当其受命，四方之君长交至于其廷$^{(3)}$，军旅四出，以征伐不义之诸侯$^{(4)}$，而未尝患无财$^{(5)}$。方此之时，关市无征$^{(6)}$，山泽不禁，取于民者不过什一，而财有余。及其衰也，内食千里之租，外取千八百国之贡，而不足用。由此观之，夫财岂有多少哉！人君之于天下，俯己以就人，则易为功；仰人以援己$^{(7)}$，则难为力。是故广取以给用，不如节用以廉取之为易也。

臣请得以小民之家而推之$^{(8)}$。夫民方其穷困时，所望不过十金之资；计其衣食之费，妻子之奉，出入于十金之中，宽然而有余$^{(9)}$。及其一旦稍稍蓄聚，衣食既足，则心意之欲，日以渐广；所入益众，而所欲益以不给。不知罪其用之不节，而以为求之未至也。是以富而愈贪，求愈多而财愈不供，此其为惑，未可以知其所终也。盍亦反其始而思之：夫向者岂能寒而不衣$^{(10)}$、饥而不食乎？

今天下汲汲乎以财之不足为病$^{(11)}$，何以异此。国家创业之初，四方割据，中国之地至狭也$^{(12)}$。然岁岁出师以诛讨僭乱之国$^{(13)}$，南取荆楚，西平巴蜀$^{(14)}$，而东下并潞，其费用之多，又百倍于今可知也。然天下之士未尝思其始，而惴惴焉患今世之不足$^{(15)}$，则亦甚惑矣$^{(16)}$。

夫为国有三计：有万世之计，有一时之计，有不终月之计。古者三年耕必有一年之蓄，以三十年之通计，则可以九年不饥也。岁之所入，足用而有余，是以九年之蓄，常闲而无用。卒有水旱之变[17]、盗贼之忧，则官可以自办而民不知。如此者，天不能使之灾，地不能使之贫，四夷盗贼不能使之困，此万世之计也。而其不能者[18]，一岁之入，才足以为一岁之出；天下之产，仅足以供天下之用。其平居虽不至于虐取其民[19]，而有急则不免于厚赋[20]。故其国可静而不可动[21]，可逸而不可劳[22]，此亦一时之计也。至于最下而无谋者，量出以为入，用之不给，则取之益多[23]。天下晏然无大患难[24]，而尽用衰世苟且之法[25]，不知有急则将何以加之[26]，此所谓不终月之计也。

今天下之利莫不尽取，山陵林麓莫不有禁，关有征[27]，市有租，盐铁有榷[28]，酒有课[29]，茶有算[30]，则凡衰世苟且之法，莫不尽用矣。譬之于人，少壮之时，丰健勇武，然后可以望其无疾，以至于寿考[31]。今未五六十，而衰老之候具见而无遗，若八九十者，将何以待其后耶？然天下之人，方且穷思竭虑[32]，以广求利之门，且人而不思，则以为费用不可复省。使天下无盐铁酒茗之税，将不为国乎？臣有以知其不然也。

天下之费，固有去之甚易而无损，存之甚难而无益者矣。臣不能尽知，请举其所闻，而其余可以类求焉。夫无益之费，名重而实轻[33]。以不急之实，而被之以莫大之名[34]，是以疑而不敢去。三岁而郊[35]，郊而赦，赦而赏，此县官有不得已者[36]。天下吏士，数日而待赐[37]，此诚不可以卒去。至于大吏，所谓股肱耳目[38]，与县官同其忧乐者，此岂亦不得已而有所畏耶？天子有七庙，今有饰老佛之宫而为之祠[39]，固已过矣。又使大臣以使领之，岁给以巨万计，此何为者也？天下之吏，为不少矣，将患未得其人[40]。苟得其人，则凡民之利，莫不备举⁽⁴¹⁾，而其患莫不尽去。今河水为患，不使滨河州郡之吏亲视其灾，而责之以救灾之术，徒为都水监⁽⁴²⁾。夫四方之水患，岂其一人坐筹于京师而尽其利害？天下有转运使足矣，今江淮之间，又有发运⁽⁴³⁾，禄赐之厚，徒兵之众，其为费岂胜计哉！盖尝闻之，里有蓄马者，患牧人欺之而盗其刍菽也⁽⁴⁴⁾，又使一人焉为之厩长，厩长立而马益癯⁽⁴⁵⁾。今为政不求其本，而治其末，自是而推之，天下无益之费，不为不多矣。臣以为凡若此者，日求而去之，自毫厘以往⁽⁴⁶⁾，莫不有益。惟不轻其毫厘而积之，则天下庶乎少息也⁽⁴⁷⁾。

【注释】

（1）未尝：不曾。

（2）文王：周文王姬昌。　武王：周武王姬发。

（3）受命：指皇帝受了上天之命，来统治天下。　交至：交错着来到。

（4）征伐：讨伐。上伐下，"有道"伐"无道"，叫征。《史记·周本纪》载，姬昌曾伐犬戎，伐密须等。

（5）患：担忧。

（6）关市无征：关口、市场不征收税。

（7）仰人以援己：让下面的人仰着身子来支援上面的人。意指加重人民的负担来满足朝廷的用度。

（8）得：能。

（9）宽然而有余：非常宽裕，还能有剩余。

（10）向者：从前，指只有"十金之资"的时候。

(11) 汲汲乎：形容心情急切，努力追求。

(12) 中国之地：指宋朝当时所统治的中原之地。　至：最。狭：小。

(13) 僭乱之国：指当时与宋王朝并立的、称王称帝的割据诸侯。僭：地位在下的冒用地位在上的名义或礼仪。

(14) 西平巴蜀：乾德三年（962），王全斌等攻占川中，孟昶投降，平西蜀。

(15) 惴惴焉：非常着急的样子。

(16) 惑：荒谬。

(17) 卒：同"猝"，非常突然。

(18) 不能者：无才能的人。

(19) 虐取：残暴狠毒地榨取。

(20) 厚赋：重重地收税。

(21) 静：安定，没有变故和动乱。　动：发生动乱。

(22) 逸：闲适安乐。

(23) 量出以为入：根据支出来定赋税的限度。　用之不给：支出不够。　则取之益多：就索取的更多。

(24) 晏然：安定的样子。

(25) 衰世苟且之法：衰落之世所用的只顾眼前、得过且过的办法。

(26) 急：紧急严重的事情。

(27) 征：收关卡税。

(28) 榷：专卖。

(29) 课：按一定的数额和时间收税。

(30) 算：按产量收税。

(31) 寿考：活得岁数大。

(32) 穷思竭虑：用尽思虑。

(33) 名重而实轻：名义上重视而实际上很轻视。

(34) 被之：给它加上。

(35) 郊：指皇帝祭天的盛典，即郊祀。

(36) 县官：这里指天子。

(37) 数日：数着日子。

(38) 股肱耳目：语出《书·益稷》，指高官大臣。

(39) 老佛：指道教和释教。

(40) 将患未得其人：只担心没得到适宜的人。

(41) 备举：全部兴建起来。

(42) 都水监：宋仁宗嘉祐三年（1058），在京城设立都水监，掌管全国河渠水利。

(43) 发运：指当时的淮南、两浙、荆湖路发运使。

(44) 牧人：这里指牧马人。　刍：喂牲口用的草。　菽：豆类的总称。

(45) 癯：瘦。

(46) 自毫厘以往：从一毫一厘起到更多。

(47) 庶几少息：大概可以稍稍得到休息。

## 吕惠卿不得签书公事

敕。凶人在位，民不奠居；司寇失刑，士有异论。稍正滔天之罪，永为垂世之规。具官吕惠卿，以斗筲之才，挟穿窬⁽¹⁾之智。诐事宰辅，同升庙堂。乐祸而贪功，好兵而喜杀。以聚敛为仁义，以法律为诗书。首建青苗，次行助役。均输之政，自同商贾；手实之祸，下及鸡豚。苟可蠹国以害民，率皆攘臂而称首。先皇帝求贤若不及，从善如转圜。始以帝尧之心，姑试伯鲧；终然孔子之圣，不信宰予。发其宿奸，谪之辅郡；尚疑改过，稍卑重权。复陈罔上之言，继有砀山之贬⁽²⁾。反覆教戒，恶心不悛⁽³⁾；躁轻矫诬，德音犹在。始与知己，共为欺君。喜则摩足以相欢，怒则反目以相噬。连起大狱，发其私书。党与交攻，几半天下。奸赃狼藉，横被江东。至其复用之年，始倡西戎之隙。妄出新意，变乱旧章，力引狂生之谋，驯至永乐之祸。兴言及此，流涕何追。迨予践祚之初，首发安边之诏。假我号令，成汝诈谋。不图涣汗⁽⁴⁾之文，止为款贼之具。迷国不道，从古罕闻。尚宽两观⁽⁵⁾之诛，薄示三危⁽⁶⁾之窜。国有常典，朕不敢私。可。

【注释】

（1）穿窬：穿洞。

(2) 继有砀山之贬：被贬到砀山。砀山，县名，属安徽省。

(3) 不悛：不改。

(4) 涣汗：比喻帝王发布号令，如汗出于身，不能收回。

(5) 两观：宫门外悬挂法令处，多在此行刑。

(6) 三危：荒远之地。

# 太息一章送秦少章秀才<sup>(1)</sup>

孔北海与曹公论盛孝章云："孝章，实丈夫之雄者也，游谈之士，依以成声<sup>(2)</sup>……今之少年，喜谤前辈，或讥评孝章；孝章要为有天下重名<sup>(3)</sup>，九牧之人<sup>(4)</sup>，所共称叹。"吾读至此，未尝不废书太息也<sup>(5)</sup>。曰：嗟乎！英伟奇逸之士<sup>(6)</sup>，不容于世俗也久矣。虽然<sup>(7)</sup>，自今观之，孔北海、盛孝章犹在世<sup>(8)</sup>，而向之讥评者<sup>(9)</sup>，与草木同腐久矣。昔吾举进士，试于礼部<sup>(10)</sup>。欧阳文忠公见吾文曰："此我辈人也，吾当避之<sup>(11)</sup>。"方是时，士以剽裂为文<sup>(12)</sup>，聚而见讪<sup>(13)</sup>，且讪公者，所在成市<sup>(14)</sup>，曾未数年，忽焉若潦水之归壑<sup>(15)</sup>，无复见一人者，此岂复待后世哉！今吾衰老废学，自视缺然<sup>(16)</sup>，而天下之士不吾弃<sup>(17)</sup>，以为可以与于斯文者，犹以文忠公之故也。张文潜<sup>(18)</sup>、秦少游<sup>(19)</sup>，此两人者，士之超逸绝尘者，非独吾云尔。二三子亦自以为莫及也<sup>(20)</sup>，士骇于所未闻，不能无异同<sup>(21)</sup>，故纷纷之言，常及吾与二子<sup>(22)</sup>，吾策之审矣<sup>(23)</sup>。士如良金美玉，市有定价，岂可以爱憎口舌贵贱之欤？少游之弟少章，复从吾游，不及期年$^{(24)}$，而论议日新，若将施于用者，欲归省其亲$^{(25)}$，且不忍去。呜呼！子行矣。归而求诸兄$^{(26)}$，吾何加焉$^{(27)}$！作《太息》一篇，以饯其行，使藏于家，三年，然后出之。

【注释】

（1）太息：叹息。

（2）声：名声。

（3）要：总之。

（4）九牧：九州。古时天下分为九州，州的长官称牧，故九州亦称为九牧。

（5）废书：放下书。废：放下。

（6）英伟奇逸之士：指超绝世俗的人才。

（7）虽然：尽管如此。

（8）犹在世：意谓孔、盛二人活在人们心中。

（9）向：先前。

（10）礼部：官署名，为六部之一，具有管理科举考试的职能。

（11）吾当避之：我应当给他让出一条路。

（12）剽裂：剽窃、割裂。

（13）讪：毁谤，讥刺。

（14）所在成市：形容人数之多，就像集市一样。

（15）潦水：雨后的积水。

（16）缺然：无用的样子。

（17）不吾弃：不抛弃我。

（18）张文潜：张耒，字文潜，"苏门四学士"之一，有《柯山集》。

（19）秦少游：秦观，字少游，"苏门四学士"之一，著有《淮海集》。

（20）二三子：指秦少章等随苏轼同游的晚辈。

（21）异同：偏义复词，意在"异"字。

（22）二子：指张耒、秦观。

（23）策：思考。　审：仔细，周祥。

（24）期年：满一年。

（25）省：探望。

（26）诸："之于"的合音词。　兄：指秦观。

（27）吾何加焉：我有什么能超过他的呢？　加：超过。

## 滟滪堆赋并叙

世以瞿塘峡口滟滪堆为天下之至险，凡覆舟者，皆归咎于此石。以余观之，盖有功于斯人者。夫蜀江会百水而至于夔，渺漫浩汗，横放于大野，而峡之小大，曾不及其十一。苟先无以龃龉[1]于其间，则江之远来，奔腾迅快，尽锐于瞿塘之口，其崄悍[2]可畏，当不啻于今耳。因为之赋，以待好事者试观而思之。

天下之至信[3]者，唯水而已。江河之大与海之深，而可以意揣。

唯其不自为形，而因物以赋形<sup>(4)</sup>，是故千变万化而有必然之理。掀腾勃怒，万夫不敢前兮，宛然听命，惟圣人之所使。余泊舟乎瞿塘之口，而观乎滟滪之崔嵬，然后知其所以。开峡而不去者，固有以也<sup>(5)</sup>。蜀江远来兮，浩漫漫之平沙。行千里而未尝龃龉兮，其意骄逞而不可摧。忽峡口之逼窄兮，纳万顷于一杯。方其未知有峡也，而战乎滟滪之下，喧豗震掉，尽力以与石斗，勃乎若万骑之西来。忽孤城之当道，钩援临冲，毕至于其下兮，城坚而不可取。矢尽剑折兮，迤逦循城而东去。于是滔滔汨汨，相与入峡，安行而不敢怒。嗟夫，物固有以安而生变兮，亦有以用<sup>(6)</sup>危而求安。得吾说而推之兮，亦足以知物理<sup>(7)</sup>之固然。

【注释】

（1）龃龉：这里作阻挡讲。

(2) 崄悍：险峻强悍。

(3) 至信：最讲信义。

(4) 赋形：赋予形态。

(5) 固有以也：固然是有原因的。

(6) 用：因。

(7) 物理：事物形成所具有的道理。

## 书柳子厚牛赋后

岭外俗皆恬杀牛<sup>(1)</sup>，而海南为甚。客自高化载牛渡海<sup>(2)</sup>，百尾一舟，遇风不顺，渴饥相倚以死者无数。牛登舟皆哀鸣出涕。既至海南，耕者与屠者常相半。

病不饮药，但杀牛为祷，富者至杀十数牛。死者不复云，幸而不死，即归德于巫。以巫为医，以牛为药。间有饮药者，巫辄云："神怒，病不可复治。"亲戚皆为却药，禁医不得入门，人、牛皆死而后已。

地产沉水香，香必以牛易之黎<sup>(3)</sup>。黎人得牛，皆以祭鬼，无脱者。中国人以沉水香供佛、燎帝、求福。此皆烧牛肉也，何福之能得？哀哉！予莫能救，故书柳子厚《牛赋》，以遗琼州僧道赟，使以晓喻其乡人之有知者，庶几其少衰乎！庚辰三月十五日记。

【注释】

（1）恬：安。

（2）高化：高州、化州。均在广东西南部。

（3）黎：黎人，又作俚人。

## 屈原庙赋

浮扁舟以适楚兮，过屈原之遗宫。览江上之重山兮，曰惟子之故乡。伊⁽¹⁾昔放逐兮，渡江涛而南迁。去家千里兮，生无所归而死无以为坟。悲夫！人固有一死，处死⁽²⁾之为难。徘徊江上欲去而未决兮，俯千仞之惊湍。赋《怀沙》以自伤兮，嗟子独何以为心。忽终章⁽³⁾之惨烈兮，逝将去此而沉吟。吾岂不能高举而远游兮，又岂不能退默而深居？独嗷嗷其怨慕兮，恐君臣之愈疏。生既不能力争而强谏兮，死犹冀其感发而改行。苟宗国之颠覆兮，吾亦独何爱于久生。托江神以告冤兮，冯夷⁽⁴⁾教之以上诉。历九关而见帝兮，帝亦悲伤而不能救。怀瑾佩兰而无所归兮，独惸惸⁽⁵⁾乎中浦。峡山高兮崔嵬，故居废兮行人哀。子孙散兮安在，况复见兮高台。自子之逝今千载兮，世愈狭而难存。贤者畏讥而改度兮，随俗变化斫方以为圆。黾勉⁽⁶⁾于乱世而不能去兮，又或为之臣佐。变丹青于玉莹兮，彼乃谓子为非智。惟高节之不可以企及兮，宜夫人之不吾与⁽⁷⁾。违国去俗死而不顾兮，岂不足以免于后世。呜呼！君子之道，岂必全兮。全身远害，亦或然兮。嗟子区区，独为其难兮。虽不适中，要以为贤兮。夫我何悲，子所安兮。

【注释】

（1）伊：人称代词，指屈原。

（2）处死：面对死亡时。

（3）终章：最后一章。

（4）冯夷：河神名。

（5）惸惸：忧念的样子。

（6）黾勉：勤勉，努力。

（7）不吾与：不跟从我，不赞同我。

## 飓风赋 并叙

《南越志》：熙安间多飓风。飓者，具四方之风也，尝以五六月发。未至时，鸡犬为之不鸣⁽¹⁾。又《岭表录》云：秋夏间有晕如虹者，谓之飓母，必有飘风⁽²⁾。

仲秋之夕，客有叩门指云物而告予曰："海气甚恶，非祲非祥⁽³⁾。断霓饮海而北指，赤云夹日而南翔。此飓风之渐也⁽⁴⁾，子盍备之⁽⁵⁾？"

语未卒,庭户萧然,槁叶蔌蔌。惊鸟疾呼,怖兽辟易[6]。忽野马之决骤,矫退飞之六鹢。袭土囊而暴怒,掠众窍[7]之叱吸。予乃入室而坐,敛衽变色[8]。客曰:"未也,此飓之先驱尔。"少焉,排户破牖[9],殒瓦擗屋。礧击巨石[10],揉拔乔木。势翻渤澥[11],响振坤轴[12]。疑屏翳之赫怒[13],执阳侯而将戮[14]。鼓千尺之涛澜,襄百仞之陵谷。吞泥沙于一卷,落崩崖于再触。列万马而并鸷[15],会千车而争逐。虎豹慴骇[16],鲸鲵犇蹙。类钜鹿之战[17],殷声呼之动地;似昆阳之役[18],举百万于一覆。予亦为之股栗毛耸,索气侧足[19]。夜拊榻而九徙[20],昼命龟而三卜[21]。盖三日而后息也。父老来唁,酒浆罗列,劳来僮仆,惧定而说[22]。理草木之既偃,辑轩槛之已折。补茅屋之罅漏,塞墙垣之隙缺[23]。已而山林寂然,海波不兴,动者自止,鸣者自停。湛天宇之苍苍,流孤月之荧荧。

忽悟且叹,莫知所营[24]。呜呼!小大出于相形,忧喜因于相遇。昔之飘然者,若为巨耶?吹万不同,果足怖耶?蚁之缘也吹则坠[25],蚋之集也呵则举[26]。夫嘘呵曾不能以振物,而施之二虫则甚惧。鹏水击而三千,抟扶摇而九万[27]。彼视吾之惴栗,亦尔汝之相莞。均大块之噫气,奚巨细之足辨[28]?陋耳目之不广,为外物之所变。且夫万象起灭,众怪耀眩,求仿佛于过耳[29],视空中之飞电。则向之所谓可惧者[30],实耶虚耶?惜吾知之晚也。

【注释】

(1)据《太平御览》引《南越志》:"熙安间多飓风。飓者,具四方之风也。一曰惧风,言怖惧也。常以六七月兴。"熙安,古县名,治所在今广州市西北。

（2）《岭表录》：全称《岭表录异》，唐刘恂撰。岭表即岭南，今福建、广东一带。

（3）祲：阴阳相侵之气也。

（4）渐：徐进。

（5）盍：何不，为什么不。

（6）辟易：叠韵联绵字，惊退。

（7）土囊、众窍：皆地表坑凹处形状。

（8）敛衽：敛袂，整理衣袖，表恐惧心态。

（9）排：打开。

（10）擗：同"辟"，摧毁。礌：同"擂"，击打。

（11）渤澥：即现在之渤海。

（12）坤轴：坤，八卦中表地，坤轴即地轴。

（13）屏翳：神名，说法不一。

（14）阳侯：波涛神。

（15）骛：疾驰。

（16）慑：一作"詟"，惧怕。

（17）钜鹿之战：秦二世三年，项羽军与秦军战于河北钜鹿。

（18）昆阳之役：更始元年，刘秀救义军于昆阳，与王莽军战，以少胜多。

（19）索气：散气，泄气。侧足，因恐惧而站不稳。侧：倾、倒。

（20）九：虚数，指多次。

（21）命龟而三卜：古代占卜时用龟甲或筮草，用龟甲一般认为较郑重也较灵验，占卜时一般为三次以求其准。

（22）说：同"悦"，高兴。

（23）理：修整、整治。既：已经。偃：倒伏，犹"偃旗息鼓"之"偃"。罅：缝隙。緝：同"缉"，联缀。

（24）营：谋求。犹今之"营利"之"营"。

（25）缘：依循，绕。谓蚁缘物而爬行。吹则坠，吹气就掉下来。

（26）举：这里是飞的意思。呵，吹气。

（27）"鹏水击"两句：《庄子·逍遥游》："鹏之徙于南冥也，水击之千里，抟扶摇而上者九万里。"

（28）奚：何，什么。

（29）仿佛：一作"髣髴"。好像，似乎，见不真切。这里用作名词。

（30）向：过去，先前。

# 赤壁赋

壬戌之秋[1]，七月既望[2]，苏子[3]与客泛舟[4]于赤壁之下。清风徐来，水波不兴[5]。举酒属客，诵明月之诗，歌窈窕之章[6]。少焉，月出于东山之上，徘徊于斗、牛之间。白露横江[7]，水光接天。纵一苇之所如，凌万顷之茫然。浩浩乎如凭虚御风[8]，而不知其所止，飘飘乎如遗世独立[9]，羽化而登仙[10]。

于是饮酒乐甚，扣舷而歌之[11]。歌曰：

桂棹兮兰桨<sup>(12)</sup>,

击空明兮沂流光<sup>(13)</sup>。

渺渺兮予怀<sup>(14)</sup>,

望美人兮天一方。

客有吹洞箫者,依歌而和之<sup>(15)</sup>。其声呜呜然,如怨、如慕、如泣、如诉,馀音袅袅<sup>(16)</sup>不绝如缕<sup>(17)</sup>,舞幽壑之潜蛟,泣孤舟之嫠妇<sup>(18)</sup>。

苏子愀然<sup>(19)</sup>,正襟危坐<sup>(20)</sup>,而问客曰:"何为其然也<sup>(21)</sup>?"

客曰:"'月明星稀,乌鹊南飞',此非曹孟德之诗乎?西望夏口<sup>(22)</sup>,东望武昌<sup>(23)</sup>,山川相缪<sup>(24)</sup>,郁乎苍苍<sup>(25)</sup>,此非孟德之困于周郎者乎?方其破荆州,下江陵<sup>(26)</sup>,顺流而东也,舳舻千里<sup>(27)</sup>,旌旗蔽空,酾酒临江,横槊赋诗<sup>(28)</sup>,固一世之雄也<sup>(29)</sup>,而今安在哉<sup>(30)</sup>!况吾与子渔樵于江渚之上<sup>(31)</sup>,侣鱼虾而友麋鹿<sup>(32)</sup>,驾一叶之扁舟<sup>(33)</sup>,举匏樽以相属<sup>(34)</sup>。寄蜉蝣于天地,渺沧海之一粟<sup>(35)</sup>,哀吾生之须臾<sup>(36)</sup>,羡长江之无穷。挟飞仙以遨游<sup>(37)</sup>,抱明月而长终,知不可乎骤得<sup>(38)</sup>,托遗响于悲风<sup>(39)</sup>。"

苏子曰:"客亦知夫水与月乎<sup>(40)</sup>?逝者如斯,而未尝往也;盈虚者如彼,而卒莫消长也。盖将自其变者而观之,则天地曾不能以一瞬。自其不变者而观之,则物与我皆无尽也<sup>(41)</sup>,而又何羡乎?且夫天地之间<sup>(42)</sup>,物各有主。苟非吾之所有,虽一毫而莫取。惟江上之清风,与山间之明月,耳得之而为声,目遇之而成色,取之无禁,用之不竭,是造物者之无尽藏也,而吾与子之所共适<sup>(43)</sup>。"

客喜而笑,洗盏更酌<sup>(44)</sup>。肴核既尽<sup>(45)</sup>,杯盘狼藉<sup>(46)</sup>。相与枕藉乎舟中<sup>(47)</sup>,不知东方之既白<sup>(48)</sup>。

【注释】

(1) 壬戌：宋神宗元丰五年。这年苏轼四十七岁。

(2) 既望：阴历每月的十六日。望，阴历每月的十五日，这天夜里月亮正圆，圆月跟太阳遥遥相望，所以叫"望"。

(3) 苏子：苏轼自称。

(4) 泛舟：划船，这里有任船飘荡之意。

(5) 兴：起。

(6) "举酒"句：属，酌，斟酒给人喝，有"劝酒"的意思。

(7) 白露：指月光下水面呈现出的白烟似的水气。

(8) 冯虚御风：凌空乘风。冯虚，凌空。冯，同"凭"，依托。虚，太空。御风，乘风，或迎风。

(9) 遗世：离开人世。遗，离开。

(10) 羽化：道教称能飞升成仙为羽化。

(11) 扣舷而歌之：扣舷，敲着船边（打节拍）。舷，船边。

(12) 桂棹兮兰桨：桂，丹桂树。兰，木兰。"桂、兰"在这里形容划船工具的精美。棹，形状似桨的一种划船的工具。

(13) 击空明兮诉流光：空明，指江水，月光照着清澈的江水，看上去空灵透明。"沂"同"溯"，逆流而上。流光，水面上随波浮动的月光。

(14) 渺渺兮予怀：我心里想得很远啊！渺渺，悠远的样子。予怀，我的心怀。

(15) 依歌而和之：指吹箫为歌声伴奏，依，按、照。和，应和。

(16) 袅袅：形容声音细弱缭绕而绵延不绝。

(17) 缕：细丝。

(18) 舞幽句：舞、泣，都是使动词，即"使……起舞"、"使……哭泣"。幽壑，深谷，深渊。嫠妇，寡妇。

(19) 愀然：形容神色严肃或不愉快。

(20) 正襟危坐：正襟，端正衣襟。危坐，严肃地端坐。

(21) 何为其然也：为什么声音这样的悲凉呢？

(22) 夏口：夏口城，即今武昌市，相传为三国时吴国孙权所建。

(23) 武昌：今湖北省鄂城县，并非现在的武昌。

(24) 缪：同缭，连结，缭绕。

(25) 郁乎：茂盛的样子。

(26) 下江陵：攻占江陵。曹操打下荆州后，又在当阳长坂坡击败刘备，进兵攻占江陵。江陵，今湖北省江陵县。

(27) 舳舻：长方形的大船。

(28) 横槊赋诗：横执着长矛吟诗。槊，一丈八尺长的长矛。诗，指曹操的《短歌行》。

(29) 固一世之雄：固，本来。一世之雄，一代英雄。

(30) 安在：何在，在什么地方。

(31) 渔樵于江渚之上：渔樵，打鱼，砍柴，指贬官放逐生活。江渚，江中小洲。

(32) 侣鱼虾而友麋鹿：侣，作伴。友，作朋友。都是意动用法。麋，鹿的一种。

(33) 扁舟：小船。

(34) 匏樽：用葫芦作的酒器。匏，葫芦的一种。

(35) 渺沧海之一粟：人在宇宙中小得像大海中的一颗小粒。渺，小。沧海，大海。成语"沧海一粟"源出于此。

(36) 须臾：片刻。

(37) 挟：持、带。

(38) 骤得：多得、频频而得。

(39) 遗响：余音，指箫声。

(40) 夫：彼。

(41) 物：外物。

(42) 且夫：况且，表示意思另起一层。

(43) 适：享受，满足。

(44) 更酌：再斟酒。

(45) 肴核：菜肴和果品。

(46) 狼藉：纵横散乱。

(47) 枕藉：互相枕着垫着。

(48) 既白：已经显出白色，即天亮了。既，已经。

# 后赤壁赋

是岁<sup>(1)</sup>十月之望<sup>(2)</sup>，步自雪堂<sup>(3)</sup>，将归于临皋<sup>(4)</sup>。二客从予过黄泥之坂<sup>(5)</sup>。霜露既降，木叶尽脱<sup>(6)</sup>，人影在地，仰见明月。顾而乐之<sup>(7)</sup>，行歌相答<sup>(8)</sup>。

已而叹曰："有客无酒,有酒无肴;月白风清,如此良夜何⁽⁹⁾?"客曰:"今者薄暮⁽¹⁰⁾,举网得鱼,巨口细鳞,状似松江之鲈。顾安所得酒乎⁽¹¹⁾?"归而谋诸妇⁽¹²⁾。妇曰:"我有斗酒,藏之久矣。以待子不时之须⁽¹³⁾。"

于是携酒与鱼,复游于赤壁之下,江流有声,断岸千尺⁽¹⁴⁾,山高月小,水落石出⁽¹⁵⁾。曾日月之几何⁽¹⁶⁾,而江山不可复识矣。予乃摄衣而上⁽¹⁷⁾,履巉岩⁽¹⁸⁾,披蒙茸⁽¹⁹⁾,踞虎豹⁽²⁰⁾,登虬龙⁽²¹⁾,攀栖鹘之危巢,俯冯夷之幽宫。盖二客不能从焉。划然长啸⁽²²⁾,草木震动,山鸣谷应,风起水涌。予亦悄然而悲⁽²³⁾,肃然而恐⁽²⁴⁾,凛乎其不可留也⁽²⁵⁾。反而登舟⁽²⁶⁾,放乎中流⁽²⁷⁾,听其所止而休焉⁽²⁸⁾。时夜将半,四顾寂寥。适有孤鹤,横江东来⁽²⁹⁾,翅如车轮,玄裳缟衣,戛然长鸣⁽³⁰⁾,掠予舟而西也⁽³¹⁾。

须臾客去⁽³²⁾,予亦就睡。梦一道士⁽³³⁾,羽衣蹁跹⁽³⁴⁾,过临皋之下,揖予而言曰⁽³⁵⁾:"赤壁之游乐乎?"问其姓名,俯而不答。呜呼噫嘻⁽³⁶⁾!我知之矣。畴昔之夜,飞鸣而过我者⁽³⁷⁾,非子也耶⁽³⁸⁾?道士顾笑。予亦惊寤⁽³⁹⁾。开户视之⁽⁴⁰⁾,不见其处。

【注释】

(1) 是岁:这一年。指宋神宗元丰五年(1082),这是承接上篇《赤壁赋》说的。

(2) 望:农历每月十五日,月亮升起得很早,并且特别圆,这种月相叫"望",这时的月亮叫"望月"。

(3) 雪堂:苏轼在黄州所建的公堂。

（4）临皋：亭名，在今湖北省黄冈县南的长江边上，苏轼初到黄州住定惠院，后迁到临皋亭。

（5）黄泥之坂：黄冈东面的山坡叫"黄泥坂"，是从雪堂到临皋亭的必经之地。坂，斜的山坡。

（6）木叶尽脱：木叶，树叶。木，木本植物的总称。脱，落。

（7）顾而乐之：俯仰环顾，觉得很快乐。

（8）行歌相答：一边走一边唱，互相酬答。

（9）如此良夜何：怎么度过这个美好的夜晚呢？

（10）薄暮：傍晚。薄，迫，逼近。

（11）顾安所得酒乎：但是从什么地方弄到酒呢。顾，但是。

（12）谋诸妇：谋之于妻子。即和妻子商量。谋，谋求，商量。

（13）不时之须：意外的需用。须，通"需"。

（14）断岸：陡峭的江岸。

（15）水落石出：冬季江水落下去，江中的石头露了出来。

（16）曾日月之几何：才过了几天啊。即"曾几何时"。曾，才，刚刚。

（17）摄衣而上：撩起衣襟上岸。摄，牵拽。

（18）履巉岩：登上险峻的山崖。履，动词，践踏。巉，险峻的样子。

（19）披蒙茸：拨开杂乱的草丛。蒙茸，草木繁盛的样子。

（20）踞虎豹：蹲坐在像虎豹一样的山石上。踞，蹲、坐。

（21）登虬龙：手攀像虬一样弯曲的树木。虬，龙的一种。

（22）划然：啸声的样子。

（23）悄然：忧愁、沉默的样子。

（24）肃然：因恐惧而严肃惊觉的样子。

（25）凛：害怕。

（26）反：同"返"，返回。

（27）放：纵。这里有让船任意飘荡的意思。

（28）听其所止而休焉：任凭那船停在什么地方，就在什么地方休息。听，听任。

（29）横江东来：横穿大江，从东飞来。

（30）戛然：这里是形容鹤高而尖的叫声。

（31）掠：擦过。

（32）须臾：过了一会。

（33）梦一道士：即前赋中的"吹箫客"杨道士，杨世昌。

（34）蹁跹：飘然轻快的样子。

（35）揖予：向我拱手施礼。

（36）呜呼噫嘻：这四个词都是感叹词，合在一起用，加强感叹的语气。

（37）过我：从我这里经过。

（38）非子也耶：不是你吗？子，你，这里指杨道士。

（39）惊寤：惊醒，明白。

（40）开户：打开窗户。

# 黠鼠赋

苏子<sup>(1)</sup>夜坐，有鼠方啮<sup>(2)</sup>，拊床而止之<sup>(3)</sup>，既止复作。使童子烛之，有橐中空。<sup>(4)</sup>嘐嘐聱聱<sup>(5)</sup>，声在橐中。曰，"嘻！此鼠之见闭而不得去者也。"发而视之，寂无所有，举烛而索，中有死鼠。童子曰："是方啮也<sup>(6)</sup>，而遽死耶<sup>(7)</sup>？向为何声<sup>(8)</sup>，岂其鬼耶？"覆而出之<sup>(9)</sup>，堕地乃走<sup>(10)</sup>，虽有敏者<sup>(11)</sup>，莫措其手。

苏子叹曰："异哉<sup>(12)</sup>！是鼠之黠也。闭于橐中，橐坚而不可穴也<sup>(13)</sup>。故不啮而啮，以声致<sup>(14)</sup>人；不死而死<sup>(15)</sup>，以形求脱也<sup>(16)</sup>。吾闻有生<sup>(17)</sup>，莫智于人<sup>(18)</sup>。扰龙伐蛟，登龟狩麟，役万物而君之，卒见使于一鼠；堕此虫之计中<sup>(19)</sup>，惊脱兔于处女，乌在其为智也<sup>(20)</sup>。"

坐而假寐<sup>(21)</sup>，私念其故<sup>(22)</sup>。若有告余者曰<sup>(23)</sup>："汝惟多学而识之，望道而未见也。不一于汝<sup>(24)</sup>，而二于物<sup>(25)</sup>，故一鼠之啮而为之变也。人能碎千金之璧，不能无失声于破釜；能搏猛虎，不能无变色于蜂虿：此不一之患也<sup>(26)</sup>。言出于汝，而忘之耶！"余俯而笑<sup>(27)</sup>，仰而觉<sup>(28)</sup>。使童子执笔，记余之作。

【注释】

（1）苏子：指苏轼自己。

(2) 方啮：方，正，正在。啮，咬。

(3) 拊：拍。

(4) 有橐中空：一只空的食物袋子。橐，盛物的袋子。

(5) 嘐嘐聱聱：象声词，鼠啮咬的声音。

(6) 方：刚才。

(7) 遽死：突然死去。遽，急，仓猝，引申为突然。

(8) 向：过去，往昔。这里是刚才的意思。

(9) 覆：翻，倒，使橐口朝下。

(10) 乃走：就逃跑了。

(11) 虽有敏者：即使有个敏捷的人。

(12) 异哉：奇怪，不同于一般啊。

(13) 不可穴：不能够打出一个洞穴。

(14) 致：传致，招引。

(15) 不死而死：装死。

(16) 以形求脱也：用死的外形骗人，求得逃脱。

(17) 有生：有生命的东西，即生物。

(18) 莫智于人：没有比人更有智慧了。

(19) 堕此虫之计中：陷入黠鼠的计谋之中，即中了鼠的计。

(20) 乌在其为智也：怎么能算做有智慧呢？乌，何，怎么能。

(21) 假寐：假睡，闭目养神。

(22) 私念：私，独自。念，想，深思。

(23) 若：好像。

(24) 不一于汝：你自己不专心。一，一心一意，专心。

(25) 二于物：被外物分心。

(26)不一：不专心致志。

(27)俯：低头，向下。跟"仰"相反。

(28)觉：醒悟。

# 秋阳赋

越王之孙，有贤公子，宅于不土之里，而咏无言之诗。以告东坡居士曰："吾心皎然<sup>(1)</sup>，如秋阳之明；吾气肃然，如秋阳之清；吾好善而欲成之，如秋阳之坚百谷<sup>(2)</sup>；吾恶恶而欲刑之，如秋阳之陨群木。夫是以乐而赋之。子以为何如？"居士笑曰："公子何自知秋阳哉？生于华屋<sup>(3)</sup>之下，而长游于朝廷之上，出拥大盖，入侍帏幄，暑至于温，寒至于凉而已矣。何自知秋阳哉？若予者，乃真知之。方夏潦之淫也，云蒸雨泄，雷电发越，江湖为一，后土冒没，舟行城郭，鱼龙入室。菌<sup>(4)</sup>衣生于用器，蛙蚓行于几席。夜违湿而五迁，昼燎衣而三易。是犹未足病也。耕于三吴，有田一廛。禾已实而生耳，稻方秀而泥蟠<sup>(5)</sup>。沟塍交通，墙壁颓穿。面垢落墍之涂，目泫湿薪之烟。釜甑其空，四邻悄然。鹳鹤鸣于户庭，妇宵兴而永叹。计有食其几何，矧无衣于穷年。忽釜星之杂出，又灯花之双悬。清风西来，鼓钟其镗<sup>(6)</sup>。奴婢喜而告余，此雨止之祥也<sup>(7)</sup>。蚤<sup>(8)</sup>作而占之，则长庚澹澹其不芒矣。浴于旸谷，升于扶桑。曾未转盼，而倒景飞于屋梁矣。方是时也，如醉而醒，如暗而鸣。如痿而起行，如还故乡初见父兄。公子亦有此乐乎?"公子曰:"善哉!吾虽不身履,而可以意知也。"居士曰:"日行于天,南北异宜。赫然而炎非其虐,穆然而温非其慈。且今之温者,昔之炎者也。云何以夏为盾而以冬为衰乎?吾侪小人,轻愠易喜。彼冬夏之畏爱,乃群狙之三四。自今知之,可以无惑。居不墐户[9],出不仰笠,暑不言病,以无忘秋阳之德。"公子拊掌,一笑而作[10]。

【注释】

(1) 皎然:清明的样子。

(2) 坚百谷:使百谷变得坚实。

(3) 华屋:豪华的房子。

(4) 菌衣:菌类长满了器皿表面,像器皿外边的衣服。

(5) 泥蟠:在泥里盘曲地倒伏。

(6) 鏜:钟响之声。

(7) 此雨止之祥也:这是雨要停止的祥兆。

(8) 蚤:早。

(9) 墐户:闭户,关闭门窗。墐,用泥涂塞。有的版本也作"障",遮挡的意思。

(10) 作:振奋起来。

# 诗　　论

　　自仲尼之亡，六经之道，遂散而不可解。盖其患在于责其义之太深，而求其法之太切。夫六经之道，惟其近于人情，是以久传而不废。问世之迂学，乃皆曲为之说，虽其义之不至于此者，必强牵合以为如此，故其论委曲而莫通也。

　　夫圣人之为经，惟其《礼》与《春秋》合，然后无一言之虚而莫不可考，然犹未尝不近于人情。至于《书》出于一时言语之间，而《易》之文为卜筮而作，故时亦有所不可前定之说，此其于法度已不如《春秋》之严矣。而况《诗》者，天下之人，匹夫匹妇羁臣<sup>(1)</sup>贱隶<sup>(2)</sup>悲忧愉佚<sup>(3)</sup>之所为作也。夫天下之人，自伤其贫贱困苦之忧而自述其丰美盛大之乐，上及于君臣、父子，天下兴亡，治乱之迹，而下及于饮食、床笫、昆虫、草木之类，盖其中无所不具，而尚何以绳墨法度区区而求诸其间哉！此亦足以见其志之无不通矣。夫圣人之于《诗》，以为其终要入于仁义，而不责其一言之无当，是以其意可观，而其言可通也。

　　今之《诗传》<sup>(4)</sup>曰："殷其雷，在南山之阳<sup>(5)</sup>"、"出自北门，忧心殷殷<sup>(6)</sup>"、"扬之水，白石凿凿<sup>(7)</sup>"、"终朝采绿、不盈一匊<sup>(8)</sup>"、"瞻彼洛矣、维水泱泱"，若此者，皆兴也。而至于"关关雎鸠，在河之洲<sup>(9)</sup>"、"南有樛木，葛藟累之"、"南有乔木，不可休息"、"维鹊有巢，维鸠居之"、"喓喓草虫,趯趯阜螽",若此者,又皆兴也。其意以为兴者,有所象乎天下之物,以自见其事。故凡《诗》之为此事而作,其言有及于是物者,则必强为是物之说,以求合其事,盖其为学亦已劳矣。

且彼不知夫《诗》之体固有比矣,而皆合之以为兴。夫兴之为言,犹曰其意云尔。意有所触乎当时,时已去而不可知,故其类可以意推,而不可以言解也。"殷其雷,在南山之阳",此非有所取乎雷也,盖必其当时之所见而有动乎其意,故后之人不可以求得其说,此其所以为兴也。嗟夫,天下之人,欲观于《诗》,其必先知比,兴。若夫"关关雎鸠,在河之洲",是诚有取于其挚而有别<sup>(10)</sup>,是以谓之比而非兴也。

嗟夫,天下之人,欲观于《诗》,其必先知夫兴之不可与比同,而无强为之说,以求合其当时之事,则夫《诗》之意,庶几可以意晓而无劳矣。

【注释】

(1) 羁臣:奴隶。

(2) 隶:在皂、舆之下的一种奴隶。

(3) 佚:安乐。

(4) 汉儒鲁、齐、韩三家的《诗传》,宋代已佚,唯存《毛诗传》。

(5) 意思是:雷声震震,发自南山之南。

(6) 意思是:出了北门,忧心忡忡。

(7) 意思是:水流激扬,洗去垢尘,使白石显得非常鲜明。

（8）意思是：采了一上午绿，还不到一捧。

（9）语出《诗经·周南·关雎》。《毛诗传》："兴也"。

（10）意思是：这确是有取于雎鸠雌雄间的真挚而不乱伦。

# 刑赏忠厚之至论

尧、舜、禹、汤、文、武、成、康之际(1)，何其(2)爱民之深，忧民之切，而待天下以君子长者之道也！有一善，从而赏之，又从而咏歌嗟叹之，所以乐其始而勉其终；有一不善，从而罚之，又从而哀矜惩创之(3)，所以弃其旧而开其新。故其吁俞之声(4)，欢休惨戚(5)，见于虞、夏、商、周之书。

成、康既没(6)，穆王立而周道始衰，然犹命其臣吕侯(7)，而告之以祥刑。其言忧而不伤(8)，威而不怒，慈爱而能断，恻然有哀怜无辜之心，故孔子犹有取焉。传曰(9)：赏疑从与(10)，所以广恩也；罚疑从去(11)，所以慎刑也。

当尧之时，皋陶为士(12)，将杀人。皋陶曰"杀之"三。尧曰"宥之"(13)三。故天下畏皋陶执法之坚，而乐尧用刑之宽。四岳(14)曰："鲧可用"，尧曰："不可。鲧方命圮族。"既而曰："试之！"(15)何尧之不听皋陶之杀人，而从四岳之用鲧也！然则圣人之意，盖亦可见矣。《书》曰："罪疑惟轻，功疑惟重与其杀不辜，宁失不经。"呜呼！尽之矣(16)。

可以赏，可以无赏，赏之过乎仁；可以罚，可以无罚，罚之过乎义。过乎仁，不失为君子；过乎义，则流而入于忍人[17]。故仁可过也，义不可过也。古者，赏不以爵禄[18]，刑不以刀锯。赏之以爵禄，是赏之道行于爵禄之所加，而不行于爵禄之所不加也；刑之以刀锯，是刑之威施于刀锯之所及，而不施于刀锯之所不及也[19]。先王知天下之善不胜赏，而爵禄不足以劝也；知天下之恶不胜刑，而刀锯不足以裁也。是故疑则举而归之于仁，以君子长者之道待天下，使天下相率而归于君子长者之道[20]。故曰："忠厚之至也。"

《诗》曰："君子如祉，乱庶遄已；君子如怒，乱庶遄沮。"夫君子之已乱，岂有异术哉？时其喜怒而无失乎仁而已矣。《春秋》之义，立法贵严，而责人贵宽。因其褒贬[21]之义，以制赏罚，亦忠厚之至也。

【注释】

（1）尧、舜、禹、汤、文、武、成、康之际：唐尧、虞舜、夏禹、商汤、周文王、周武王、周成王、周康王的时候。际，局势形成的时候。

（2）何其：那么，多么。

（3）哀矜惩创：哀矜，怜悯。惩创，惩治过错，警戒将来。

（4）吁俞：吁，感叹声。俞，应答声。

（5）欢休：和善，高兴。休，美善。

（6）没：同"殁"，死。

（7）吕侯：周穆王的大臣，一作"甫侯"，任司寇。周穆王采纳他的言论作《刑》，布告四方，即《尚书》的《吕刑》篇。

（8）忧：愁苦、忧虑。

（9）传：解说经义的文字。

（10）赏疑从与：在行赏时，发现了可疑之处，宁可给予奖赏。与，给。

（11）罚疑从去：被罚时发现了可疑之处，就不罚。

（12）皋陶为士：皋陶，姓偃，夷族人，尧时任狱吏，禹在位时，被众举为王位继承人，皋陶死后，其子伯益又被众举为王位继承人。士，狱吏。

（13）宥之：宥，宽大，赦罪。

（14）四岳：相传为唐尧的大臣，羲和的四个儿子，分管四方的诸侯，所以叫"四岳"。

（15）试之：这话是作者概括《尧典》唐尧之意说的。

（16）尽之矣：指上文所引经文论刑赏必须忠厚已经很详备了。尽，详尽，完备。

（17）忍人：残忍、暴戾的人。

（18）爵禄：爵位奉禄。

（19）刀锯之所不及：刀锯所达不到的地方。指人的精神、思想。

（20）相率：一同前往。

（21）褒贬：赞美和贬斥。

# 礼　论

昔者商、周之际，何其为礼之易也。其在宗庙朝廷之中，笾豆[1]、簠簋[2]、牛羊、酒醴之荐交于堂上，而天子、诸侯、大夫、卿、士周旋揖让，献酬百拜，乐作于下，礼行于上，雍容和穆，终日而不乱。夫古之人何其知礼而行之不劳也？当此之时，天下之人，惟其习惯而无疑，衣服、器皿、冠冕、佩玉，皆其所常用也，是以其人入其间，耳目聪明，而手足无所忤[3]。其身安于礼之曲折，而其心不乱，以能深思礼乐之意，故其廉耻退让之节，睟然见于面，而盎然发于其躬[4]。夫是以能使天下观其行事，而忘其暴戾鄙野之气。

至于后世风俗变易，更数千年以至于今[5]，天下之事已大异矣。然天下之人，尚皆记录三代礼乐之名，详其节目，而习其俯仰，冠古之冠，服古之服，而御古之器皿，伛偻拳曲劳苦于宗庙朝廷之中，区区而莫得其纪[6]，交错纷乱而不中节，此无足怪也。其所用者，非其素所习也，而强使焉。甚矣夫，后世之好古也！

昔者上古之世，盖尝有巢居穴处，污樽抔饮[7]，燔黍捭豚[8]，蕢桴土鼓而以为是[9]，足以养生送死，而无以加之者矣。及其后世，圣人以为不足以大利于天下，是故易之以宫室，新之以笾豆鼎俎之器[10]，以济天下之所不足，而尽去太古之法。惟其祭祀以交于鬼神，乃始荐其血毛，豚解而腥之[11]，体解而爓之，以为是不忘本，而非以为后世之礼不足用也。是以退而体其犬豕牛羊，实其簠簋笾豆铏羹(12)，以极今世之美，未闻其牵于上古之说，选愢而不决也(13)。且方今之人，佩玉服黼冕而垂旒拱手而不知所为，而天下之人，亦且见而笑之，是何所复望于其有以感发天下之心哉！且又有所大不安者，宗庙之祭，圣人所以追求先祖之神灵，庶几得而享之，以安恤孝子之志者也。是以思其平生起居饮食之际，而设其器用，荐其酒食，皆从其生，以冀其来而安之。而后世宗庙之祭，皆用三代之器，则是先祖终莫得而安也。盖三代之时，席地而食，是以其器用，各因其所便，而为之高下大小之制。今世之礼，坐于床，而食于床上，是以其器不得不有所变。虽正使三代之圣人生于今而用之，亦将以为便安。

故夫三代之视上古，犹今之视三代也。三代之器，不可复用矣，而其制礼之意，尚可依仿以为法也。宗庙之祭，荐之以血毛，重之以体荐，有以存古之遗风矣。而其余者，可以易三代之器，而用今世之便，以从鬼神之所安。惟其春秋社稷释奠释菜，凡所以享古之鬼神者，则皆从其器，盖周人之祭蜡与田祖也(14)。吹苇龠，击土鼓(15)，此亦各从其所安耳。

嗟夫，天下之礼宏阔而难言，自非圣人而何以处此。故夫推之而不明，讲之而不详，则愚实有罪焉。唯其近于正而易行，庶几天下之安而从之，是则有取焉耳。

【注释】

（1）笾：古代供祭祀、宴会上用以盛果脯的竹器。　豆：古代食器，有木制、铜制或陶制的，多用于祭祀。

（2）簠：古代食器，青铜制，祭祀时以之装稻粱。　簋：古代祭祀、宴会用以盛黍稷的食器。

（3）忤：抵触，不顺从。

（4）睟然：精神饱满的样子。　睟：润泽貌。　盎然：精力充沛的样子。　躬：身体。

（5）更：经过，经历。

（6）区区：犹"拳拳"，忠爱专一貌。　纪：道，纲要。

（7）污樽：凿地为坎以盛酒。　抔饮：用手捧着喝。

（8）燔黍：远古时将黍米置于烧石之上，烧熟食用。　捭豚：把猪肉撕开置烧石上，烧熟食用。

（9）蒉桴：祭祀时用土块制成的鼓槌。　蒉：土块。　桴：鼓槌。

（10）鼎俎：鼎和俎都是祭祀用的礼器，专以盛牛羊牲肉。

（11）豚解：古代祭祀时割全牲为七部分。　腥之：献生肉。　腥：生肉。

（12）铏羹：用铏来盛羹。　铏：古代盛羹的器皿。　羹：带汁的肉。

（13）选愞：柔弱怯懦。　选：通"巽"，软弱。　愞：同"懦"。

（14）祭蜡：年终祭名，周代以十二月祭百神。　田祖：古代祭祀的农神，指传说中的神农。　蜡：年末祭名。

（15）苇龠：一种上古粗糙乐器。　土鼓：古乐器名。

# 留侯论

　　古之所谓豪杰之士[1]者，必有过人之节。人情有所不能忍者，匹夫见辱[2]，拔剑而起，挺身而斗，此不足为勇也。天下有大勇者，卒然临之而不惊[3]，无故加之而不怒，此其所挟持者甚大[4]，而其志甚远也。

　　夫子房受书于圯上之老人也，其事甚怪。然亦安知其非秦之世有隐君子者出而试之[5]。观其所以微见其意者[6]，皆圣贤相与警戒之义。而世人不察，以为鬼物，亦已过矣，且其意不在书。当韩之亡，秦之方盛也，以刀锯鼎镬待天下之士，其平居无罪夷灭者，不可胜数；虽有贲、育、无所获施。夫持法太急者，其锋不可犯，而其末可乘。子房不忍忿忿之心，以匹夫之力，而逞于一击之间，当此之时，子房之不死者，其间不能容发[7]，盖亦已危矣！千金之子，不死于盗贼[8]。何者？其身之可爱，而盗贼之不足以死也。子房以盖世之才，不为伊尹、太公之谋，而特出于荆轲、聂政之计，以侥幸于不死，此圯上老人之所为深惜者也。是故倨傲鲜腆而深折之[9]，彼其能有所忍也，然后可以就大事，故曰："孺子可教也。"

　　楚庄王伐郑，郑伯肉袒牵羊以迎，庄王曰："其君能下人，必能信用其民矣[10]。"遂舍之。勾践之困于会稽，而归臣妾于吴者，三年而不倦。且夫有报人[11]之志，而不能下人者，是匹夫之刚也。夫老人者，以为子房才有馀,而忧其度量之不足,故深折其少年刚锐之气,使之忍小忿而就大谋。何则?非有生平之素,卒然相遇于草野之间,而命以仆妾之役,油然而不怪者,此固秦皇之所不能惊,而项籍之所不能怒也。

观夫高祖之所以胜,而项籍之所以败者,在能忍与不能忍之间而已矣。项籍惟不能忍,是以百战百胜,而轻用其锋(12)。高祖忍之,养其全锋,以待其毙(13)。此子房教之也。当淮阴破齐而欲自王,高祖发怒,见于词色,由此观之,犹有刚强不忍之气,非子房其谁全之?

太史公疑子房以为魁梧奇伟,而其状貌乃如妇人女子,不称其志气(14)。呜呼!此其所以为子房欤!

【注释】

(1) 豪杰之士:指性情豪放,才能出众的人。

(2) 匹夫见辱:一般人被侮辱,匹夫,一般人,常人。见,被。

(3) 卒然:忽然,突然。卒,同"猝"。

(4) 所挟持者:所怀抱的。

(5) 安知:怎知,哪里知道。

(6) 微见其意:略微显现出他的用意。

(7) 其间不能容发:连一根头发都不相容,形容十分危险。

(8) 千金之子,不死于盗贼:这句的意思是,高贵的人,在不值得去死的情况下,不轻易去死。

(9) 倨傲鲜腆而深折之:倨傲,骄傲轻慢。倨,傲慢。鲜腆,没有礼貌的样子。折,折服,屈辱。

(10)"楚庄"句：楚王伐郑事件，见《左传·宣公十二年》。郑伯，郑襄公。肉袒，露出臂胸，表示屈服。袒，露。下人，屈于人下。

(11)报人：向人报仇。

(12)锋：锋芒，锐气。

(13)毙：衰败，破亡。

(14)"太史"句：太史公，司马迁。魁梧，形容身躯高大。魁、梧都是大的意思。

# 韩非论

圣人之所为，恶夫异端尽力而排之者，非异端之能乱天下<sup>(1)</sup>，而天下之乱所由出也。昔周之衰，有老聃、庄周、列御寇之徒，更为虚无淡泊之言，而治其猖狂浮游之说<sup>(2)</sup>，纷纭颠倒，而卒归于无有。由其道者，荡然莫得其当<sup>(3)</sup>，是以忘乎富贵之乐，而齐乎死生之分<sup>(4)</sup>，此不得志于天下，高世远举之人<sup>(5)</sup>，所以放心而无忧。虽非圣人之道，而其用意，固亦无恶于天下。自老聃之死百余年，有商鞅、韩非著书<sup>(6)</sup>，言治天下无若刑名之贤<sup>(7)</sup>。及秦用之，终于胜、广之乱，教化不足<sup>(8)</sup>，而法有余，秦以不祀<sup>(9)</sup>，而天下被其毒<sup>(10)</sup>。后世之学者，知申、韩之罪，而不知老聃、庄周之使然。

何者？仁义之道，起于夫妇、父子、兄弟相爱之间，而礼法刑政之原，出于君臣上下相忌之际<sup>(11)</sup>。相爱则有所不忍，相忌则有所不敢，夫不敢与不忍之心合，而后圣人之道得存乎其中。今老聃、庄周论君臣、父子之间，泛泛乎若萍浮于江湖而适相值也。夫是以父子不足爱，而君不足忌。不忌其君，不爱其父，则仁不足以怀^(12)，义不足以劝^(13)，礼乐不足以化^(14)。此四者皆不足用，而欲置天下于无有。夫无有，岂诚足以治天下哉！商鞅、韩非求为其说而不得，得其所以轻天下而齐万物之术，是以敢为残忍而无疑。

今夫不忍杀人而不足以为仁，而仁亦不足以治民；则是杀人不足以为不仁，而不仁亦不足以乱天下。如此，则举天下唯吾之所为，刀锯斧钺^(15)，何施而不可？昔者夫子未尝一日敢易其言。虽天下之小物，亦莫不有所畏。今其视天下眇然若不足为者，此其所以轻杀人欤！太史迁曰："申子卑卑，施于名实。韩子引绳墨，切事情，明是非，其极惨核少恩，皆原于道德之意^(16)。"尝读而思之，事固有不相谋而相感者，庄、老之后，其祸为申、韩。由三代之衰至于今，凡所以乱圣人之道者，其弊固已多矣，而未知其所终，奈何其不为之所也。

【注释】

（1）异端：儒家称见解不同的学派为异端。

（2）治：创建，形成。

（3）由其道者，荡然莫得其当：由于他们的理论没有固定的内容可遵循，所以没有谁能恰好与其相适应。

（4）齐：等同，相等。

（5）高世远举：脱离尘俗，隐居。

（6）商鞅、韩非：商鞅，战国时卫人，姓公孙名鞅，封于商，辅秦孝公变法，废井田、开阡陌，使秦国富强起来；韩非，即韩非子，战国时韩国公子，与李斯同师于荀卿，后使秦，留不用，后死于狱中，著《韩非子》。

（7）刑名：战国时期法家的一派，即刑名之学，以申不害为代表人物。

（8）教化：教育感化。

（9）不祀：亡国。

（10）被：遭受、遭到。

（11）忌：猜忌。

（12）怀：安怀。

（13）劝：奖励、勉励。

（14）化：改变、感化。

（15）刀锯斧钺：泛指刑具。

（16）"太史迁"句：大意是申不害勤勤恳恳，自勉自励，把自己的主张施用于现实；韩非子重视法度，处理事物，明辨是非，特别冷酷无情，本原都出自道家思想。

# 贾谊论

非才之难，所以自用者实难⁽¹⁾。惜乎！贾生⁽²⁾王者之佐⁽³⁾，而不能自用其才也。

夫君子之所取者远⁽⁴⁾，则必有所待⁽⁵⁾；所就者大，则必有所忍。古之贤人，皆负可致之才⁽⁶⁾，而卒不能行其万一者，未必皆其时君之罪⁽⁷⁾，或者其自取也⁽⁸⁾。

愚观贾生之论，如其所言，虽三代何以远过⁽⁹⁾？得君如汉文，犹且以不用死⁽¹⁰⁾。然则是天下无尧舜，终不可有所为耶⁽¹¹⁾？仲尼圣人，历试于天下⁽¹²⁾，苟非大无道之国⁽¹³⁾，皆欲勉强扶持，庶几一日得行其道⁽¹⁴⁾。将之荆，先之以冉有，申之以子夏。君子之欲得其君，如此其勤也。孟子去齐，三宿而后出昼⁽¹⁵⁾，犹曰："王其庶几召我。"君子之不忍弃其君⁽¹⁶⁾，如此其厚也。公孙丑问曰："夫子何为不豫？"孟子曰："方今天下，舍我其谁哉？而吾何为不豫？"君子之爱其身，如此其至也。夫如此而不用，然后知天下果不足与有为，而可以无憾矣。若贾生者⁽¹⁷⁾，非汉文之不能用生，生之不能用汉文也。

夫绛侯亲握天子玺而授之文帝⁽¹⁸⁾，灌婴连兵数十万⁽¹⁹⁾，以决刘吕之雌雄⁽²⁰⁾，又皆高帝之旧将，此其君臣相得之分，岂特父子骨肉手足哉？贾生，洛阳之少年，欲使其一朝之间，尽弃其旧而谋其新，亦已难矣。为贾生者，上得其君，下得其大臣，如绛灌之属，优游浸渍而深交之$^{(21)}$,使天子不疑,大臣不忌$^{(22)}$,然后举天下而唯吾之所欲为,不过十年,可以得志。安有立谈之间,而遽为人痛哭哉$^{(23)}$!观其过湘为赋以吊屈原,萦纡郁闷$^{(24)}$,趯然有远举之志$^{(25)}$。其后卒以自伤哭泣,至于夭绝,是亦不善处穷者也。夫谋之一不见用,则安知终不复用也。不知默默以待其变,而自残至此。呜呼!贾生志大而量小$^{(26)}$,才有余而识不足也。

古之人,有高世之才,必有遗俗之累$^{(27)}$。是故非聪明睿智不惑之主$^{(28)}$,则不能全其用。古今称苻坚得王猛于草茅之中,一朝尽斥其旧臣而与之谋$^{(29)}$。彼其匹夫略有天下之半,其以此哉!愚$^{(30)}$深悲生之志,故备$^{(31)}$论之,亦使人君得如贾生之臣,则知其有狷介$^{(32)}$之操,一不见用,则忧伤病沮$^{(33)}$,不能复振。而为贾生者,亦谨其所发哉$^{(34)}$!

# 【注释】

(1)"非才"句:人不是具备才学困难,自用其才学才是实在困难的。

(2)贾生:即贾谊。生,汉代的儒者称为"生"。

(3)佐:助手,辅佐别人的人。

(4)所取者远:所取者,所求取的东西。远,远大。

(5)待:期待,等待。

(6)致:达到。指求取功业。

(7)时君:当时的君主。

(8)自取:自找。

(9)虽三代何以远过:虽,即使。三代,指夏、商、周。远过,胜过。超过。

（10）以不用死：因为不被皇帝重用郁闷而死。

（11）"然则"句：然则，既然如此，那么。尧，舜，古代传说中的两个贤君。

（12）历试于天下，指孔子为了说服各国诸侯实行自己的主张而周游列国。

（13）苟非：如果不是。苟，如果。

（14）庶几：庶几，表示可能和期望。

（15）"孟子"句：孟子见齐王不行王道，便辞去在齐国的官职，想以此使齐王醒悟。所以孟子辞官后，在齐国的临淄停留了三天，等待齐王改悔，重新召他入朝。

（16）弃：舍去、放弃、抛掉。

（17）若：像。

（18）夫绛侯亲握天子玺而授之文帝：汉文帝刘恒，初封代王，周勃等诛诸吕，率群臣迎立代王为天子。

（19）灌婴：睢阳（今河南商丘）人，原为贩卖丝绸的商人，后随刘邦转战各地，屡立战功，被封为颍阴侯。

（20）雌雄：雌性与雄性。比喻高下，胜负。

（21）优游浸渍：优游，从容不迫的样子。浸渍，逐渐渗透的样子。

（22）忌：嫉妒，禁忌。

（23）遽为人痛哭哉：贾谊《治安策序》："臣窃惟事势，可为痛哭者一，可为流涕者二，可为长太息者六。"遽，突然。

（24）萦纡：缭绕的样子，这里比喻心绪紊乱，不安宁。

（25）趯然有远举之志：趯然，跳跃的样子。趯，同"跃"。远举，高飞，这里指"隐退"。

（26）量：气量，胸襟。

（27）遗俗之累：遗俗，不合时宜，见弃于人。累，忧虑。

（28）睿智：智慧通达。

（29）古今句：苻坚因吕婆楼以召王猛，一见大悦，拜为中书侍郎，屡有迁升，倍受宠信，因而遭到旧臣仇腾、席宝的非议，苻坚大怒，贬斥仇、席二臣，于是满朝文武皆服。

（30）愚：蠢笨。这里用作自谦之称。

（31）备：详细，完备。

（32）狷介：孤高，洁身自好，不同流合污。

（33）病沮：困败，颓丧。

（34）发：这里泛指立身处世，即所谓"自用其才"。

# 韩愈论

圣人之道，有趋其名而好之者，有安其实而乐之者。珠玑(1)犀象，天下莫不好。奔走悉力，争斗夺取，其好之不可谓不至也。然不知其所以好之之实。至于粟米蔬肉，桑麻布帛，天下之人内(2)之于口，而知其所以为美，被(3)之于身，而知其所以为安，此非有所役乎其名也。

韩愈之于圣人之道，盖亦知好其名矣，而未能乐其实。何者？其为论甚高,其待孔子、孟轲甚尊,而拒杨、墨、佛、老甚严。此其用力,亦不可谓不至也。然其论至于理而不精,支离荡佚[4],往往自叛其说而不知。

昔者宰我、子贡、有若更称其师,以为生民以来未有如夫子之盛,虽尧舜之贤,亦所不及。其尊道好学,亦已至矣。然而君子不以为贵,曰:宰我、子贡、有若,智足以知圣人之汙而已矣。若夫颜渊,岂亦云尔哉!盖亦曰:"夫子循循焉善诱人。"由此视之,圣人之道,果不在于张而大[5]之也。韩愈者,知好其名,而未能乐其实者也。

愈之《原人》曰:"天者,日月星辰之主也。地者,山川草木之主也。人者,殊俗禽兽之主也。主而暴之[6],不得其为主之道矣。是故圣人一视而同仁,笃近而举远[7]。"夫圣人之所以异乎墨者,以其有别焉耳。今愈之言曰:"一视而同仁",则是以待吾人之道待殊俗,待殊俗之道待禽兽也,而可乎?教之使有能,化之使有知,是待人之仁也。不薄其礼而致其情[8],不责其去而厚其来,是待殊俗之仁也。杀之以时,而用之有节,是待禽兽之仁也。若之何其一之!儒墨之相戾[9],不啻[10]若胡越。而其疑似之间,相去不能以发。宜乎[11]愈之以为一也。孔子曰:"泛爱众而亲仁。"仁者之为亲,则是孔子不兼爱也。祭如在,祭神如神在。"神不可知,而祭者之心,以为如其存焉,则是孔子不明鬼[12]也。

儒者之患,患在于论性,以为喜怒哀乐皆出于情,而非性之所有。夫有喜有怒,而后有仁义,有哀有乐,而后有礼乐。以为仁义礼乐皆出于情而非性,则是相率而叛圣人之教也。老子曰:"能婴儿乎?"喜怒哀乐,苟不出乎性而出乎情,则是相率而为老子之"婴儿"也。

儒者或曰老、《易》,夫《易》,岂老子之徒欤?而儒者至有以老子说《易》，则是离性以为情者，其弊固至此也。嗟夫，君子之为学，知其人之所长而不知其蔽(13)，岂可谓善学耶？

【注释】

(1) 玑：不圆的珠。

(2) 内：同纳。

(3) 被：通披。

(4) 支离荡佚：支离破碎。

(5) 张而大：夸张、夸大。

(6) 暴：残暴地对待。

(7) 笃：厚。 举：此指不废弃。

(8) 薄：鄙薄。 致其情：使之尽其忠情。

(9) 戾：乖离，背离。

(10) 不啻：不亚于。

(11) 宜乎：难怪，当然。

(12) 墨子有《明鬼》，孔子则曰："未能事人，焉能事鬼。"

(13) 蔽：蒙蔽无知的一面。

## 晁错论

天下之患,最不可为者,名为治平无事,而其实有不测之忧。坐观其变,而不为之所⑴,则恐至于不可救。起而强为之,则天下狃于⑵治平之安,而不吾信。唯仁人君子豪杰之士,为能出身为天下犯大难,以求成大功。此固非勉强期月之间,而苟以求名者之所为也。

天下治平,无故而发大难之端,吾发之,吾能收之,然后有以辞于天下。事至而循循焉欲去之,使他人任其责,则天下之祸,必集于我。

昔者晁错⑶尽忠为汉,谋弱山东之诸侯。山东诸侯并起,以诛错为名。而天子不察,以错为说⑷。天下悲错之以忠而受祸,而不知错之有以取之也。

古之立大事者,不唯有超世之才,亦必有坚忍不拔之志。昔禹之治水,凿龙门,决大河而放

之海。方其功之未成也，盖亦有溃冒冲突可畏之患，唯能前知其当然，事至不惧，而徐为之所，是以得至于成功。

夫以七国之强而骤削之，其为变岂足怪哉！错不于此时捐其身，为天下当大难之冲，而制吴楚之命，乃为自全之计，欲使天子自将，而己居守。且夫发七国之难者，谁乎？己欲求其名，安所逃其患。以自将之至危，与居守之至安，己为难首，择其至安，而遗天子以其至危，此忠臣义士所以愤惋而不平者也。当此之时，虽无袁盎<sup>(5)</sup>，错亦不免于祸。何者？己欲居守，而使人主自将，以情而言，天子固已难之矣。而重违其议，是以袁盎之说，得行于其间。使吴、楚反，错以身任其危，日夜淬砺，东向而待之，使不至于累其君，则天子将恃之以为无恐，虽有百袁盎，可得而间<sup>(6)</sup>哉。

嗟夫，世之君子，欲求非常之功，则无务为自全之计。使错自将而击吴楚，未必无功。唯其欲自固其身，而天子不悦，奸臣得以乘其隙。错之所以自全者，乃其所以自祸欤！

【注释】

（1）而不为之所：而不去想办法处置。

（2）狃：习惯。

（3）晁错，公元前200—前154年，汉颍川人。文帝时为太子家令，称为"智囊"，曾屡次上书言事。汉景帝即位，贵幸用事，迁为御史大夫，请求皇帝削诸侯封地以尊京师。三年正月，吴楚七国借口诛晁错，起兵反叛。景帝用袁盎言，斩晁错于东市。

（4）以错为说：将过错都推到晁错身上。

(5)袁盎：他建议汉景帝杀晁错以平七国叛乱。

(6)间：离间。

## 论诸葛亮

取之以仁义，守之以仁义者，周也。取之以诈力，守之以诈力者，秦也。以秦之所以取取之，以周之所以守守之者，汉也。仁义诈力杂用以取天下者，此孔明之所以失也。

曹操因衰乘危，得逞其奸，孔明耻之[1]，欲信大义于天下[2]。当此时，曹公威震四海，东据许、兖[3]，南牧荆、豫[4]，孔明之恃以胜之者，独以其区区之忠信，有以激天下之心耳。夫天下廉隅节概慷慨死义之士，固非心服曹氏也，特以威劫而强臣之，闻孔明之风，宜其千里之外有响应者，如此则虽无措足之地，而天下固为之用矣。且夫杀一不辜而得天下，有所不为，而后天下忠臣义士乐为之死。刘表之丧，先主在荆州，孔明欲袭杀其孤，先主不忍也。其后刘璋以好逆之至蜀，不数月，扼其吭[5]，拊其背，而夺之国。此其与曹操异者几希[6]矣。曹、刘之不敌，天下之所共知也。言兵不若曹操之多，言地不若曹操之广，言战不若曹操之能，而有以一胜之者，区区之忠信也。孔明迁刘璋，既已失天下义士之望，乃始治兵振旅，为仁义之师，东向长驱，而欲天下响应，盖亦难矣。

曹操既死，子丕代立，当此之时，可以计破也。何者？操之临终，召丕而属之植⁽⁷⁾，未尝不以谭、尚⁽⁸⁾为戒也。而丕与植，终于相残如此。此其父子兄弟且为寇雠，而况能以得天下英雄之心哉！此有可间之势，不过捐数十万金，使其大臣骨肉内自相残，然后举兵而伐之，此高祖所以灭项籍也。孔明既不能全其信义，以服天下之心，又不能奋其智谋，以绝曹氏之手足，宜其屡战而屡却哉！

故夫敌有可间之势而不间者，汤、武行之为大义，非汤、武而行之为失机。此仁人君子之大患也。吕温以为孔明承桓、灵之后⁽⁹⁾，不可强民以思汉，欲其播告天下之民，且曰"曹氏利汝吾事之，害汝吾诛之"。不知蜀之与魏，果有以大过之乎⁽¹⁰⁾！苟无以大过之，而又决不能事魏，则天下安肯以空言竦动哉？呜呼！此书生之论，可言而不可用也。

## 【注释】

(1) 耻之：以此为耻。

(2) 信：同"伸"。

(3) 东据许兖：东边据有许州、兖州。

(4) 南牧荆、豫：南边统管着荆州、豫州。牧，统管。

(5) 吭：咽喉。

(6) 几希：没有什么区别。

(7) 植：指曹丕之弟曹植。

(8) 谭、尚：指袁绍的二个儿子，袁谭、袁尚。兄弟领兵互相残杀。

(9) 桓、灵：指后汉末叶的桓帝、灵帝。

（10）果有以大过之乎：（蜀）果真有什么大大超过他（魏）的地方吗？

## 思治论

方今天下何病哉！其始不立⁽¹⁾，其卒不成，惟其不成，是以厌之而愈不立也。凡人之情，一举而无功则疑，再则倦，三则去之矣。今世之士，所以相顾而莫肯为者，非其无有忠义慷慨之志也，又非其才术谋虑不若人也，患在苦其难成而不复立。不知其所以不成者，罪在于不立也。苟立而成矣。

今世有三患而终莫能去，其所从起者，则五六十年矣。自宫室祷祠之役兴，钱币茶盐之法坏，加之以师旅，而天下常患无财。五六十年之间，下之所以游谈聚议，而上之所以变政易令以求丰财者，不可胜数矣，而财终不可丰。自澶渊之役，北虏虽求和，而终不得其要领，其后重之以西羌之变，而边陲不宁，二国益骄。以战则不胜，以守则不固，而天下常患无兵。五六十年之间，下之所以游谈聚议，而上之所以变政易令以求强兵者，不可胜数矣，而兵终不可强。自选举之格严，而吏拘于法，不志于功名，考功课吏之法坏，而贤者无所劝⁽²⁾，不肖者无所惧，而天下常患无吏。五六十年之间，下之所以游谈聚议，而上之所以变政易令以求择吏者，不可胜数矣，而吏终不可择。财之不可丰，兵之不可强，吏之不可择，是岂真不可耶？故曰：其始不立，其卒不成，惟其不成，是以厌之而愈不立也。

夫所贵于立者，以其规摹[3]先定也。古之君子，先定其规摹，而后从事，故其应也有候，而其成也有形。众人以为是汗漫不可知，而君子以为理之必然，如炊之无不熟，种之无不生也。是故其用力省而成功速。

昔者子太叔问政于子产。子产曰："政如农功，日夜以思之，思其始而图其终，朝夕而行之，行无越思，如农之有畔。"子产以为不思而行，与凡行而出于思之外者，如农之无畔也，其始虽勤，而终必弃之。今夫富人之营宫室也，必先料其赀财之丰约，以制宫室之大小，既内决于心，然后择工之良者而用一人焉，必告之曰："吾将为屋若干，度用材几何？役夫几人？几日而成？土石材苇，吾于何取之？"其工之良者必告之曰："某所有木，某所有石，用材役夫若干，某日而成。"主人率以[4]听焉。及期而成，既成而不失当，则规摹之先定也。

今治天下则不然。百官有司，不知上之所欲为也，而人各有心。好大者欲王，好权者欲霸，而偷者欲休息。文吏之所至，则治刑狱，而聚敛之臣，则以货财之急。民不知其所适从也。及其发一政，则曰：姑试行之而已，其济与否[5]，固未可知也。前之政未见其利害，而后之政复发矣。凡今之所谓新政者，听其始之议论，岂不甚美而可乐哉。然而布出于天下，而卒不知其所终。何则？其规摹不先定也。用舍系于好恶，而废兴决于众寡。故万全之利，以小不便而废者有之矣；百世之患，以小利而不顾者有之矣。所用之人无常责，而所发之政无成效。此犹适千里不赍粮而假丐于涂人；治病不知其所当用之药，而百药皆试，以侥幸于一物之中。欲三患[6]之去，不可得也。

昔者太公治齐，周公治鲁[7]，至于数十世之后，子孙之强弱，风俗之好恶,皆可得而逆知之。何者?其所施专一,则其势固有以使之也。管仲相桓公,自始为政而至于霸,其所施设,皆有方法。及其成功,皆知其所以然。至今可覆也[8]。咎犯[9]之在晋,范蠡[10]之在越,文公、勾践尝欲用其民,而二臣皆以为未可,及其以为可用也,则破楚灭吴,如寄诸其邻而取之。此无他,见之明而策[11]之熟也。

夫今之世,亦与明者熟策之而已。士争言曰:如是而财可丰,如是而兵可强,如是而吏可择。吾从其可行者而规摹之,发之以勇,守之以专,达之以强,日夜以求合于其所规摹之内,而无务出于其所规摹之外。其人专,其政一,然而不成者,未之有也。财之不丰,兵之不强,吏之不择,此三者,存亡之所从出,而天下之大事也。夫以天下之大事,而有一人焉,独擅而兼言之,则其所以治此三者之术,其得失固未可知也。虽不可知,而此三者决不可不治者可知也。

是故不可以无术。其术非难知而难听,非难听而难行,非难行而难收。孔子曰:"好谋而成。"[12]使好谋而不成,不如无谋。盖世有好剑者,聚天下之良金,铸之三年而成,以为吾剑天下莫敌也,剑成而狼戾[13]缺折之不可用。何者?是知铸而不知收也。今世之举事者,虽其甚小,而欲成之者常不过数人,欲坏之者常不可胜数。可成之功常难形,若不可成之状常先见。上之人方且眩瞀[14]而不自信,又何暇及于收哉!

古之人,有犯其至难而图其至远者,彼独何术也。且非特圣人而已。商君之变秦法也,撄[15]万人之怒,排举国之说,势如此其逆也。苏秦之为从[16]也,合天下之异以为同,联六姓之疏以为亲,计如此其迂也。淮阴侯请于高帝,求三万人,愿以北举燕、赵,东击齐,南绝楚之粮道,而西会于荥阳。耿弇亦言于世祖,欲先定渔阳,取涿郡,还收富平而东下齐，世祖以为落落难合。此皆越人之都邑而谋人国，功如此其疏也。然而四子者行之若易然。出于其口，成于其手，以为既已许吾君，则亲挈(17)而还之。今吾以自有之天下，而行吾所得为之事，其事又非有所拂逆于天下之意也，非有所待于人而后具也，如有财而自用之，有子而自教之耳。然而政出于天下，有出而无成者，五六十年于此矣。是何也？意者知出而不知收欤？非不知收，意者汗漫而无所收欤？故为之说曰：先定其规摹而后从事。先定者，可以谋。不先定者，自谋常不给，而况于谋人乎！

且今之世俗，则有所可患者，士大夫所以信服于朝廷者不笃，而皆好议论以务非其上，使人眩于是非，而不知其所从。从之，则事举无可为者，不从，则其所行者常多故而易败。夫所以多故而易败者，人各持其私意以贼之，议论胜于下，而幸其无功者众也。富人之谋利也常获，世以为福，非也。彼富人者，信于人素深，而服于人素厚，所为而莫或害之，所欲而莫或非之，事未成而众已先成之矣。夫事之行也有势，其成也有气。富人者，乘其势而袭其气也。欲事之易成，则先治其所以信服天下者。

天下之事，不可以力胜，力不可胜，则莫若从众。从众者，非从众多之口，而从其所不言而同然者，是真从众也。众多之口非果众也，特闻于吾耳而接于吾前，未有非其私说者也。于吾为众，于天下为寡。彼众之所不言而同然者，众多之口，举不乐也。以众多之口所不乐，而弃众之所不言而同然，则乐者寡而不乐者众矣。古之人，常以从众得天下之心，而世之君子，常以从众失之。不知夫古之人，其所从者，非从其口，而从其所同然也。何以明之？世之所谓逆众敛怨而不可行者，莫若减任。孑然不顾而行之者，五六年矣，而天下未尝有一言。

何则？彼其口之所不乐，而心之所同然也。从其所同然而行之，若犹有言者，则可以勿恤矣。

故为之说曰：发之以勇，守之以专，达之以强。苟知此三者，非独为吾国而已(18)，虽北取契丹可也。

【注释】

(1) 立：设立、树立、建立。

(2) 劝：勉励。

(3) 规摹：规划、计划。

(4) 率以：一律，全部。

(5) 其济与否：它是否有效。济，有效。

(6) 三患：指上面所说的，财不丰，兵不强，吏不择。

(7) 太公治齐：姜太公治理齐国。齐，为姜太公的封国。周公治鲁：周公旦治理鲁国。鲁，周公的封国。

(8) 可覆：可以审察。

(9) 咎犯：春秋五霸之一晋文公的大臣。

(10) 范蠡：越王勾践的大臣，帮助勾践复国。

(11) 策：策划，谋划。

(12) 好谋而成：语见《论语·述而》。

(13) 狼戾：犹言狼藉、散乱。

(14) 眩瞀：烦乱。

(15) 撄：触犯。

(16) 从：犹言"纵"。苏秦，战国时人，主张"合纵"之说，即联合六国以对抗秦国。

（17）挈：拎着。

（18）非独为吾国而已：并非仅仅够治理好我们自己的国家。

# 续欧阳子朋党论

欧阳子<sup>(1)</sup>曰："小人欲空人之国，必进朋党之说。"呜呼，国之将亡，此其征欤？祸莫大于权之移人，而君莫危于国之有党。有党则必争，争则小人者必胜，而权之所归也，君子安得不危哉！何以言之？君子以道事君，人主必敬之而疏。小人唯予言而莫予违<sup>(2)</sup>，人主必狎之而亲。疏者易间，而亲者难睽<sup>(3)</sup>也。而君子者，不得志则奉身而退，乐道不仕。小人者，不得志则侥幸复用，唯怨之报。此其所以必胜也。

盖尝论之。君子如嘉禾<sup>(4)</sup>也，封殖<sup>(5)</sup>之甚难，而去之甚易。小人如恶草也，不种而生，去之复蕃。世未有小人不除而治

者也，然去之为最难。斥其一则援之者众，尽其类则众之致怨也深。小者复用而肆威，大者得志而窃国。善人为之扫地，世主为之屏息。譬断蛇不死，刺虎不毙，其伤人则愈多矣。齐田氏、鲁季孙是已。齐、鲁之执事，莫非田、季之党也，历数君不忘其诛，而卒之简公弑[6]，昭、哀失国。小人之党，其不可除也如此。而汉党锢之狱，唐白马之祸，忠义之士，斥死无余。君子之党，其易尽也如此。使世主知易尽者之可戒，而不可除者之可惧，则有瘳[7]矣。

且夫君子者，世无若是之多也。小人者，亦无若是之众也。凡才智之士，锐于功名而嗜于进取者，随所用耳。孔子曰："仁者安仁，智者利仁。[8]"未必皆君子也。冉有从夫子则为门人之选，从季氏则为聚敛之臣。唐柳宗元、刘禹锡使不陷叔文之党，其高才绝学，亦足以为唐名臣矣。昔栾怀子得罪于晋，其党皆出奔，乐王鲋谓范宣子曰："盍反州绰、刑蒯？勇士也。"宣子曰："彼栾氏之勇也。余何获焉！"王鲋曰："子为彼栾氏，乃亦子之勇也。"呜呼，宣子蚤从王鲋之言，岂独获二子之勇，且安有曲沃之变哉[9]！

愚以谓治道去泰甚[10]耳。苟黜其首恶而贷其余，使才者不失富贵，不才者无以致憾，将为吾用之不暇，又何怨之报乎！人之所以为盗者，衣食不足耳。农夫市人，焉保其不为盗，而衣食既足，盗岂有不能返农夫市人也哉！故善除盗者，开其衣食之门，使复其业。善除小人者，诱以富贵之道，使隳[11]其党。以力取威胜者，盖未尝不反为所噬也。

曹参之治齐曰："慎无扰狱市。"狱市，奸人之所容也。知此，亦庶几于善治矣。奸固不可长，而亦不可不容也。若奸无所容，君子岂久安之道哉！牛、李之党遍天下，而李德裕[12]以一夫之力，欲穷其类而致之必死，此其所以不旋踵而罹仇人之祸也。奸臣复炽，忠义益衰。

以力取威胜者，果不可耶！愚是以续欧阳子之说，而为君子小人之戒。

【注释】

（1）欧阳子：指欧阳修，他曾写过一篇《朋党论》进呈皇上。

（2）唯予言而莫予违：只听我的话而不违背我的意思。

（3）睽：不合，背离。

（4）嘉禾：品质优良的田苗。

（5）封殖：种植，栽种。

（6）而卒之简公弑：而（国家）到最后简公被杀。

（7）瘳：病好了。

（8）"仁者安仁"二句：语见《礼记·表记上》。意谓仁者，天性为仁，不管利害，坚决行仁；智者，有智谋之人，贪利而行仁，有利则行，无利则止。

（9）曲沃之变：曲沃，春秋时晋地。晋文侯之子昭侯封父侯弟成师于曲沃。此后晋发生内乱，至成师之孙，灭晋为晋君。

（10）泰甚：过分，过甚。

（11）斨：破坏，毁坏。

（12）李德裕：唐代重臣，遭受牛党打击，贬崖州身死。

# 周公论

论周公者多异说，何也？周公居礼之变<sup>(1)</sup>，而处圣人之不幸，宜乎说者之异也<sup>(2)</sup>。凡周公之所为，亦不得已而已矣。若得已而不已，则周公安得而为之？成王幼不能为政，周公执其权，以王命赏罚天下，是周公不得已者，如此而已。

今儒者曰：周公践天子之位<sup>(3)</sup>，称王而朝诸侯。则是岂不可以已耶？《书》曰："周公位冢宰，正百工。群叔流言。"又曰："召公为保<sup>(4)</sup>，周公为师，相成王，为左右。召公不说。"又曰："周公曰"、"王若曰"，则是周公未尝践天子之位而称王也。周公称王，则成王宜何称，将亦称王耶，将不称耶？不称则是废也；称王，则是二王也。而周公何以安之？孔子曰："必也正名乎！"儒者之患，患在于名实之不正。故亦有以文王为称王者<sup>(5)</sup>，是以圣人为后世之僭君急于为王者耶<sup>(6)</sup>？天下虽乱，有王者在，而己自王，虽圣人不能以服天下。昔高帝击灭项籍<sup>(7)</sup>，统一四海，诸侯大臣，相率而帝之，然且辞以不德。惟陈胜、吴广，乃嚣嚣乎急于自王<sup>(8)</sup>。而谓文王亦为之耶？武王伐商，师渡孟津，会于牧野<sup>(9)</sup>，其所以称先君之命命于诸侯者，盖犹曰文考而已<sup>(10)</sup>。至于武成，既以柴望告天<sup>(11)</sup>，百工奔走，受命于周，而后其称曰："我文考文王，克成厥勋。"由此观之，则是武王不敢一日妄尊其先君，而况于文王之自王乎？《诗》曰："虞芮质厥成，文王蹶厥生。"

是亦追称而已矣。《史记》曰:"姬乎采芑,归乎田成子⁽¹²⁾。"夫田常之时,安知其为成子而称之! 故凡以文王、周公为称王者,皆过也。是资后世之篡君而为之藉也。

陈贾问于孟子曰:"周公使管蔡监商,管蔡以商叛。知而使之,是不仁,不知是不智。"孟子曰:"周公,弟也;管叔,兄也。周公之过,不亦宜乎!"从孟子之说,则是周公未免于有过也。夫管、蔡之叛,非逆也,是其智不足以深知周公而已矣。周公之诛,非疾之也,其势不得不诛也。故管、蔡非所谓大恶也。兄弟之亲,而非有大恶,则其道不得不封。管、蔡之封,在武王之世也。武王之世,未知有周公、成王之事。苟无周公、成王之事,则管、蔡何从而叛,周公何从而诛之。故曰:周公居礼之变,而处圣人之不幸也。


【注释】

(1) 周公居礼之变:周公处于礼数变化之际。 周公:周文王之子,名姬旦,辅武王灭纣建周朝,封于鲁。武王死,成王年幼,周公摄政,管叔、蔡叔挟纣子武庚作乱,周公东征平管蔡之乱。

(2) 宜乎:当然。

(3) 践:登,承袭。

(4) 召公:周武王之臣子,名姬奭,分封在召地,称为召公。

(5) 文王:名姬昌,武王之父,殷商时诸侯,曾被纣王拘于羑里,后为西方诸侯之长,称西伯。

(6) 僭:越权,超出自己的身份。

(7) 项籍:字羽,秦时下相人。秦亡,自立为西楚霸王,与刘邦争天下，兵败自刎于乌江。

（8）嚚嚚：喧闹、吵吵嚷嚷的样子。

（9）牧野：地名，今在河南淇县南，武王军队与商纣军队会战于此。

（10）文考：善良贤德的父亲。　文：美、善。　考：称已死的父亲为考。

（11）柴望告天：祭祀上天。　柴：指烧柴祭天。　望：指望祭山川。

（12）田成子：春秋时期齐国正卿田常。

# 论武王

武王克殷⁽¹⁾，以殷遗民封纣子武庚禄父，使其弟管叔鲜、蔡叔度相禄父治殷。武王崩，禄父与管、蔡作乱，成王命周公诛之，而立微子于宋。

苏子曰：武王，非圣人也。昔者孔子盖罪汤、武⁽²⁾。顾自以为殷之子孙而周人也，故不敢，然数致意焉，曰："大哉，巍巍乎舜禹也。""禹吾无间然。"⁽³⁾其不足于汤、武也，亦明矣。曰："武尽美矣，未尽善也。"又曰："三分天下有其二，以服事殷，周之德，其可谓至德也已矣。"⁽⁴⁾伯夷，叔齐之于武王也，盖谓之弑君，至耻之不食其粟，而孔子予之⁽⁵⁾。其罪武王也甚矣。此孔氏之家法也。

世之君子，苟自孔氏，必守此法，国之存亡，民之死生，将于是乎在，其孰敢不严！而孟轲始乱之，曰："吾闻武王诛独夫纣，未闻弑君也。"⁽⁶⁾自是学者，以汤，武为圣人之正，若当然者，皆孔氏之罪人也。使当时有良史如董狐者，南巢之事，必以叛书，牧野之事，必以弑书。而汤、武仁人也，必将为法受恶。周公作《无逸》曰："殷王中宗、高宗及祖甲，及我周文王，兹四人迪哲⁽⁷⁾。"上不及汤，下不及武王，亦以是哉。文王之时，诸侯不求而自至，是以受命称王，行天子之事。周之王不王，不计纣之存亡也。使文王在，必不伐纣，纣不见伐，而以考终，或死于乱，殷人立君以事周，命为二王后以祀殷，君臣之道，岂不两全也哉？武王观兵于孟津而归，纣若不改过，则殷人改立君，武王之待殷，亦若是而已矣。天下无王，有圣人者出，而天下归之，圣人所不得辞也。而以兵取之，而放之，而杀之，可乎？汉末大乱，豪杰并起。荀文若⁽⁸⁾，圣人之徒也，以为非曹操莫与定海内，故起而佐之；所以与操谋者，皆王者之事也。文若岂教操反者哉，以仁义救天下，天下既平，神器⁽⁹⁾自至，将不得已而受之，不至，不取也。此文王之道，文若之心也。及操谋九锡⁽¹⁰⁾，则文若死之。故吾尝以文若为圣人之徒者，以其才似张子房⁽¹¹⁾，而道似伯夷也。

杀其父，封其子，其子非人也，则可，使其子而果人也，则必死之。楚人将杀令尹子南，子南之子弃疾为王驭士，王泣而告之。既杀子南，其徒曰："行乎？"曰："吾与杀吾父，行将焉入？""然则臣王乎？"曰："弃父事雠，吾弗忍也。"遂缢而死。武王亲以黄钺斩纣，使武庚⁽¹²⁾受封而不叛，岂复人也哉？故武庚之必叛，不待智者而后知也。武王之封武庚，盖亦不得已焉耳。

殷有天下六百年，贤圣之君六七作(13)，纣虽无道，其故家遗俗未尽灭也，三分天下有其二，殷不伐周，而周伐之，诛其君，夷其社稷，诸侯必有不悦者，故封武庚以慰之，此岂武王之意哉。故曰：武王非圣人也。

【注释】

(1) 武王克殷：周武王消灭了商朝。殷，即"殷商"，商朝。

(2) 汤、武：汤指商朝开国君主商汤。武，指周武王。

(3) "大哉"等句：语见《论语·泰伯》。

(4) "三分天下有其二"等句：这是孔子赞美周文王的话。意谓周文王作西伯时，殷纣王淫乱无道。西伯有圣德，天下三分之二的人归向他。但西伯仍服事殷纣王。所以说可谓至德。

(5) "伯夷、叔齐"等句：伯夷、叔齐耻武王弑君，不食周粟，孔子予之。予之：谓肯定他们。

(6) 《孟子·梁惠王下》："贼仁者谓之贼，贼义者谓之残。未闻弑君也，"独夫即一夫。

(7) 迪哲：贤哲之人。

(8) 荀文若：后汉末人，名荀彧。曹操举以为奋武司马，军国大事，悉以咨之。

(9) 神器：指帝位。

(10) 九锡：传说古代帝王尊礼大臣所给的九种器物，如车马、衣服、弓矢等，具体说法不一，但大同小异。

(11) 张子房：西汉时张良字子房。

(12) 武庚：商纣之子名禄父。武王克商，封为商后，武王死，武庚举行叛乱。

(13) 作：兴起。

## 荀卿论

尝读《孔子世家》⁽¹⁾，观其言语文章，循循莫不有规矩，不敢放言高论，言必称先王，然后知圣人忧天下之深也。茫乎不知其畔岸，而非远也；浩乎不知其津涯⁽²⁾，而非深也。其所言者，匹夫匹妇之所共知；而其所行者，圣人有所不能尽也。呜呼！是亦足矣。使后世有能尽吾说者，虽为圣人无难，而不能者，不失为寡过而已矣。

子路之勇，子贡之辩，冉有之智<sup>(3)</sup>，此三者，皆天下之所谓难能而可贵者也。然三子者，每不为夫子之所悦。颜渊<sup>(4)</sup>默然不见其所能，若无以异于众人者，而夫子亟称之。且夫学圣人者，岂必其言之云尔哉？亦观其意之所向而已。夫子以为后世必有不能行其说者矣，必有窃其说而为不义者矣。是故其言平易正直，而不敢为非常可喜之论，要在于不可易也<sup>(5)</sup>。

昔者常怪李斯事荀卿，既而焚灭其书，大变古先圣王之法，于其师之道，不啻若寇仇。及今观荀卿之书，然后知李斯之所以事秦者，皆出于荀卿，而不足怪也。

荀卿者，喜为异说而不让，敢为高论而不顾者也。其言愚人之所惊，小人之所喜也。子思、孟轲，世之所谓贤人君子也。荀卿独曰："乱天下者，子思、孟轲也。"天下之大，如此其众也；仁人义士，如此其多也。荀卿独曰："人性恶。桀纣，性也。尧、舜，伪也。"由是观之，意其为人必也刚愎不逊，而自许太过。彼李斯者，又特甚者耳。

今夫小人之为不善，犹必有所顾忌，是以夏、商之亡，桀纣之残暴，而先王之法度、礼乐、刑政，犹未至绝灭而不可考者，是桀、纣犹有所存而不敢尽废也。彼李斯者，独能奋而不顾，焚烧夫子之六经，烹灭三代之诸侯，破坏周公之井田，此亦必有所恃者矣。彼见其师历诋天下之贤人，自是其愚，以为古先圣王皆无足法者。不知荀卿特以快一时之论，而荀卿亦不知其祸之至于此也。

其父杀人报仇，其子必且行劫。荀卿明王道，述礼乐，而李斯以其学乱天下，其高谈异论有以激之也。孔、孟之论，未尝异也，而天下卒无有及者。苟天下果无有及者，则尚安以求异为哉！

【注释】

（1）是指《史记·孔子世家》。

（2）津：渡口。 涯：水边。

（3）子路：仲氏，名由。 子贡：端木氏，名赐。 冉有：冉氏，名求，字子由。

（4）颜渊：颜氏，名回，字子渊。

（5）要：关键。

# 六国论

春秋之末<sup>(1)</sup>，至于<sup>(2)</sup>战国<sup>(3)</sup>，诸侯卿相，皆争养士，自谋夫说客<sup>(4)</sup>、谈天雕龙<sup>(5)</sup>、坚白同异之流，下至击剑扛鼎<sup>(6)</sup>、鸡鸣狗盗之徒，莫不宾礼<sup>(7)</sup>。靡衣玉食<sup>(8)</sup>，以馆于上者<sup>(9)</sup>，何可胜数<sup>(10)</sup>？越王勾践有君子六千人，魏无忌<sup>(11)</sup>、齐田文<sup>(12)</sup>、赵胜<sup>(13)</sup>、黄歇<sup>(14)</sup>、吕不韦<sup>(15)</sup>，皆有客三千人，而田文招致任侠奸人六万家于薛。齐稷下谈者亦千人，魏文侯<sup>(16)</sup>、燕昭王、太子丹<sup>(17)</sup>，皆致客无数。下至秦、汉之间，张耳<sup>(18)</sup>、陈馀号多士<sup>(19)</sup>，宾客厮养皆天下豪杰<sup>(20)</sup>，而田横亦有士五百人。其略见于传记者如此。度其余当倍官吏而半农夫。此皆奸民蠹国

者,民何以支⁽²¹⁾,而国何以堪乎⁽²²⁾?苏子曰:此先王之所不能免也。国之有奸,犹鸟兽之有猛鸷⁽²³⁾,昆虫之有毒螫也⁽²⁴⁾。区处条理,使各安其处,则有之矣。锄而尽去之,则无是道也。吾考之世变⁽²⁵⁾,知六国之所以久存,而秦之所以速亡者,盖出于此,不可以不察也。

夫智、勇、辩、力⁽²⁶⁾,此四者皆天民之秀杰也⁽²⁷⁾,类不能恶衣食以养人⁽²⁸⁾,皆役人以自养者也。故先王分天下之富贵,与此四者共之。此四者不失职,则民靖矣⁽²⁹⁾。四者虽异,先王因俗设法,使出于一⁽³⁰⁾。三代以上出于学⁽³¹⁾,战国至秦出于客⁽³²⁾,汉以后出于郡县吏⁽³³⁾,魏、晋以来出于九品中正,隋、唐至今出于科举⁽³⁴⁾。虽不尽然,取其多者论之。六国之君,虐用其民,不减始皇、二世,然当是时百姓无一人叛者,以凡民之秀杰者,多以客养之,不失职也。其力耕以奉上,皆椎鲁无能为者⁽³⁵⁾,虽欲怨叛,而莫为之先,此其所以少安而不即亡也。

始皇初欲逐客,用李斯之言而止。既并天下⁽³⁶⁾,则以客为无用,于是任法而不任人⁽³⁷⁾。谓民可以恃法而治⁽³⁸⁾,谓吏不必才⁽³⁹⁾,取能守吾法而已,故堕名城⁽⁴⁰⁾,杀豪杰,民之秀异者,散而归田亩⁽⁴¹⁾,向之食于四公子、吕不韦之徒者⁽⁴²⁾,皆安归哉?不知其能槁项黄馘以老死于布褐乎⁽⁴³⁾？抑将辍耕太息以俟时也？秦之乱虽成于二世⁽⁴⁴⁾，然使始皇知畏此四人者⁽⁴⁵⁾，有以处之，使不失职，秦之亡不至若此速也⁽⁴⁶⁾，纵百万虎狼于山林而饥渴之，不知其将噬人⁽⁴⁷⁾，世以始皇为智，吾不信也。

楚、汉之祸，生民尽矣，豪杰宜无几⁽⁴⁸⁾，而代相陈豨从车千乘⁽⁴⁹⁾，萧、曹为政⁽⁵⁰⁾，莫之禁也⁽⁵¹⁾。至文、景、武之世法令之密，然吴濞、淮南⁽⁵²⁾、梁王⁽⁵³⁾、魏其⁽⁵⁴⁾、武安之流⁽⁵⁵⁾，皆争致宾客，世主不问也⁽⁵⁶⁾，岂惩秦之祸⁽⁵⁷⁾，以为爵禄不能尽縻天下之士⁽⁵⁸⁾，故少宽之，使得或出于此也邪！

若夫先王之政则不然⁽⁵⁹⁾，曰："君子学道则爱人，小人学道则易使也。"呜呼！此岂秦、汉之所及也哉⁽⁶⁰⁾！

【注释】

（1）春秋：我国战国以前的一个历史时期，从公元前722年即鲁隐公元年开始，到公元前481年《春秋》绝笔止。

（2）至于：到了。

（3）战国：我国古代兼并战争剧烈的一个时期，从公元前403年三家分晋开始，到公元前221年秦始皇统一中国止。

（4）自谋夫说客：谋夫，专为别人出谋划策为生的人。说客，从事游说诸侯的纵横家，如张仪、苏秦等。

（5）谈天雕龙：指驺衍、驺奭的学说，属阴阳五行家。

（6）击剑扛鼎：击剑，指赵文王喜剑，养剑客。扛鼎，指秦武王爱好举重事。

(7) 宾礼：给以宾客的礼遇。

(8) 靡衣玉食：靡衣，轻软华美的服装。

(9) 馆：馆舍，这里指安置住处。

(10) 何：一本作"不"。

(11) 魏无忌：即信陵君，"战国四公子"之一，魏安厘王异母弟，礼贤下士，有食客三千。

(12) 齐田文：即孟尝君，"战国四公子"之一，齐国人，其父靖郭君田婴，婴卒，代父立于薛（今山东腾县东南）。舍业养士，有食客数千。

(13) 赵胜：即平原君，"战国四公子"之一，赵惠文王弟。信陵君之姊为平原君夫人。善养士。

(14) 黄歇：即春申君，"战国四公子"之一，战国时楚国贵族，顷襄王时任左徒，考烈王时任令尹，初封淮北十二县，后改封吴（今江苏省苏州市），门下食客三千人。

(15) 吕不韦：原是大商人，秦庄襄王时任丞相，太子政（即秦始皇）立，尊为相国。当其时，"战国四公子"各养士三千人，"吕不韦以秦之强，羞不如，亦招士厚遇之，至食客三千人"。

(16) 魏文侯：桓子之孙，礼贤下士，国人称仁，据说秦欲伐魏，因有文侯，不敢轻易动兵。

(17) 太子丹：曾在秦国作人质，归国后，欲报秦仇，使荆轲等人刺秦王。

(18) 张耳：大梁（今河南省开封市）人，魏国著名儒生，善结交贤士。曾参加陈胜起义，项羽封他为常山王，归刘邦后，被封为赵王。

(19) 陈馀：大梁人，魏国著名的儒生，曾参加陈胜起义。与张耳原是朋友，后来击破张耳军，被封为代王。

（20）厮养：为人服役，地位低微的人。厮，指劈柴、养马之役。养，指烹炊之役。

（21）支：支撑，担负。

（22）堪：经得起，受得住。

（23）鸷猛：鸷禽猛兽，鸷，凶猛的鸟。

（24）螫：蜂、蝎等昆虫的毒刺，或以毒刺刺人。

（25）考：研究，考察。

（26）夫智、勇、辩、力：夫，发语词。智，有智慧出谋划策的人。勇，勇士。辩，辩士，口才好，能游说辩论的人。

（27）秀杰：优秀杰出的人。

（28）恶衣食：即"恶衣恶食"，粗劣的衣食。恶，坏，引申为粗劣。

（29）靖：安定。

（30）出于一：用统一的办法选拔出来。

（31）三代以上出于学：三代，指夏、商、周三代。学，学校。

（32）客：食客，也叫"门客"或"养士"。

（33）汉以后出于郡县吏：汉代从郡县官吏中选拔人材。

（34）隋、唐至今出于科举：科举始于隋朝。

（35）椎鲁：愚钝。椎，愚蠢。

（36）既并天下：指公元前221年秦始皇统一中国。

（37）任：信任而使用。

（38）恃：依靠、凭借。

（39）吏不必才：官吏不一定非有才能不可。才，才能。

（40）堕：毁坏。

（41）散而归田亩：分散回乡种地。

（42）向：从前、往昔。

（43）"不知"句：其，代词，指四公子、吕不韦的食客及一切归田之士，槁项黄馘，面黄肌瘦的样子。槁项，脖子饿得干瘦细长，形容羸瘦的样子。布褐，古代时贫苦人穿的衣服，引申为贫贱、寒苦。褐，兽毛或粗麻制成的短衣。

（44）二世：秦二世，秦始皇少子胡亥，用阴谋取得皇位，称"二世"。

（45）四人：四种人，指"智、勇、辩、力"之士。

（46）若此速：如此迅速。若，如，像。

（47）"纵百"句：指将天下之士散归田亩而不知后患。纵，放纵。

（48）宜无几：宜，大概，无几，没有多少，很少。

（49）陈豨：宛句（今山东菏泽县）人，刘邦的将领。汉初任赵国的相国，统帅赵、代（地在今河北蔚县）两国的军队，大养宾客。

（50）萧、曹：萧，萧何，沛丰（今江苏省沛县、丰县一带）人，辅佐汉高祖刘邦建立西汉王朝有功，任相国。曹，曹参，与萧何同乡，秦末同在沛县县衙任小官，辅佐刘邦建立汉王朝有功，封平阳侯，继萧何为相国，执行萧何制定的既定政策，史称"萧规曹随"。

（51）莫之禁：即"莫禁之"，不去禁止它。

（52）淮南：淮南王刘长，高祖刘邦的小儿子，他收罗各地逃亡罪犯，藏在家中，给予田产，其子刘安继任淮南王后，阴结宾客，养士数千，高才八人。

（53）梁王：梁孝王刘武，汉孝文帝之子。曾招延四方豪杰之士。

（54）魏其：魏其侯窦婴，汉孝文皇后的侄子，收养游士、宾客。

（55）武安：武安侯田蚡，汉孝景皇后的弟弟，善养宾客。

（56）世主：指皇帝。

（57）惩：苦于。

（58）縻：牛缰绳。引申为牵系，束缚。

（59）若夫：用在一段话的开头引起论述的虚词。

（60）"此岂"句：岂，难道，哪是。及，企及，达到，够得上。

# 平王论

太史公<sup>(1)</sup>曰："学者<sup>(2)</sup>皆称周伐纣，居洛邑<sup>(3)</sup>，其实不然<sup>(4)</sup>。武王营之<sup>(5)</sup>，成王使召公卜居之，居九鼎焉，而周复都丰、镐<sup>(6)</sup>，至犬戎败幽王，周乃东迁于洛。"苏子曰<sup>(7)</sup>："周之失计，未有如东迁之缪者也<sup>(8)</sup>。自平王至于亡，非有大无道者也<sup>(9)</sup>。髭王之神圣，诸侯服享<sup>(10)</sup>，然终以不振，则东迁之过也。昔武王克商，迁九鼎于洛邑，成王、周公复增营之。周公既殁，盖君陈、毕公更居焉<sup>(11)</sup>。以重王室而已，非有意于迁也。周公欲葬成周，而成王葬之毕，此岂有意于迁哉？"

今夫富民之家，所以遗其子孙者，田宅而已。不幸而有败，至于乞假以生可也<sup>(12)</sup>，然终不敢议田宅。今平王举文、武、成、康之业大弃之，此一败而鬻田宅者也。夏、商之王，皆五六百年，其先王之德，无以过周，而后王之败，亦不减幽、厉<sup>(13)</sup>，然至于桀、纣而后亡<sup>(14)</sup>，共未亡也，天下宗之<sup>(15)</sup>，不如东周之名存而实亡也。是何也？则不鬻田宅之效也<sup>(16)</sup>。

盘庚之迁也，复殷之旧也<sup>(17)</sup>。古公迁于岐<sup>(18)</sup>，方是时，周人如狄人也<sup>(19)</sup>，逐水草而居<sup>(20)</sup>，岂所难哉？卫文公东徙渡河，恃齐而存耳<sup>(21)</sup>。齐迁临淄<sup>(22)</sup>晋迁于绛于新田<sup>(23)</sup>，皆其盛时，非有所畏也。其余避寇而迁都，未有不亡，虽不即亡，未有能复振者也。

春秋之时，楚大饥<sup>(24)</sup>，君蛮叛之，申、息之北门不启<sup>(25)</sup>。楚人谋徙于阪高<sup>(26)</sup>。蒍贾曰<sup>(27)</sup>："不可，我能往，寇亦能往。"于是乎以秦人、巴人灭庸，而楚始大。苏峻之乱，晋几亡矣，宗庙宫室，尽为灰烬<sup>(28)</sup>。温峤欲迁都豫章<sup>(29)</sup>，三吴之豪欲迁会稽<sup>(30)</sup>，将从之矣。独王导不可<sup>(31)</sup>，曰："金陵<sup>(32)</sup>，王者之都也，王者不以丰俭移都。若弘卫文大帛之冠<sup>(33)</sup>，何适而不可？不然，虽乐土为墟矣<sup>(34)</sup>。且北寇方强<sup>(35)</sup>。一旦示弱，窜于蛮越，望实皆丧矣。"乃不果迁<sup>(36)</sup>，而晋复安。贤哉导也，可谓能定大事矣。嗟夫！平王之初，周虽不如楚之强，顾不愈于东晋之微乎<sup>(37)</sup>？使平王有一王导<sup>(38)</sup>，定不迁之计，收丰、镐之遗民而修文、武、成、康之政<sup>(39)</sup>，以形势临东诸侯<sup>(40)</sup>，齐、晋虽强，未敢贰也<sup>(41)</sup>，而秦何自霸哉？

魏惠王畏秦，迁于大梁，楚昭王畏吴，迁于鄀。顷襄王畏秦，迁于陈，考烈王畏秦，迁于寿春，皆不复振，有亡征焉<sup>(42)</sup>。东汉之末，董卓劫帝，迁于长安，汉遂以亡。近世李景迁于豫章<sup>(43)</sup>，亦亡。吾故曰：周之失计，未有如东迁之缪者也。

【注释】

（1）太史公：太史公，即司马迁，汉代著名史学家、文学家。

（2）学者：这里应指史学家。

（3）洛邑：古地名，在今河南省洛阳市。

（4）其实不然：实际上不是这样。不然，不是这样。

（5）武王营之：周武王伐纣灭商后，曾营筑洛邑。

（6）丰镐：都是西周的都城。

（7）苏子：苏轼自称。"子"，古代男子的通称，可称人，也可称己。

（8）缪："谬"的通假字，荒谬。

（9）"自平"句：自平王以至东周灭亡，其间二十五王，没有一个不是无道昏君。这二十五王是：平、桓、庄、釐、惠、襄、顷、匡、定、简、灵、景、悼、敬、元、贞定、哀、思、考、威烈、安、烈、显、慎靓、赧。

（10）"髭王"句：髭灵王，宣王之子，一生下来就有髭须。《左传·昭公二十六年》："秦人降妖曰：'周其有髭王'，亦克能修其职，诸侯服享。至于灵王，生而有髭，王甚神圣，无恶于诸侯。"

（11）"周公"句：周公死后，君陈等居成周，继续监视商顽民，防备其叛乱。《书·序》："周公既殁，命君陈分正东郊成周。"殁，死。君陈，周公之子，伯禽之弟。毕公，周文王第十五子。

（12）假：借。

（13）不减幽、厉：不比幽、厉逊色，意即比幽、厉更坏。幽，周幽王，宣王之子，平王之父，西周亡国之君。厉，周厉王，名胡，公元前878年在位，残酷暴虐。

（14）桀：即帝履癸，夏代亡国之君。

（15）宗：尊崇朝见。

(16) 不鸶田宅之效：指不迁都的结果。

(17) "盘庚"句：阳甲死，其弟盘庚立，他主张从河北迁回河南的殷（河南省安阳市小屯村）。商汤原居商邱（今河南省商邱市），这次迁回河南的殷，所以说是"复殷之旧也。"盘庚在殷用茅草盖房，减轻剥削，号称"中兴之主"，之后，商又称"殷"。

(18) 古公迁于岐：古公，即古公亶父，古代周族领袖。后稷第十二代孙，周文王的祖父，原居豳（今陕西省栒邑县），因戎狄侵逼，无力抵抗，率众迁于岐山下周原（今陕西省岐山县）。建筑城郭，设置官吏，开荒种地，发展生产，使周强盛起来。因此，周文王尊他为太王。

(19) 如：如同，像。

(20) 逐水草而居：追随水草而迁居，无城郭，不定居。指游牧生活。

(21) "卫文"句：戎狄入卫，卫国东迁渡黄河，靠齐桓公的帮助，在楚丘建城市，造宫殿，国富起来。卫文公，名燬。戴公之子。恃，依靠。

(22) 齐迁临淄：齐国迁都临淄。临淄，今山东省临淄市。

(23) 晋迁于绛于新田：武公由曲沃并入晋，献公建都绛（今山西省翼城县），后又迁都新田（今山西省曲沃县南）。

(24) 饥：饥荒，灾年。

(25) 申、息之北门不启：申，申城，故址在今河南省南阳市北。息，息城，故址在今河南省息县南七里。启，开。

(26) 阪高：地名，即"长阪"。在今湖北省当阳县东北。

(27) 蔿贾：字伯嬴，春秋时楚人，孙叔敖之父。

(28) "苏峻"句：苏峻，字子高，晋成帝时任历阳太守，反叛后攻晋，晋军屡败，攻入后宫，逼天子迁于石头（古地名，今南京市）。苏峻在一次出战时落马被斩。

（29）温峤欲迁都豫章：温峤，字太真，太原人，司徒温羡的侄子。豫章，今江西省南昌市。

（30）三吴之豪欲迁会稽：三吴，指吴兴，吴郡，会稽。会稽，在今浙江绍兴市。

（31）王导：字茂弘，琅邪（今安徽省滁县）人。晋明帝时任司徒，进位太保，受遗诏，与庾亮共辅幼主（即成帝），他反对迁都。

（32）金陵：晋都，在今江苏省南京市。

（33）卫文大帛之冠：卫文，即卫文公。大帛之冠，形容卫文公不奢华。

（34）墟：废墟。

（35）北寇：指石勒。他曾攻打洛阳。

（36）不果迁：即"果不迁"。果，果然。

（37）顾：转折连词，却。

（38）使：假使，如果。

（39）修：修整，治理。

（40）形势：这里指丰、镐在地势方面的优点。

（41）贰：有二心。

（42）征：征兆。

（43）李景：初名景通，字伯玉，五代时南唐中主，在位十九年，与其子李煜都是著名词人。

# 论　秦

秦始皇十八年，取韩。二十二年，取魏。二十五年，取赵，取楚。二十六年，取燕，取齐。初并天下。

苏子曰：秦并天下，非有道也，特巧耳，非幸也。然吾以谓巧于取齐，而拙于取楚，其不败于楚者幸也。呜呼，秦之巧，亦创于智伯而已。魏、韩肘足接而智伯死。秦知创智伯，而诸侯终不知师魏、韩。秦并天下，不亦宜乎？

齐湣王死，法章立[1]。君王后佐之，秦犹伐齐也。法章死，王建立六年而秦攻赵，齐、楚救之，赵乏食，请粟于齐，而齐不予，秦遂围邯郸，几亡赵，赵虽未亡，而齐之亡形成矣，秦人知之，故不加兵于齐者四十余年。夫以法章之才而秦伐之，建之不才而秦不伐，何也？太史公曰："君王后事秦谨，故不被兵。"夫秦欲并天下耳，岂以谨故置齐也哉？吾故曰"巧于取齐"者，所以大慰齐人之心，而解三晋之交也。

齐、秦不两立，秦未尝须臾忘齐也，而四十余年不加兵者，岂其情乎？齐人不悟而与秦合，故秦得以其间取三晋。三晋亡，齐盖岌岌矣。方是时，犹有楚与燕也。三国合，犹足以拒秦。秦大出兵伐楚、伐燕，而齐不救，故二国亡，而齐亦虏不阅岁[2]，如晋取虞、虢也，可不谓巧乎？二国既灭，齐乃发兵守西界，不通秦使。呜呼，亦晚矣。

秦初遣李信以二十万人取楚，不克，乃使王翦以六十万攻之，盖空国而战也。使齐有中主具臣(3)，知亡之无日，而扫境以伐秦。以久安之齐，而入厌兵空虚之秦，覆秦如反掌也。吾故曰："拙于取楚。"

然则奈何？曰：古之取国者必有数。如取龆齿也，必以渐，故齿脱而儿不知。今秦易楚，以为是龆齿也可拔(4)，遂抉(5)其口，一拔而取之，儿必伤，吾指必啮。故秦之不亡者幸也，非数也。吴为三军，迭出以肄楚(6)，三年而入郢(7)。晋之平吴，隋之平陈，皆以是物也(8)。惟苻坚不然(9)。使坚知出此，以百倍之众为迭出之计，虽韩、(10)白不能支，而况谢玄、牢之(11)之流乎！吾以是知二秦之一律也。始皇幸胜而坚不幸耳。

【注释】

(1) 法章：即齐襄王，湣王子。

(2) 所谓唇亡齿寒，亡之不远。　虏：名词用如动词，被俘虏。阅：历，经历。

(3) 具：才具，才能。

(4) 龆齿：儿童换牙。

(5) 抉：挑、挖。

(6) 肄：《诗经·周南·汝坟》："遵彼汝坟，伐其条肄。"传："肄，余也，渐而复生曰肄。"肄，这里的意思是不一次吞并，而是逐渐吞食。

(7) 郢：楚都。

(8) 意思是：也大致相似。

（9）苻坚（338—385）：十六国时期前秦皇帝。字永固，一名文玉，略阳临渭（今甘肃秦安东南）人。

（10）韩：韩信（？—前196），汉代名将，善用兵，自称多多益善，著有《兵法》三篇，今佚。

（11）谢玄：（343—388）东晋名将。字幼度，陈郡阳夏（今河南太康）人。

# 论范蠡

越既灭吴，范蠡以为勾践为人长颈鸟喙，可与共患难，不可与同安乐，乃以其私徒属浮海而行。至齐，以书遗大夫种曰："蜚鸟尽，良弓藏。狡兔死，走狗烹。子可以去矣。"[1]

苏子曰：范蠡独知相其君而已，以吾相蠡，蠡亦鸟喙也。夫好货[2]，天下之贱士也。以蠡之贤，岂聚敛积实者，何至耕于海滨，父子力作，以营千金，屡散而复积，此何为者哉？岂非才有余而道不足，故功成、名遂、身退，而心终不能自放者乎！使勾践有大度，能始终用蠡，蠡亦非清净无为以老于越者也。吾故曰：蠡亦鸟喙者也。

鲁仲连既退秦军，平原君欲封连，以千金为寿。连笑曰："所贵于天下士者，为人排难解纷而无所取也。即有取，是商贾之事，连不忍为也。"遂去，终身不复见。逃隐于海上，曰："吾与其富贵而诎于人，宁贫贱而轻世肆志焉。"使范蠡之去如鲁仲连，则去圣人不远矣。呜呼，春秋以来用舍进退未有如范蠡之全者也，而不足于此，吾是以累叹而深悲焉。

【注释】

（1）"范蠡以为"等句：范蠡，春秋时越王勾践谋臣。与勾践谋划二十余年，竟灭吴以雪会稽之耻。后隐去。种，即文种，越王勾践的大夫，与范蠡一道帮助勾践复国。

（2）好货：喜爱财物。

# 论养士

春秋之末，至于战国，诸侯卿相皆争养士。自谋夫说客(1)、谈天雕龙、坚白同异之流，下至击剑、扛鼎、鸡鸣、狗盗(2)之徒，莫不宾礼。靡(3)衣玉食以馆于上者，何可胜数。越王勾践，有君子六千人。魏无忌、齐田文、赵胜(4)、黄歇、吕不韦(5)，皆有宾客三千人。而田文招致任侠奸人六万家于薛(6)。齐稷下谈者亦千人(7)。魏文侯(8)、燕昭王(9)、太子丹(10)，皆致客无数。下至秦、汉之间，张耳、陈余号多士，宾客厮养，皆天下豪俊(11)。而田横亦有士五百人。其略见传记者如此。度其余当倍官吏而半农夫也。此皆奸民蠹国者，民何以支，而国何以堪乎？

苏子曰：此先王之所不能免也。国之有奸，犹鸟兽之有鸷猛，昆虫之有毒螫也。区处条理，使各安其处，则有之矣，锄而尽去之，则无是道也。吾考之世变，知六国之所以久存，而秦之所以速亡者，盖出于此，不可以不察也。

夫智、勇、辩、力此四者，皆天民之秀杰也。类不能恶衣食以养于人[12]，皆役人以自养者也。故先王分天下之富贵，与此四者共之。此四者不失职，则民靖矣。四者虽异，先王因俗设法，使出于一。三代以上，出于学[13]。战国至秦，出于客。汉以后，出于郡县吏[14]。魏、晋以来，出于九品中正[15]。隋唐至今，出于科举。虽不尽然，取其多者论之。六国之君，虐用其民，不减始皇、二世。然当是时，百姓无一人叛者，以凡民之秀杰者，多以客养之，不失职也。其力耕以奉上，皆椎鲁[16]无能为者，虽欲怨叛，而莫为之先，此其所以少安而不即亡也。

始皇初欲逐客，用李斯之言而止[17]。既并天下，则以客为无用，于是任法而不任人，谓民可以恃法而治，谓吏不必才取，能守吾法而已。故堕名城，杀豪杰，民之秀异者散而归田亩，向之食于四公子、吕不韦之徒者，皆安归哉！不知其能槁项[18]黄馘[19]而老死于衣褐乎？抑将辍耕叹息以俟时也？秦之乱，虽成于二世，然使始皇知畏此四人者，有以处之，使不失职，秦之亡不至若此之速也。纵百万虎狼于山林而饥渴之，不知其将噬人，世以始皇为智，吾不信也。

楚、汉之祸生民尽矣，豪杰宜无几，而代相陈豨[20]，从车千乘，萧、曹为政，莫之禁也[21]。至文、景、武帝之世，法令至密矣，然吴王濞淮南、梁王、魏其、武安之流，皆争致宾客，世主不问也。岂惩秦之祸，以为爵禄不能尽縻<sup>(22)</sup>天下之士，故少宽之，使得或出于此也耶？

若夫先王之政，则不然，曰："君子学道则爱人，小人学道则易使也<sup>(23)</sup>。"呜呼，此岂秦、汉之所及也哉！

【注释】

（1）指苏秦、张仪等。

（2）鸡鸣、狗盗事见《史记·孟尝君列传》。

（3）靡：华丽。

（4）《史记·平原君虞卿列传》："平原君赵胜者，赵之诸公子也。诸子中胜最贤，喜宾客，宾客盖至者数千人。"

（5）吕不韦：卫国濮阳（今河南濮阳西南）人。入秦，曾任丞相，封文信侯。

（6）《史记·孟尝君列传》："太史公曰：吾尝过薛，其俗闾里率多暴桀子弟，与邹、鲁殊。问其故，曰：'孟尝君招致天下任侠奸人入薛中，盖六万余家矣。'"薛，齐邑，今山东滕县南。

（7）稷下：齐都临淄（今山东淄博市）稷门附边地区。时为各学派讲学、议论之所。

（8）魏文侯：名斯。创立魏国，前445—前396年在位。

（9）燕昭王：名职。前311—前279在位。

（10）太子丹：燕王喜之人。"阴养壮士二十人，使荆轲献督亢地图于秦，因袭刺秦王。"

（11）张耳：秦末大梁（今河南开封市）人，反秦，项羽封为常山王，后投奔刘邦，为赵王。

(12) 类：大多。

(13)《礼记·学记》："古之教者，家有塾，党有庠，术有序、国有学"国，都城也。

(14) 汉以察举孝廉、秀才选拔人才，由丞相列侯或郡县吏丞举，考核合格后为官吏。

(15) 魏晋南北朝选拔官吏，由各郡推选有声望之人任"中正"，按德与才评士人为九品，供政府按品第高低选用。实则多为豪门贵族把持。

(16) 椎鲁：朴实迟钝。

(17)《史记·李斯传》："韩人郑国来间秦，以作注溉渠，已而觉。秦宗室大臣谓一切逐客，李斯议亦在逐中。斯上书，秦王乃除逐客令。"

(18) 槁项，瘦弱之状。

(19) 靧：脸。

(20) 代：汉初诸侯国名。

(21) 萧何时为相国，曹参为齐相。陈豨叛汉被斩，曹接任萧任相国。

(22) 縻：系牵，引申为笼络。

(23) 语出《论语·阳货》。

# 论商鞅

商鞅[1]用于秦，变法定令，行之十年，秦民大悦，道不拾遗，山无盗贼，家给人足，民勇于公战，怯于私斗，秦人富强，天子致胙[2]于孝公，诸侯毕贺。

苏子曰：此皆战国之游士邪说诡论，而司马迁暗于大道[3]，取以为史。吾尝以为迁有大罪二，其先黄老后六经，退处士进奸雄，盖其小小者耳。所谓大罪二，则论商鞅、桑弘羊之功也。自汉以来，学者耻言商鞅、桑弘羊，而世主独甘心焉，皆阳讳其名，而阴用其实，甚者则名实皆宗之，庶几其成功，此司马迁之罪也。

秦固天下之强国，而孝公亦有志之君也，修其政刑十年，不为声色畋游之所败，虽微[4]商鞅，有不富强乎！秦之所以富强者，孝公敦本力穑[5]之效，非鞅流血刻骨之功也，而秦之所以见疾于民，如豺虎毒药，一夫作难，而子孙无遗种，则鞅实使之。至于桑弘羊[6]，斗筲之才，穿窬之智，无足言者。而迁之言曰："不加赋而上用足。"善乎，司马光之言也，曰："天下安有此理。天地所生财货百物，止有此数，不在民则在官。譬如雨泽，夏涝则秋旱。不加赋而上用足，不过设法阴夺民利，其害甚于加赋也。"二子之名在天下，如蛆蝇粪秽也，言之则污口舌，书之则污简牍。二子之术，用于世者，灭国残民，覆族亡躯者，相踵也。而世主独甘心焉，何哉？乐其言之便己也。

夫尧、舜、禹、汤，世主之父师也。谏臣弼士⁽⁷⁾，世主之药石也。恭敬慈俭，勤劳忧畏，世主之绳约也⁽⁸⁾。今使世主日临父师而亲药石，履绳约，非其所乐也。故为商鞅、桑弘羊之术者，必先鄙尧笑舜而陋禹也。曰：所谓贤主者，专以天下适己而已。此世主所以人人甘心而不悟也。

世有食钟乳、乌喙⁽⁹⁾而纵酒色以求长年者，盖始于何晏⁽¹⁰⁾。晏少而富贵，故服寒食散以济其欲，无足怪者。彼之所为，足以杀身灭族者，日相继也，得死于服寒食散，岂不幸哉。而吾独何为效之。世之服寒食散疽背呕血者，相踵也，用商鞅、桑弘羊之术破国亡宗者，皆是也。然而终不悟者，乐其言之美便，而忘其祸之惨烈也。

【注释】

（1）商鞅：战国时卫人。姓公孙，名鞅，以封于商，也称商鞅、商君。相秦十九年，辅助秦孝公变法，提出"治世不一道，便国不法古"的主张。废井田，开阡陌，奖励耕战，使秦国富强。孝公死，公子虔等诬陷商鞅谋反，车裂而死。

（2）胙，祭祀用的肉，祭后分送给参与祭祀的人。这里为赏赐品。

（3）暗于大道：大道理没有搞清楚。

（4）微：没有，无。

（5）敦本力穑：鼓励搞好农桑。本，指农业。穑，指种庄稼。

（6）桑弘羊：商家子弟，汉武帝时任治粟都尉，领大司农，主张重农抑商，推行盐铁酒类由国家专卖政策。

（7）弼士：辅佐之士。

（8）药石：治病的药物和砭石。绳约：绳索。

（9）钟乳：钟乳石。乌喙：中药附子的别称，有毒。

（10）何晏：三国时人，曾随母为曹操收养。倡导玄学，崇尚清谈。

# 论管仲

郑太子华言于齐桓公，请去三族而以郑为内臣。公将许之。管仲不可。公曰："诸侯有讨于郑，未捷，苟有衅，从之，不亦可乎？"管仲曰："君若绥之以德，加之以训辞，而率诸侯以讨郑，郑将覆亡之不暇，岂敢不惧？若总其罪人以临之，郑有辞矣。"公辞子华，郑伯乃受盟。

苏子曰：大哉，管仲之相桓公也。辞子华之请，而不违曹沫之盟，皆盛德之事也。齐可以王矣。恨其不学道，不自诚意正身以刑其国，使家有三归之病，而国有六嬖之祸(1)，故桓公不王，而孔子小之。然其予之也亦至矣。曰："桓公九合诸侯，不以兵车，管仲之力也。如其仁，如其仁。"曰："仲丘之徒，无道桓文之事者"，孟子盖过矣。吾读《春秋》以下史，得七人焉，皆盛德之事，可以为万世法。又得八人焉，皆反是，可以为万世戒。故具论之。

太公之治齐也，举贤而尚功。周公曰："后世必有篡弑之臣。"天下诵之,齐其知之矣。田敬仲之始生也,周史筮之,其奔齐也,齐懿氏卜之,皆知其当有齐国(2)。篡弑之疑,盖萃于敬仲矣(3)。然桓公、管仲不以是废之,乃欲以为卿(4),非盛德能如此乎?故吾以谓楚成王知晋之必霸,而不杀重耳。汉高祖知东南之必乱,而不杀吴王濞。晋武帝闻齐王攸之言,而不杀刘元海。苻坚信王猛,而不杀慕容垂。唐明皇用张九龄,而不杀安禄山。皆盛德之事也。

而世之论者,则以谓此七人者,皆失于不杀以启乱。吾以谓不然。七人者,皆自有以致败亡,非不杀之过也。齐景公不繁刑重赋(5),虽有田氏,齐不可取(6)。楚成王不用子玉,虽有晋文公,兵不败(7)。汉景帝不害吴太子,不用晁错,虽有吴王濞,无自发(8)。晋武帝不立孝惠,虽有刘元海,不能乱(9)。苻坚不贪江左,虽有慕容垂,不敢判(10)。明皇不用李林甫、杨国忠,虽有安禄山,亦何能为?秦之由余,汉之金日䃅,唐之李光弼(11)、浑瑊(12)之流,皆蕃种也,何负于中国哉?而独杀元海、禄山乎?且夫自今而言之,则元海、禄山,死有余罪;自当时言之,则不免为杀无罪。岂有天子杀无罪,而不得罪于天下者!上失其道,涂之人皆敌国也。天下豪杰,其可胜既乎!

汉景帝以鞅鞅而杀周亚夫。曹操以名重而杀孔融。晋文帝以卧龙而杀嵇康。晋景帝亦以名重而杀夏侯玄。宋明帝以族大而杀王彧。齐后主以谣言而杀斛律光。唐太宗以谶而杀李君羡。武后亦以谣言而杀裴炎。世皆以为非也。此八人者,当时之虑,岂非忧国备乱,与忧元海、禄山者同乎?久矣,世之以成败为是非也。

故凡嗜杀人者,必以邓侯不杀楚子为口实。以邓之微,无故杀大国之君,使楚人举国而仇之,其亡不愈速乎!吾以谓为天下如养生,忧国备乱如服药。养生者,不过慎起居饮食,节声色而已。节慎在未病之前，而服药在已病之后。今吾忧寒疾而先服乌喙<sup>(13)</sup>，忧热疾而先服甘遂<sup>(14)</sup>，则病未作而药已杀人矣。彼八人者，皆未病而服药者也。

【注释】

（1）嬖宠爱之人。

（2）事见《春秋左传集解·庄公二十二年》。

（3）萃：集。

（4）事见《春秋左传集解·庄公二十二年》，参《史记·齐太公世家》。

（5）《史记·齐太公世家》"景公好治宫室，聚狗马，奢侈，厚赋重刑。"

（6）事见《史记·田敬仲完世家》及《史记·齐太公世家》。

（7）事见《春秋左传集解·僖公二十八年》晋楚城濮之战部分。

（8）事见《史记·吴王濞列传》。

（9）事见《晋书·刘元海载记》。

（10）事见《晋书·慕容垂载记》。

（11）《旧唐书·李光弼列

传》：“李光弼，营州柳城人。其先契丹之酋长。”

（12）《旧唐书·浑瑊列传》："浑瑊，皋兰州人也，本铁勒九姓部落之浑部也。安禄山构逆，瑊从李光弼出师河北，定诸郡邑。……位极将相，无忘谦抑。"

（13）乌喙：有毒植物，可入中药。又名乌头、土附子、奚毒。

（14）甘遂：草名，可入药。

# 论封建

秦初并天下，丞相绾等言，燕、齐、荆地远，不置王无以填之(1)，请立诸子。始皇下其议，群臣皆以为便。廷尉斯曰："周文、武所封子弟同姓甚众，然后属(2)疏远，相攻击如仇雠，诸侯更相诛伐，天子弗能禁止。今海内赖陛下神灵一统，皆为郡县，诸子功臣以公赋税重赏赐之，甚足易制。天下无异意，则安宁之术也。置诸侯不便。"始皇曰："天下共苦战斗不休，以有侯王。赖宗庙，天下初定，又复立国，是树兵(3)也，而求其宁息，岂不难哉！廷尉议是。"分天下为三十六郡，郡置守、尉、监。

苏子曰：圣人不能为时，亦不失时(4)。时非圣人之所能为也，能不失时而已。三代之兴，诸侯无罪，不可夺削，因而君之，虽欲罢侯置守，可得乎？此所谓不能为时者也。周衰，诸侯相并，齐、晋、秦、楚皆千余里，其势足以建侯树屏，至于七国，皆称王行天子之事，然终不封诸侯,不立强家世臣者,以鲁三桓、晋六卿、齐田氏为戒也。久矣,世之畏诸侯之祸也,非独李斯,始皇知之。始皇既并天下,分郡邑,置守宰,理固当然,如冬裘夏葛,时之所宜,非人之私智独见也,所谓不失时者。

而学士大夫多非之。汉高又欲立六国后,张子房以为不可,世未有非之者。李斯之论,与子房何异。世特以成败为是非耳。高帝闻子房之言,吐哺骂郦生,知诸侯之不可复明矣。然卒王韩、彭、英、卢[5]。岂独高帝,子房亦与焉。故柳宗元曰:"封建非圣人意也,势也。"

昔之论封建者,曹元首、陆机、刘颂及唐太宗时魏征、李百药、颜师古,其后则刘秩、杜佑、柳宗元。宗元之论出,而诸子之论废矣。虽圣人复起,不能易也。故吾取其说而附益之。曰:凡有血气,必争,争必以利,利莫大于封建。封建者,争之端而乱之始也。自书契[6]以来,臣弑其君,子弑其父,父子兄弟相贼杀,有不出于袭封而争位者乎!自三代圣人以礼乐教化天下,至刑措不用,然终不能已篡弑之祸。秦汉以来,君臣父子相贼虐者,皆诸侯王子孙。其余卿士大夫不世袭者,盖未尝有也。近世无复封建,则此祸几绝。仁人君子,忍复开之欤!故吾以李斯、始皇之言,柳宗元之论,当为万世法也。

## 【注释】

(1) 置王:安置分封皇子为诸王于各地。填,同"镇",镇服。

(2) 后属:后代。

(3) 树兵:导致战争。

(4) 圣人不能为时，亦不失时：圣人不能制造时势，但能不失去时机。

(5) 然卒王韩、彭、英、卢：但最终还是封了韩信、彭越、英布、卢绾为王。

(6) 书契：文字记载。

# 始皇论

秦始皇⁽¹⁾时，赵高有罪，蒙毅按之当死，始皇赦而用之。长子扶苏好直谏，上怒，使北监蒙恬兵于上郡。始皇东游会稽⁽²⁾，并海走琅邪⁽³⁾，少子胡亥⁽⁴⁾、李斯⁽⁵⁾、蒙毅、赵高从，道病⁽⁶⁾，使蒙毅还祷山川⁽⁷⁾，未及还，上崩。李斯、赵高矫诏立胡亥⁽⁸⁾，杀扶苏、蒙恬、蒙毅⁽⁹⁾，卒以亡秦。

苏子曰："始皇制天下轻重之势⁽¹⁰⁾，使内外相形⁽¹¹⁾，以禁奸备乱者⁽¹²⁾，可谓密矣⁽¹³⁾。蒙恬将三十万人，威振北方，扶苏监其军，而蒙毅侍帷幄为谋臣，虽有大奸贼，敢睥睨其间哉。不幸道病，祷祠山川，尚有人也⁽¹⁴⁾，而遣蒙毅，故高、斯得成其谋。始皇之遣毅，毅见始皇病，太子未立，而去左右⁽¹⁵⁾，皆不可以言智。虽然，天之亡人国，其祸败必出于智所不及⁽¹⁶⁾。圣人之治天下，不恃智以防乱⁽¹⁷⁾，恃吾无致乱之道耳。秦始皇致乱之道⁽¹⁸⁾，在用赵高。夫阉尹之祸⁽¹⁹⁾，如毒药猛兽，未有不裂肝碎首者也。自书契以来⁽²⁰⁾，惟东汉吕强、后唐张承业，二人号称善良。岂可望一二于千万,以徼必亡之祸哉[21]?然世主皆甘心而不悔[22]。如汉桓、灵,唐肃、代犹不足深怪[23]。始皇、汉宣皆英主[24],亦湛于赵高、恭、显、之祸[25]。彼自以为聪明人杰也,奴仆熏腐之馀何能为?[26]及其亡国乱朝,乃与庸主不异[27]。吾故表而出之,以戒后世人主如始皇、汉宣者。"

或曰[28]:"李斯佐始皇定天下,不可谓不智。扶苏亲始皇子[29],秦人戴之久矣[30],陈胜假其名,犹足以乱天下。而蒙恬持重兵在外,使二人不即受诛而复请之[31],则斯、高无遗类[32]。以斯之智,而不虑此,何哉?"苏子曰:"呜呼!秦之失道[33],有自来矣。岂独始皇之罪?"自商鞅变法,以殊死为轻典[34],以参夷为常法[35]。人臣狼顾胁息,以得死为幸。何暇复请[36]?方其法之行也,求无不获,禁无不止,鞅自以为轶尧、舜而驾汤、武矣。及其出亡而无所舍,然后知为法之弊。夫岂独鞅悔之,秦亦悔之矣。荆轲之变,持兵者熟视始皇环柱而走,莫之救者,以秦法重故也。李斯之立胡亥,不复忌二人者[37],知法令之素行[38],而臣子不敢复请也。二人之不敢复请,亦知始皇之鸷悍而不可回也[39],岂料其伪也哉[40]?周公曰:'平易近民,民必归之[41]。'孔子曰:'有一言而可以终身行之者,其恕矣乎?'夫以忠恕为心,而以平易为政,则上易知而下易达[42]。虽有卖国之奸,无所投其隙[43],仓卒之变[44],无自发焉[45]。然其令行禁止[46],盖有不及商鞅者矣。而圣人终不以彼易此[47],商鞅立信于徙木,立威于弃灰[48],刑其亲戚、师傅,积威信之极,以及始皇,秦人视其君如雷电鬼神之不可测也。古者公族有罪[49],三宥然后制刑[50],今至使人矫杀其太子而不忌,太子亦不敢请,则威信之过也[51]。故夫以法毒天下者[52],未有不反中其身[53],及其子孙者也。汉武与始皇[54],皆果于杀者也[55]。

故其子如扶苏之仁,则宁死而不请。如戾太子之悍,则宁反而不诉,知诉之必不察也。戾太子岂欲反者哉?计出于无聊也<sup>(56)</sup>。故为二君之子者<sup>(57)</sup>,有死与反而已。李斯之智,盖足以知扶苏之必不反也,吾又表而出之,以戒后世人主之果杀者。"

【注释】

(1) 秦始皇:即嬴政。

(2) 始皇东游会稽:秦始皇三十七年(公元前210年),离京城咸阳出游。会稽,郡名,在今浙江省绍兴市一带,会稽山在市东南十三里。

(3) 并海走琅邪:并,依傍,沿着。走,向。琅邪,郡名,在今山东省诸城县一带,县东一百五十里有琅邪山,琅邪故城即在山下。

(4) 胡亥:即秦二世。

(5) 李斯:秦始皇重臣。

(6) 道:路,旅途。

(7) 还祷山川:还,指回京都咸阳。祷,祈祷,求神保佑的一种活动。

(8) 李斯、赵高矫诏立胡亥:矫,假传。诏,诏书,皇帝的命令或文告。这里指秦始皇的遗诏。

(9) 杀扶苏、蒙恬、蒙毅:扶苏被逼自杀,蒙恬被逼服毒自杀,蒙毅被杀。

(10) 始皇制天下轻重之势:制,控制。轻重,犹言大小、主次、缓急。

(11) 相形：互相衬托配合。

(12) 备乱：防备叛乱。备，防。

(13) 密：严密，完备。

(14) 尚有人也：意思是还有别人可以差遣，不一定非差遣蒙毅不可。尚，还。

(15) 而去左右：指从秦始皇身边离去。去，离开。左右，身边。近旁。

(16) 不及：达不到。

(17) 恃：依靠，凭借。

(18) 致乱之道：致，招引，引来。道，途径，引申为条件，因素。

(19) 阍尹：宦官的首领。

(20) 书契：文字。契，刻，古代文字多用刀刻，故名。

(21) 徼，同"侥"，侥幸。

(22) 世主：皇帝。

(23) 唐肃、代：肃，唐肃宗（李亨）。代，唐代宗（李豫）。唐朝肃、代宗时的宦官如李辅国，程元振等，都专权欲乱天下。

(24) 汉宣：西汉宣帝（刘询），公元前73至前48年在位。

(25) 恭、显之祸：恭，弘恭。显，石显。两人都在少年时犯罪，受腐刑，西汉宣帝时入宫门为太监。专权横行，浊乱天下。

(26) 熏腐：腐刑熏合。

(27) 庸主：平庸、不高明的皇帝。庸，平常。引申为平凡。

(28) 或曰：有人说，这是作者设问。

(29) 扶苏亲始皇子：意思是，扶苏是秦始皇的亲生长子。

（30）戴：尊奉，拥护。

（31）使二人：使，假使。二人，指扶苏、蒙恬。

（32）无遗类：即"无馀类"，指全部被铲除。

（33）失道：失去道义、人心。道，正道，仁义。

（34）殊死：古代一种死刑，即斩首。

（35）参夷：诛灭三族。

（36）暇：空闲。

（37）忌：顾忌，害怕。

（38）素：向来，经常。

（39）鸷悍：凶猛强暴。鸷，凶猛的鸟，引申为凶猛。

（40）伪：非真，假。

（41）平易近民，民必归之：平易，平坦宽广，比喻人的态度和蔼可亲。归，归附。

（42）上易知而下易达：知，了解下情。达，指政令通达。

（43）隙：裂缝，比喻可乘之机。

（44）仓卒：匆忙，急遽。

（45）无自：无从，无由，没有机会。

（46）令行禁止：有令必行，有禁必止。

（47）圣人：指上文提到的尧、舜、禹、汤。

（48）立威于弃灰：给抛弃灰土于道路（即往路上倒脏土）的人判刑，以此建立威信。

（49）公族：古代诸侯的同族。

（50）宥：宽宥，赦罪。

（51）过，过错、罪过。

（52）毒：这里是"治"的意思。

（53）中：当。

（54）汉武：汉武帝刘彻。

（55）果：果断。

（56）无聊：没有凭借。聊，依靠、依赖。

（57）二君：指秦始皇和汉武帝。

# 张九龄不肯用张守珪牛仙客

轼窃谓士大夫砥砺名节，正色立朝，不务雷同以固禄位，非独人臣之私义，乃天下国家所恃以安者也。若名节一衰，忠信不闻，乱亡随之，捷如影响(1)。西汉之末，敢言者惟王章、朱云二人，章死而云废，则公卿持禄保妻子如张禹，孔光之流耳。故王莽以斗筲穿窬之才(2)，恣取神器如反掌。唐开元之末，大臣守正不回，惟张九龄一人。九龄既已忤旨罢相，明皇不复闻其过以致禄山之乱。治乱之机，可不慎哉！

【注释】

（1）捷如影响：像影子和响声那样快。

（2）斗筲穿窬之才：比喻才能很小。斗筲，容量单位，这里形容才识短浅。穿窬，穿墙。

## 汉武帝唐太宗优劣

轼以谓古之贤君,知直臣之难得,忠言之难闻,故生尽其用,殁思其言,想见其人,形于梦寐,亦可谓乐贤好德之主矣。汉武帝雄材大略,不减太宗。汲黯<sup>(1)</sup>之贤,过虞世南<sup>(2)</sup>。世南已死,太宗思之。汲黯尚存,武帝厌之。故太宗之治,几至刑措,而武帝之政,盗贼半天下,由此也夫!

【注释】

(1) 汲黯:汉武帝大臣。
(2) 虞世南:唐太宗大臣。

## 问养生

余问养生于吴子<sup>(1)</sup>,得二言焉:曰和,曰安。何为和?曰:子不见天地之为寒暑乎,寒暑之极,至于折胶流金<sup>(2)</sup>,而物不以为病<sup>(3)</sup>,

其变者微也。寒暑之变,昼与日俱逝,夜与月并驰,俯仰<sup>(4)</sup>之间,屡变而人不知者,微之至,和之极也。使此二极者<sup>(5)</sup>,相寻而狎至,则人之死久矣。何谓安?曰:吾尝自牢山浮海达于淮<sup>(6)</sup>,遇大风焉,舟中之人,如附于桔槔<sup>(7)</sup>,而与之上下,如蹈车轮而行,反逆眩乱不可止<sup>(8)</sup>,而吾饮食起居如他日。吾非有异术也<sup>(9)</sup>,惟莫与之争,而听其所为。故凡病我者,举非物也。食中有蛆,见者莫不呕也。其不知而食者,未尝呕也。请察其所从生<sup>(10)</sup>。论八珍者必咽,言粪秽者必唾。二者未尝与我接也<sup>(11)</sup>,唾与咽何从生哉?果生于物乎?果生于我乎?知其生于我也,则虽与之接而变,安之至也。安则物之感我者轻<sup>(12)</sup>,和则我之应物者顺。外轻内顺,而生理备矣<sup>(13)</sup>。吴子,古之静者也,其观于物也,审矣<sup>(14)</sup>。是以私识其言<sup>(15)</sup>,而时省观焉<sup>(16)</sup>。

## 【注释】

(1) 养生:保护身体。

(2) 寒暑之极,至于折胶流金:寒、暑的极点,可以使粘胶折断,使黄金流淌。

(3) 病:害,损害。

(4) 俯仰:低头和抬头。比喻时间短暂。

(5) 二极:指前文的寒暑之极。

(6) 浮海:乘船航海。

(7) 桔槔:井上汲水的工具。

(8) 反逆眩乱:翻转回旋,眩晕迷乱。　反:翻转、颠倒。逆:回旋、颠倒。

（9）异术：特异的法术。

（10）请察其所从生：请观察这些事从哪里产生。

（11）接：接触。

（12）轻：轻微。

（13）生理：养生之理。

（14）审：详知。

（15）私识：个人认识、个人了解。

（16）省观：反省自观。

## 无沮善

昔者先王之为天下，必使天下欣欣然常有无穷之心，力行不倦，而无自弃之意。夫惟自弃之人，则其为恶也，甚毒而不可解。是以圣人畏之，设为高位重禄以待能者。使天下皆得踊跃自奋，扳援(1)而来。惟其才之不逮，力之不足，是以终不能至于其间，而非圣人塞其门、绝其途也。夫然，故一介之贱吏，闾阎之匹夫，莫不奔走于善，至于老死而不知休息，此圣人以术驱之也。

天下苟有甚恶而不可忍也，圣人既已绝之，则屏之远方，终身不齿。此非独不仁也，以为既已绝之，彼将一旦肆其愤毒，以残害吾民。是故绝之则不用，用之则不绝。既已绝之，又复用之，则是驱之于不善，而又假之以其具也。无所望而为善，无所爱惜而不为恶者，天下

一人而已矣。以无所望之人,则责其为善,以无所爱惜之人,而求其不为恶,又付之以人民,则天下知其不可也。世之贤者,何常之有。或出于贾竖贱人,甚者至于盗贼,往往而是。而儒生贵族,世之所望为君子者,或至于放肆不轨,小民之不若。圣人知其然,是故不逆定于其始进之时,而徐观其所试之效,使天下无必得之由,亦无必不可得之道。天下知其不可以必得也,然后勉强[2]于功名而不敢侥幸。知其不至于必不可得而可勉也,然后有以自慰其心,久而不懈。嗟夫,圣人之所以鼓舞天下,天下之人日化而不自知者,此其为术欤?

后之为政者则不然。与人以必得,而绝人以必不可得。此其意以为进贤而退不肖。然天下之弊,莫甚于此。今夫制策之及等,进士之高第,皆以一日之间,而决取终身之富贵。此虽一时之文辞,而未知其临事之能否,则其用之不已太遽乎[3]!

天下有用人而绝之者三。州县之吏,苟非有大过而不可复用,则其他犯法,皆可使竭力为善以自赎。而今世之法,一陷于罪戾,则终身不迁,使之不自聊赖而疾视其民,肆意妄行而无所顾惜。此其初未必小人也,不幸而陷于其中,途穷而无所入,则遂以自弃。府史贱吏,为国者知其不可阙也,是故岁久则补以外官[4]。以其所从来之卑也,而限其所至，则其中虽有出群之才，终亦不得齿⁽⁵⁾于士大夫之列。夫人出身而仕者，将以求贵也，贵不可得而至矣，则将以遂弃，则宜有以少假之也。入赀而仕者，皆得补郡县之吏，彼知其终不得迁，亦将逞其一时之欲，无所不至。夫此，诚不可以迁也，则是用之之过而已。臣故曰：绝之则不用，用之则不绝。此三者之谓也。

【注释】

（1）扳援：相互援引。

（2）勉强：勉励自强。

（3）太遽乎：太快了吗。

（4）外官：地方官，与京官相对。

（5）齿：并列，排列。

# 苏辙卷

## 缸砚赋 并叙

先蜀之老<sup>(1)</sup>有姓滕者,能以药煮瓦石,使软可割如土,尝以破酿酒缸为砚,极美。蜀人往往得之,以为异物。余兄子瞻尝游益州,有以其一遗之。子瞻以授余,因为之赋。

有物于此,首枕而足履,大胸而大膺<sup>(2)</sup>,杯首而箕制<sup>(3)</sup>。其寿百年,骨肉破碎而独化为是<sup>(4)</sup>。其始也,生乎黄泥之中;其成也,出乎烈火之下,尾锐而腹蟠<sup>(5)</sup>,长颈而巨口。铺糟啜酒,终日醉饱。外坚中虚,肤密理解<sup>(6)</sup>。偶与物斗,胁漏内槁。弃于路隅,瓦砾所笑。忽然逢人,药石包裹。不我谓瑕,治以鼎鼐,烹煎不辞,斧凿见剖。一为我形,沃我以水,污我以煤,处我以几<sup>(7)</sup>,子既博物,能识已否<sup>(8)</sup>?客曰:嗟夫!物之成也,则必固有毁也邪;物之毁也,则又不可谓弃也邪。既成而毁者，悲其弃也；既弃而复用者，又悲其用也。是亦大惑而已矣。且以予观之，昔子则非开口而受湿。茹辛含酸而不得守子之性者邪。今子则非坦腹而受污，模糊弥漫而不得保子之正者邪。且其饮子以水也，不若饮子以酒；以物污子也，不若使子自保。子果以此自悲也，则亦不见夫诸毛之捽拔⁽⁹⁾，诸楮之烂縻。杀身自鬻，求效于此，吐词如云，传示万里。子不自喜而欲其故，则吾亦谓子恶名而喜利。弃淡而嗜美，终身陷溺而不知止者，可足悲矣。

【注释】

（1）先蜀之老：原先蜀地的老者。

（2）膺：胸。

（3）杯首而箕制：像杯子一样的头，形制像一个簸箕。

（4）是：代词，指缸砚。

（5）尾锐而腹皤：尾尖而肚子大。皤，肚子大。

（6）肤密理解：外表细密而（内中）的纹理松弛。

（7）处我以几：将我（缸砚）放在桌几上。

（8）子既博物，能识已否：你虽博揽众物，还能认得出（我）来吗？

（9）捽拔：连揪带拔。

## 登真兴寺楼赋 并叙

季夏六月,子瞻与张户、曹琥同游真兴寺,晚登寺后重阁,南望连山如画,山前有白鹭十数,杳杳飞去。东南望五丈原,原上有白云如覆釜<sup>(1)</sup>。慨然思孔明之遗迹,作书与辙曰:"可以赋此。"赋曰:

涉六月之徂暑兮<sup>(2)</sup>,溯秦川而远望。楼冯高而蓬蓬兮<sup>(3)</sup>,日将薄乎西方。牛羊相从而下来兮,孤烟特起于苍茫。南望连山之参差兮,奔走相属而腾骧<sup>(4)</sup>。桀嶪峨其雄高兮<sup>(5)</sup>,惟太白与终南<sup>(6)</sup>。林阜蔚以扶拱兮<sup>(7)</sup>,浩合沓而穰穰<sup>(8)</sup>。若群马之相追逐兮,忽郁怒而狂章<sup>(9)</sup>。骈交首以磨颈兮,纷绝驰于四方。日将入而山阴兮,天黝黝而茫茫。淡平云之凝碧兮,白鹭归以翱翔,羽袅袅其弥远兮,声断绝而复扬。眇将没而犹见兮,飘若仙人之不可望。旷群归于何所兮,徂南涧之泱泱。回东望大修隆<sup>(10)</sup>兮,隐高原曰五丈。思古人而不可见兮,涕横流以浪浪。云块专扎<sup>(11)</sup>其不起兮,若覆釜而在上。嗟一日之所见兮,盖千变以异状。忽已去而莫执兮,夫岂胜乎追想。强驰词于千里兮,增异日之惆怅。维古事之亦然兮,偶一世之所向。非其有意于求慕兮,徒今世之追赏。虽孔明其何益于五丈兮,使无原其忘亮。览川原而思古兮,恍亡弓之遗帐。

【注释】

（1）覆釜：倒扣的锅。

（2）涉六月之徂暑兮：在六月盛夏开始的季节里。徂暑，盛夏的开始。

（3）楼冯高而蘧蘧兮：登楼凭高而惊喜。冯，通"凭"，冯高，即凭高蘧蘧，惊喜的样子。

（4）腾骧：形容马高高飞腾奔跑的样子。骧，马高抬脖子疾奔。

（5）桀业峨其雄高兮：高耸的山峦巍峨挺立。

（6）终南：终南山。

（7）林阜蔚以扶拱兮：树木山丘一片葱郁而又相互依托。

（8）穰穰：众多的样子。

（9）狂章：非常狂放。

（10）修隆：高高隆起的（地方）。

（11）专屯：聚积到一起的样子。

## 超然台赋 并叙

子瞻既通守余杭，三年不得代[1]。以辙之在济南也，求为东州守。既得请高密，其地介于淮海之间，风俗朴陋，四方宾客不至。受命之岁，承大旱之余孽，驱除螟蝗，逐捕盗贼，廪恤饥馑，日不遑给。几年而后少安，顾居处隐陋，无以自放，乃因其缄上之废台而增葺[2]之，日与其僚览其山川而乐之，以告辙曰："此将何以名之？"辙曰："今夫山居者知山，林居者知林，耕者知原渔者知泽，安于其所而已。其乐不相及也，而台则尽之。天下之士，奔走于是非之场，浮沉于荣辱之海，嚣然尽力而忘反，亦莫自知也，而达者[3]哀之。二者非以其超然不累于物故邪？《老子》曰：'虽有荣观，燕处超然。'尝试以'超然'命之，可乎？"因为之赋以告曰：

东海之滨，日气所先。肖高台之陵空兮，溢晨景之洁鲜。幸氛翳之收霁兮[4]，逮朋友之燕闲。舒堙郁以延望兮[5]，放远目于山川。设金罍与玉斝兮[6]，清醴洁其如泉。奏丝竹之愤怨兮，声激越而眇绵。下仰望而不闻兮，微风过而激天。曾陟降之几何兮，弃溷浊乎人间。倚轩楹以长啸兮，袂轻举而飞翻。极千里于一瞬兮，寄无尽于云烟。前陵阜之汹涌兮，后平野之溁漫[7]。乔木蔚其蓁蓁兮，兴亡忽乎满前。怀故国于天末兮，限东西之险艰。飞鸿往而莫及兮，落日耿其夕躔[8]。嗟人生之漂摇兮，寄流梗于海壖[9]，苟所遇而皆得兮，遑既择而后安。彼世俗之私己兮，每自予于曲全。中变溃而失故兮，有惊悼而汍澜[10]。诚达观之无不可兮，又何有于忧患。顾游宦之迫隘兮，常勤苦以终年，盍求乐于一醉兮，灭膏火之焚煎。虽昼日其犹未足兮，俟明月乎林端。纷既醉而相命兮，霜凝磴而足拼蹮[11]。马蹢躅而号鸣兮。左右翼而不能鞍。各云散于城邑兮，徂清夜之既阑。惟所往而乐易兮，此其所以为超然者邪。

【注释】

（1）子瞻既通守余抚，三年不得代：苏轼为余抚通判，三年不得轮换。子瞻，苏轼的字。代，替换，轮换。

（2）增葺：增建装修。

（3）达者：自适放达的人。

（4）幸氛翳之收霁兮：正赶上云开雾散。氛翳，云气遮蔽。收霁，雨雪停止，云雾散开天放晴。

（5）舒堙郁以延望兮：遮蔽视线的东西全部散开，得以极目远望。舒，散开。堙郁，遮蔽物。延望，远望。

（6）设金罍与玉斝兮：摆设起珍馐美酒。金罍，玉斝，皆为装食物类的盛器。

（7）淡漫：开阔平坦的样子。

（8）落日耿其夕躔：夕阳西下，落日生辉。耿，明亮。躔，日月等五星运行时经过天空某一区域。夕躔，指太阳西下，将要落山。

（9）寄流桗于海壖：像海边一只漂叶。桗，叶，芽。壖，海、河之滨。

（10）有惊悼而汍澜：惊恐而流泪。汍澜，流泪的样子。

（11）霜凝磴而跰蹮：山头石阶布满冰霜而行走不稳。磴，山头石阶。跰蹮，行走不稳的样子。

## 服茯苓赋 并叙

余少而多病，夏则脾不胜食，秋则肺不胜寒。治肺则病脾，治脾则病肺。平居服药，殆不复能愈，年三十有二，官于宛丘，或怜而受之以道士服气法，行之期年，二疾良愈。盖自是始有意养生之说。晚读《抱朴子》[1]书，言服气与草木之药，皆不能致长生，古神仙真人皆服金丹。以为草木之性，埋之则腐，煮之则烂，烧之则焦，不能自生，而况能生人[2]乎？余既汩没世俗，意金丹不可得也，则试求之草木之类，寒暑不能移，岁月不能败者，惟松柏为然。古书言：松脂流入地下为茯苓，茯苓又千岁则为琥珀。虽非金石，而其能自完也亦久矣。于是求之名山，屑而瀹[3]之，去其脉络而取其精华，庶几可以固形养气，延年而却老者。因为之赋以道之。词曰：

春而荣，夏而茂。憔悴乎风霜之前，摧折冰雪之后。阅寒暑以同化，委粪壤而兼朽。兹固百草之微细，与众本之凡陋。虽复效骨革于刀几，尽性命于杵臼。解急难于俄顷[4]，破奇邪于邂逅。然皆受命浅薄，与时变迁。朝菌无日[5]，蟪蛄无年[6]。苟自救之不暇，矧[7]它人之足延。乃欲撷根茎之幺末[8]，假臭味以登仙。是犹托疲牛于千里，驾鸣鸠而升天。则亦辛勤于涧谷之底，槁死于峰崖之巅。顾桑榆以窃叹，意神仙之不然者矣。若夫南涧之松拔地千尺，皮厚犀兕，心坚铁石，须发不改，苍然独立，流膏液于黄泉，乘阴阳而固结。象鸟兽之蹲伏，类黾鼋之闭蛰。外黝黑以鳞皴，中洁白而纯密。上灌莽之不犯，下蝼蚁之莫贼。经历千岁，化为琥珀。受雨露以弥坚，与日月而终毕。故能安魂魄而定心志，却五味与谷粒。追赤松[9]于上古，以百岁为一息。颜如处子，绿发方目，神止气定，浮游自得，然后乘天地之正，御六气之辨[10]以游夫无穷，夫又何求而得食？

【注释】

（1）《抱朴子》：晋葛洪著。葛洪自号抱朴子，因而以此名其书。

《抱朴子》分为两篇，内篇二十卷。五十卷论神仙、练丹、咒符等事，为道家言；外篇五十卷论时政得失、人事臧否。内篇中有关炼丹等内容，对研究我国古代化学、药物学有一定参考价值。

(2) 生人：对人的健康有利，益寿延年。

(3) 瀹：疏通。

(4) 俄倾：很快，很短的时间。

(5) 朝菌无日：朝菌从生到死不是一日。朝菌，一种菌类。

(6) 蟪蛄无年：蟪蛄从生到死不超过一年。蟪蛄，蝉的一种。

(7) 刿：怎么能使……

(8) 么末：末梢。侵害：损害。

(9) 赤松：赤松子，传说中的仙人。

(10) 御六气之辨：明辨天地四时之气而驾御之。

## 墨竹赋

与可以墨为竹[1]，视之良竹也。客见而惊焉，曰："今夫受命于天，赋形于地，涵濡雨露[2]，振荡风气，春而萌芽，夏而解弛，散柯布叶[3]。逮冬而遂[4]，性刚洁而疏直，姿婵娟以闲媚[5]，涉寒暑之徂变[6]，傲冰雪之凌厉。均一气于草木，嗟壤同而性异；信物生之自然，虽造化其能使？今子研青松之煤[7]，运脱兔之毫[8]，睥睨墙堵[9]振洒缯绡(10)，须臾而成；郁乎萧骚，曲直横斜，秾纤庳高(11)，窃造物之潜思，赋生意于崇朝。子岂诚有道者耶？

与可听然而笑曰："夫子之所好者道也，放乎竹矣！始予隐乎崇山之阳，庐乎修竹之林(12)，视听漠然，无概乎予心(13)，朝与竹乎为游(14)，莫与竹乎为朋，饮食乎竹间，偃息乎竹阴观竹之变也多矣：若夫风止雨霁(15)，山空日出，猗猗其长(16)，森乎满谷，叶如翠羽(17)，筠如苍玉(18)；澹乎自持(19)，凄兮欲滴，蝉鸣鸟噪，人响寂历；忽依风而长啸，眇掩冉以终日(20)；笋含箨而将坠(21)，根得土而横逸(22)，绝涧谷而漫延，散子孙乎千亿。至若丛薄之馀(23)，斤斧所施，山石荦埆(24)，荆棘生之，蹇将抽而莫达(25)，纷既折而犹持，气虽伤而益壮，身已病而增奇；凄风号怒乎隙穴(26)，飞雪凝冱乎陂池(27)；悲众木之无赖，虽百围而莫支(28)，犹复苍然于既寒之后，凛乎无可怜之姿。追松柏以自偶，窃仁人之所为，此则竹之所以为竹也。始也，余见而悦之；今也，悦之而不自知也；忽乎忘笔之在手与纸之在前，勃然而兴(29)，而修竹森然(30)，虽天造之无朕(31)，亦何以异于兹焉？"

盖予闻之："庖丁，解牛者也，而养生者取之；轮扁，斫轮者也，而读书者与之；万物一理也，其所从为之者异尔。况夫子之讬之于斯竹也，而予以为有道者，则非耶？"与可曰："唯唯(32)！"

【注释】

（1）以墨为竹：单用墨画的竹子。

（2）涵濡：润湿。涵，沉浸。濡，沾湿。

（3）柯：树枝。

（4）逮冬而遂：逮、及、到。遂，顺利成功。引申为长成。

（5）姿婵娟以闲媚：婵娟，姿态美好。闲媚，文雅美好。文雅。

（6）涉寒暑之徂变：涉，经历，徂，开始。

（7）青松之煤：用松烟制成的墨。

（8）脱兔之毫：毛笔，多用兔毛制成。

（9）睥睨：女墙。引申为斜看，注视。

（10）缯绡：丝绸。缯，古代丝织品的总称。

（11）秾纤庳高：秾，花木繁盛的样子。纤，细小。庳，低，矮。

（12）庐于修竹之林：庐，房子，这里用作动词，住家。修，长。

（13）概：系念，放在心上。

（14）为游：交朋友。游，交游。

（15）若夫风止雨霁：若夫，用在一句或一段开头的发语词，表示引起论述，雨霁，雨过天晴。霁，雨雪停止，天放晴。

（16）猗猗：美丽旺盛的样子。

（17）叶如翠羽：竹叶像翠绿色的羽毛。

（18）筠如苍玉：筠，原是竹子的青皮，引申为竹子的别称。苍，青色。

（19）澹：通"赡"自给。

（20）眇掩苒：眇，与上句"忽"同义，眇忽，微茫的样子。掩苒，掩映柔美。苒，通"苒"，柔弱美丽的样子。

（21）笋含箨：笋，竹芽。箨，包在竹笋外的叶，俗称"笋壳"。

（22）横逸：指竹根在土中四散伸长。

（23）至若丛薄：至若，发语词，用在一句话或一段话开头，承接前文引起另一层的论述。丛薄，草木丛生的地方。

（24）荦埆：山多大石。

（25）蹇：跛足，引申为艰难。

（26）隙穴：缝隙，窟窿。

（27）飞雪凝冱乎陂池：凝，寒凝冻结。冱，原作"沍"，冻结。陂池，池沼。

（28）百围：极言树木粗大。围，计量圆周的约略单位，指两手之间合拱的粗细。

（29）勃然：突然奋发的样子。

（30）森然：形容竹林丛生茂密的样子。

（31）天造之无朕：天衣无缝，极言高超、完美。朕，缝隙。

（32）唯唯：一种谦卑的答应。

## 黄楼赋 并叙

熙宁十年秋七月乙丑，河⁽¹⁾决于澶渊，东流入钜野，北溢于济，南溢于泗⁽²⁾。八月戊戌，水及彭城下，余兄子瞻适为彭城守。水未至，使民具畚锸，畜土石，积刍茭，完窒隙穴⁽³⁾，以为水备。故水至而民不恐。自戊戌至九月戊申，水及城下者二丈八尺，塞东西北门，水皆自城际山⁽⁴⁾。雨昼夜不止，子瞻衣制履屦，庐于城上⁽⁵⁾，急调发禁卒以从事，令民无得窃出避水，以身帅之，与城存亡。故水大至而民不溃。方水之淫也,汗漫[6]千余里,漂庐舍,败冢墓,老弱蔽川而下,壮者狂走无所得食,槁死于丘陵林木之上。子瞻使习水者浮舟楫载糗饵以济之,得脱者无数。水既涸,朝廷方塞[7]澶渊,未暇及徐。子瞻曰:"澶渊诚塞,徐则无害。塞不塞天也,不可使徐人重被[8]其患。"乃请增筑徐城,相水之冲,以木堤捍之,水虽复至,不能以病徐也。故水既去,而民益亲。于是即城之东门为大楼焉。垩[9]以黄土,曰:"土实胜水"。徐人相劝成之。辙方从事于宋[10],将登黄楼。览观山川,吊水之遗迹,乃作黄楼之赋。其辞曰:

子瞻与客游于黄楼之上,客仰而望,俯而叹曰:"噫嘻!殆哉!在汉元光[11],河决瓠子,腾蹙钜野,衍溢淮泗[12],梁楚受害二十余岁。下者为污泽,上者为沮洳[13],民为鱼鳖,郡县无所。天子封祀太山,徜徉东方,哀民之无辜,流死不藏[14],使公卿负薪,以塞宣房[15]。瓠子之歌,至今伤之,嗟惟此邦。俯仰千载,河东倾而南泄,蹈汉世之遗害。包原隰而为一[16],窥吾墉之摧败。吕梁龃龉[17],横绝乎其前,四山连属,合围乎其外。水洄湫而不进,环孤城以为海。舞鱼龙于隍壑[18],阅帆樯于睥睨。方飘风之迅发,震鞞鼓之惊骇。诚蚁穴之不救,分闾阎之横溃。幸冬日之既迫,水泉缩以自退。栖流枿[19]于乔木,遗枯蚌于水裔。听澶渊之奏功,非天意吾谁赖?今我与公,冠冕裳衣,设几布筵,斗酒相属,饮酣乐作,开口而笑,夫岂偶然也哉?"子瞻曰:"今夫安于乐者,不知乐之为乐也,必涉于害者而后知之。吾尝与子凭兹楼而四顾,览天宇之宏大,缭青山以为城,引长河而为带。平皋衍其如席,桑麻蔚乎旆旆[20]。画阡陌之纵横,分园庐之向背。放田渔于江浦,散牛羊于堙际[21]。清风时起,微云霮䨴[22]。山川开阖,苍莽千里。东望则连山参差,与水背驰。群石倾奔,绝流而西。百步涌波，舟辑纷披。鱼鳖颠沛，没人所嬉。声崩震雷，城堞为危。南望则戏马之台，巨佛之峰，岿乎特起。下窥城中，楼观翱翔，巍峨相重。激水既平，渺莽浮空。骈洲接浦。下与淮通。西望则山断为块，伤心极目，麦熟禾秀，离离满隙，飞鸿群往，白鸟孤没，横烟澹澹，俯见落日，北望则泗水溅，古汴入焉，汇为涛渊，蛟龙所蟠，古木蔽空，乌鸟号呼，贾客连樯，联络城隅。送夕阳之西尽，导明月之东出，金钲涌于青壁<sup>(23)</sup>，阴氛为之辟易。窥人寰而直上，委余彩于沙碛。激飞楹而入户，使人体寒而战栗。息汹汹于群动，听川流之荡潏。可以起舞相命，一饮千石，遗弃忧患，超然自得。且子独不见夫昔之居此者乎？前则项籍、刘戊，后则光弼、建封。战马成群，猛士成林。振臂长啸，风动云兴。朱阁青楼，舞女歌童。势穷力竭，化为虚空。山高水深，草生郊墟。盖将问其遗老，既已灰灭，而无余矣。故吾将与子吊古人之既逝，闵河决于畴昔。知变化之无在，付杯酒以终日。"于是众客释然而笑，颓然就醉，河倾月堕，携扶而出。

【注释】

（1）河：古时专指黄河。

（2）泗：泗水。河名。

（3）积刍茭，完室隙穴：收集草料，堵塞空隙洞穴（以防洪水的到来）。

（4）水皆自城际山：水由城边一直漫延到山边。

（5）庐于城上：在城上搭个简易棚住下。

（6）汗漫：水势广大的样子。

（7）塞：堵塞。

（8）被：受。

（9）垩：粉刷，涂抹。

（10）宋：指宋州睢阳郡，在今河南商丘县南，苏辙曾为那里的通判。

（11）汉元光：汉武帝年号。

（12）河决瓠子，腾蹙钜野，衍溢淮泗：此句的意思是说，黄河决堤入瓠子河，浸淹钜野，泛滥于淮河，泗水。

（13）沮洳：低湿地带。

（14）流死不藏：流离死亡，无处藏身。

（15）宣房：指汉代建于瓠子河堰上的宣房宫。

（16）包原隰而为一：将原野和低洼地包连为一。

（17）吕梁龃龉：吕梁山高参差。吕梁，指吕梁山，在今山西，黄河和汾河间。龃龉，参差不齐的样子。

（18）隍壍：护城壕。

（19）流枿：随洪水漂来的残枝败叶。

（20）蔪蔪：草木生长茂盛的样子。

（21）埒际：山际。埒，小土山。

（22）霮䨜：阴云密集的样子。

（23）金钲涌于青壁：太阳升起于青苍色的山崖之上。金钲，太阳，青壁，青苍色的山崖。

# 和子瞻沉香山子赋 并引

仲春中休,子由于是始生。东坡老人居于海南,以沉水香山遗之,示之以赋,曰:"以为子寿",乃和而复之,其词曰:

我生斯晨,阅岁六十,天凿六窍[1],俾以出入。有神居之,漠然静一,六为之媒,聘以六物。纷然驰走,不守其宅。光宠所眩,忧患所迮[2]。少壮一往,齿摇发脱。失足陨坠,南海之北。苦极而悟,弹指太息。万法尽空,何有得失?色声横鹜,香味并集,我初不受,将尔谁贼。收视内观,燕坐[3]终日。维海彼岸,香木爱植。山高谷深,百围千尺。风雨摧毙,涂潦啮蚀。肤革烂坏,存者骨骼。巉然孤峰,秀出岩穴。如石斯重,如蜡斯泽。焚之一铢,香盖通国。王公所售,不顾金帛,我方躬耕,日耦沮溺。鼻不求养,兰茝弃掷。越人髡裸,章甫奚适[4]。东坡调我,宁不我悉?久而自笑,吾得道迹。声闻在定,雷鼓皆隔。岂不自保,而佛是斥。妄真虽二,本实同出。得真而喜,操妄而栗。叩门尔耳,未入其室[5]。妄中有真,非二非一。无明所麈,则真如窟。古之至人,衣草饭麦。人天来供,金玉山积。我初无心,不求不索。虚心而已,何废实腹。弱志而已。何废强骨?毋令东坡,闻我而咄。奉持香山,稽首仙释。永与东坡,俱证道术。

【注释】

（1）六凿六窦：六次凿，六次穿孔。

（2）迮：逼迫，逼近。

（3）燕坐：安闲地坐着。

（4）章甫奚适：华丽的衣饰怎么适合（他们）呢？章甫，指衣服上的花纹，这里代指衣服，装饰。奚，疑问代词，又怎么……之意。

（5）叩门尔耳，未入其室：意指自己对佛教的研究才刚刚起步，没有达到很深的造诣。古人常用"登堂入室"的话来比喻做某种学问的深浅程度。

## 卜居赋 并引

昔予先君以布衣学四方<sup>(1)</sup>，尝过洛阳，爱其山川，慨然有卜居意，而贫不能遂<sup>(2)</sup>。予年将五十，与兄子瞻皆仕于朝，裒囊中之余，将以成就先志，而获罪于时，相继出走。予初守临汝，不数月而南迁。道出颍川，顾犹有后忧，乃留一子居焉，曰："姑糊口于是。"即而自筠迁雷，自雷迁循<sup>(3)</sup>，凡七年而归。颍川之西三十里，有田二顷，则僦庐以居。西望故乡，犹数千里，势不能返，则又曰："姑寓于此。"居五年，筑室于城之西，稍益买田，几倍其故，曰："可以止矣。"盖卜居于此，初非吾意也，昔先君相彭、眉之间，为归全之宅，指其庚壬曰："此而兄弟之居也。"今子瞻不幸已藏于郏山矣，予年七十有三，异日当追蹈前约，然则颍川亦非予居也。昔贡少翁为御史大夫，年八十一，家在琅琊。有一子，年十二，自忧不得归葬。元帝哀之，许以王命办护其丧。谯允南年七十二终洛阳，家在巴西，遗令其子轻棺以归。今予废弃久矣，少翁之宠，非所敢望，而允南旧事，庶几可得！然平昔好道，今三十余年矣，老死所未能免，而道术之余，此心了然，或未随物沦散。然则卜居之地，惟所遇可也，作《卜居赋》，以示告者。

吾将卜居，居于何所？西望吾乡，山谷重阻。兄弟沦丧，顾有诸子。吾将归居，归与谁处？寄籍颍川，筑室耕田。食粟饮水，若将终焉。念我先君，昔有遗言。父子相从，归安老泉。阅岁四十，松竹森然。诸子送我，历井扪天。汝不忘我，我不忘先。庶几百年，归扫故阡。我师孔公(4)，师其致一。亦入瞿昙(5)，老聃之室。此心皎然，与物皆寂。身则有尽，惟心不没。所遇而安，孰匪吾宅？西从吾父，东从吾子。四方上下，安有常处？老聃有言：夫惟不居，是以不去。

【注释】

（1）昔予先君以布衣学四方：昔日我的父亲（苏洵）以布衣的身份游学四方。先君，指苏辙的父亲苏洵。

（2）而贫不能遂：因为贫困而不能如意。

（3）既而自筠迁雷，自雷迁循：既而自筠州到雷州，由雷州迁到循州。

（4）我师孔公：我师从的是孔子。孔公，指孔子。

（5）瞿昙：梵语音译，也作乔达摩。佛教创始人释迦牟尼，本是迦毗罗城净饭王子，字悉达多，后以瞿昙为佛王代称。后代将"瞿聃"并称。分别为佛教、道教创始人。

# 铜雀砚铭 并引

客有游河朔，登铜雀废台(1)，得其遗瓦以为砚，甚坚而泽，归以遗予(2)。为之铭曰：

土生万物，而能生长，铜雀初成，万瓦云屯。得水而埏(3)，得火而坚。水干火冷，而土不迁。石质金声，水火则然。台毁栋摧，谁使独全？披榛得之，如见古人。来为吾砚，明窗细毡。老尚著书，抚之长叹，用舍有时，一愚一贤。

【注释】

（1）登铜雀废台：登上了废弃的铜雀台。铜雀台，汉末建安十五年曹操所建，故址在今河北临漳县西南。铜雀台高十丈，周围殿屋一百二十间，于楼顶置大铜雀，故名铜雀台。

（2）归以遗予：归来后，送给了我。遗，送。

（3）埏：用水和土，揉土。

# 历代论 并引

予少而力学。先君,予师也。亡兄子瞻,予师友也。父兄之学,皆以古今成败得失为议论之要[1]。以为士生于世,治气养心,无恶于身,推是以施之人,不为苟生也,不幸不用,犹当以其所知,著之翰墨,使人有闻焉。予既壮而仕,仕宦之余,未尝废书,为《诗》、《春秋》集传,因古之遗文,而得圣贤处身临事之微意[2],喟然太息,知先儒昔有所未悟也。其后复作《古史》,所论益广,以为略备矣。元符[3]庚辰,蒙恩归自岭南,卜居颍川[4]。身世相忘,俯仰六年,洗然[5]无所用心,复自放图史之间。偶有所感,时复论著。然已老矣,目眩于观书,手战于执笔,心烦于虑事,其于平昔之文益以疏矣,然心之所嗜,不能自已,辄存之于纸。凡四十有五篇,分五卷。

【注释】

(1) 要:旨要,主要的东西。

(2) 微意:微妙的用意。

(3) 元符:宋哲宗年号。

(4) 蒙恩归自岭南,卜居颍川:苏辙因以党争之祸,与其兄苏轼一道流放岭南。后被召回,定居于颍川。

(5) 洗然：心情安详的样子。

# 尧　舜

尧之世，洚水为害<sup>(1)</sup>。以意言之，尧之为国，当日夜不忘水耳，今考之于《书》，观其为政先后：命羲和<sup>(2)</sup>正四时，务农事，其所先也，末乃命鲧以治水。鲧九年无成功，乃命四岳<sup>(3)</sup>举贤以逊位。四岳称舜之德曰："父顽，母嚚，象傲，克谐以孝，烝烝乂，不格奸。"尧以为然而用之，君臣皆无一言及于水者。舜既摄事，黜鲧而用禹，洚水以平，天下以安。尧、舜之治，其缓急先后，于此可见矣。使五教<sup>(4)</sup>不明，父子不亲，兄弟相贼，虽无水患，求一日之安，不可得也；使五教既修，父子相安，兄弟相友，水虽未除，要必有能治之者。

昔孔子论政曰："足食，足兵，民信之矣。"子贡曰："必不得已而去，于斯三者何先？"曰："去兵。"曰："必不得已而去，于斯二者何先？"曰："去食。自古皆有死，民无信不立。"古之圣人，其忧深虑远如此。世之君子，凡有志于治，皆曰富国而强兵。患国之不富，而侵夺细民<sup>(5)</sup>；患兵之不强，而陵虐邻国。富强之利终不可得，而谓尧、舜、孔子为不切事情<sup>(6)</sup>。於乎殆哉！

【注释】

(1) 洚水为害：洪水泛滥为害。洚水：洪水。

（2）羲和：指羲氏，和氏，尧时掌管天地四时的官。

（3）四岳：相传为尧的臣，是分管四方的诸侯，所以叫四岳。

（4）五教：五种封建伦理道德，即父义，母慈，兄友，弟恭，子孝。

（5）细民：百姓。

（6）不切事情：不切实际。

# 三　宗(1)

黄帝、尧、舜寿皆百年，享国皆数十年。周公作《无逸》(2)，言商中宗享国七十五年，高宗五十九年，祖甲三十三年；文王受命中身，享国五十年。自汉以来，贤君在位之久，皆不及此。西汉文帝二十三年(3)，景帝十六年(4)，昭帝十三年(5)；东汉明帝十八年(6)，章帝十三年(7)，和帝十二年(8)；唐太宗二十三年(9)。此皆近世之明主，然与《无逸》所谓"不知稼穑之艰难，不闻小人之劳，惟耽乐之从(10)"，"或十年，或七八年，或五六年，或四三年"者，无以大相过也。至其享国长久，如秦始皇帝(11)、汉武帝(12)、梁武帝(13)、隋文帝(14)、唐玄宗(15)，皆以临御久远(16)，循致大乱(17)。或以失国，或仅能免其身。其故何也？人君之富，其倍于人者千万也。膳服之厚(18)，声色之靡(19)，所以贼其躬者多矣(20)。朝夕于其间而无以御之(21)，至于夭死者，势也。幸而寿考，用物多而害民久，矜己自圣(22)，轻蔑臣下，至于失国，宜矣(23)！

　　古之贤君必志于学，达性命之本，而知道德之贵。其视子女玉帛，与粪土无异(24)，其所以自养，乃与山林学道者比，是以久于其位而无害也。傅说之诏高宗曰(25)："王，人求多闻，时惟建事，学于古训，乃有获(26)。事不师古，以克永世(27)，匪说攸闻。惟学逊志(28)，务时敏(29)，厥修乃来(30)。允怀于兹(31)，道积于厥躬(32)。惟敩学半，念终始典于学，厥德修罔觉。监于先王成宪(33)，其永无愆(34)。"呜呼，傅说其知此矣！

## 【注释】

　　(1) 三宗：《尚书·无逸》所称之殷中宗太戊，高宗武丁，祖甲（即太甲），是商代三位贤君。

　　(2) 周公作《无逸》：成王即位，周公恐其逸豫，为之作《无逸》。

　　(3) 文帝：刘恒，高祖刘邦子。

　　(4) 景帝：文帝子刘启。

　　(5) 昭帝：武帝子刘弗陵。

　　(6) 明帝：光武帝子刘庄。

　　(7) 章帝：明帝子刘炟。

　　(8) 和帝：章帝子刘肇。

　　(9) 唐太宗：李世民。

　　(10) 耽乐：沉溺于享乐。　从：从事。

　　(11) 秦始皇帝：嬴政，在位三十六年。

(12) 汉武帝：刘彻，在位五十三年。

(13) 梁武帝：萧衍，在位四十七年。

(14) 隋文帝：杨坚，在位二十三年。

(15) 唐玄宗：李隆基，又称唐明皇，在位四十三年。

(16) 临御：君临天下，统治天下。

(17) 循致：渐渐招致。

(18) 膳服：膳食和车服。

(19) 靡：奢侈。

(20) 贼：残害。　躬：身。

(21) 御：驾驭，抵挡。

(22) 矜己自圣：以贤明才能自负。　矜：自负贤能。

(23) 宜：应该。

(24) 与粪土无异：看得和粪土一样轻贱。

(25) 傅说之诏高宗：傅说告诉高宗。

(26) 王五句：言王者多闻众事，从古训中学习，才能有所收获。

(27) 克：能够。　永世：长远。

(28) 惟学逊志：学以顺志。

(29) 务：致力。　时：通是，此，这。　敏：敏疾，迅速。

(30) 厥：其。　修：美德。

(31) 允：用，以。

(32) 厥躬：其身。

(33) 监：通鉴。借鉴，视。　成宪：成法。

(34) 愆：过错。

# 周　公(1)

言周公之所以治周者，莫详于《周礼》(2)，然以吾观之，秦汉诸儒以意损益之者众矣(3)，非周公之完书也。

何以言之？周之西都，今之关中也(4)；其东都，今之洛阳也。二都居北山之阳，南山之阴。其地东西长，南北短。短长相补，不过千里，古今一也。而《周礼》：王畿之大(5)，四方相距千里，如画棋局，近郊、远郊、甸地(6)、稍地(7)、大都(8)、小都(9)，相距皆百里。千里之方地，实无所容之，故其畿内远近诸法，类皆空言耳。此《周礼》之不可信者一也。

《书》称(10)：武王克商而反商政，"列爵惟五(11)，分土惟三(12)。"故《孟子》曰："天子之制，地方千里，公侯百里，伯七十里，子男五十里。不能五十里，不达于天子，附于诸侯，曰附庸(13)。"郑子产亦云(14)，古之言封建者，盖若是。而《周礼》：诸公之地方五百里，诸侯四百里，诸伯三百里，诸子二百里，诸男百里。与古说异。郑氏知其不可(15)，而为之说曰："商爵三等(16)，武王增以子、男，其地犹因商之故。周公斥大九州，始皆益之，如《周官》之法。于是千乘之赋，自一成十里而出车一乘，千乘而千成，非公侯之国无以受之。"吾窃笑之。武王封之，周公大之，其势必有所并，有所并必有所徙。一公之封，而子男之国为之徙者十有六。封数大国而天下尽扰，此书生之论，而有国者不为也。《传》有之曰⁽¹⁷⁾："方里而井，十井为乘，故十里之邑而百乘，百里之国而千乘，千里之国而万乘。古之道也。"不然百乘之家为方百里，万乘之国为方数圻矣，古无是也。《语》曰："千乘之国，摄乎大国之间⁽¹⁸⁾。"千乘虽古之大国，而于衰周为小，然孔子犹曰："安见方六七十，如五六十，而非邦也者？"然则虽衰周，列国之强家，犹有不及五十里者矣。韩氏、羊舌氏，晋大夫也。其家赋九县⁽¹⁹⁾，长毂九百⁽²⁰⁾。其余四十县，遗守四千⁽²¹⁾。谓一县而百乘则可，谓一县而百里则不可。此《周礼》之不可信者二也。

王畿之内，公邑为井田，乡遂为沟洫⁽²²⁾。此二者，一夫而受田百亩，五口而一夫为役，百亩而税之十一，举无异也。然而井田自一井而上，至于一同而方百里⁽²³⁾。其所以通水之利者，沟、洫、浍三⁽²⁴⁾。沟、洫之制，至于万夫，方三十二里有半，其所以通水之利者，遂、沟、洫、浍、川五⁽²⁵⁾。利害同而法制异，为地少而用力博，此亦有国者之所不为也。楚芋掩为司马⁽²⁶⁾，町原防，井衍沃。盖平川广泽，可以为井者井之；原阜堤防之间⁽²⁷⁾，狭不可井则町之。杜预以町为小顷町⁽²⁸⁾。皆因地以制广狭多少之异，井田、沟洫盖亦然耳。非公邑必为井田，而乡遂必为沟洫。此《周礼》之不可信者三也。

三者既不可信，则凡《周礼》之诡异远于人情者⁽²⁹⁾，皆不足信也。古之圣人，因事立法以便人者有矣，未有立法以强人者也⁽³⁰⁾。立法以强人，此迂儒之所以乱天下也⁽³¹⁾。

【注释】

（1）周公：姬旦，周文王子，武王弟，辅助武王灭纣，建立周王朝，封于鲁。

（2）《周礼》：原名《周官》，也称《周官经》。

（3）损益：增减改动。

（4）关中：地名。相当于今陕西。

（5）王畿：王都近郊之地。畿，jī。

（6）甸地：古代称都城郊外的地方为甸，即城郊外之地。

（7）稍地：周代称距王城三百里的地域为稍地，给大夫作采邑。

（8）大都：公之封地。大的封邑。

（9）小都：相对于大都的小的封邑。

（10）《书》称：见《尚书·武成》。

（11）列爵惟五：爵位分五等，即公侯伯子男。

（12）分土惟三：列地封国，公侯方百里，伯七十里，子男五十里，为三品。

（13）附庸：附属于诸侯的小国。

（14）郑子产亦云：郑子产也这么说。

（15）郑氏：郑玄（127—200），字康成，东汉高密人。遍注五经，其中包括为《周礼注》。

（16）商爵三等：谓公侯伯。

（17）《传》：指古书传。

（18）摄乎：介于。

（19）其家赋九县：韩氏、羊舌氏两大夫家共有九县之赋。 县：地方行政区划。

（20）长毂九百：战车九百乘。每县百乘，九县为九百乘。

（21）遗守：留下守国。

（22）遂：远郊之地。

（23）一同：方百里的土地。

（24）洫：田间水道。 浍：田间排水道。

（25）遂、沟、洫、浍、川：五种水道。

（26）楚芳掩：芳掩，楚大夫，又称芳掩。见《左传·襄二十五年》。 司马：楚司马，位在令尹、莫敖下，掌军事。

（27）原阜堤防：平原丘陵堤坝。

（28）杜预：晋京兆杜陵人。

（29）诡异：奇特。 远于人情：不合人情。

（30）强：勉强。

（31）迂儒：迂腐不通人情事理的儒生。

# 管　仲

先君[1]尝言：管仲九合诸侯，一匡天下，以桓公伯，孔子称其仁，而不能止五公子之乱[2]，使桓公死不得葬。曰："管仲盖有以致此也哉！"管仲身有三归[3]，桓公内嬖如夫人者六人，而不以为非，此固适、庶争夺之祸所从起也。然桓公之老也，管仲与桓公为身后之计，知诸子之必争，乃属世子于宋襄公。夫父子之间，至使他人与焉。智者盖至此乎？於乎！三归、六嬖之害，溺于淫欲而不能自克，无已则人乎！《诗》曰："无竞维人，四方其训之。"四方且犹顺之，而况于家人乎？

《传》曰："管仲病且死<sup>(4)</sup>，桓公问谁可使相者。管仲曰：'知臣莫若君'。公曰：'易牙何如？'对曰：'杀子以适君，非人情，不可。'公曰：'开方<sup>(5)</sup>何如？'曰：'倍亲以适君，非人情，难近。'公曰：'竖刁<sup>(6)</sup>何如？'曰：'自宫以适君，非人情，难亲。'管仲死，桓公不用其言，卒近三子，二年而祸作。"夫世未尝无小人也，有君子以闲之<sup>(7)</sup>，则小人不能奋其智。《语》曰："舜有天下，选于众，举皋陶，不仁者远矣，汤有天下，选于众，举伊尹，不仁者远矣。"岂必人人而诛之！

管仲知小人不可用，而无以御之，何益于事？内既不能治身，外复不能用人，举易世之忧，而属之宋襄公，使祸既已成，而后宋人以干戈正之<sup>(8)</sup>。於乎殆哉！昔先君之论云尔。

【注释】

（1）先君：指苏辙的父亲苏洵。

（2）五公子之乱：齐桓公死后五位公子作乱。

（3）三归：娶了三个女人。

（4）且死：将死，且，将要。

（5）开方：齐桓公幸臣。

（6）竖刁：齐桓公幸臣。

（7）闲之：不重用他们。

（8）而后宋人以干戈正之：后来宋人出兵平定了齐国的内乱。

## 知罃赵武

齐桓公存三亡国<sup>(1)</sup>，以属<sup>(2)</sup>诸侯，其义多于晋文，然桓公没而齐乱，其后不能复伯<sup>(3)</sup>。文公子孙世为盟主，二百余年，与春秋相终始。其故何也？虽襄公、悼公<sup>(4)</sup>之贤，齐所无有，然其所以保伯业<sup>(5)</sup>而不失者，则有在也<sup>(6)</sup>。伯者之盛，非能用兵以服诸侯之为难，而能不用兵以服诸侯之为难耳。文公之后，前有知罃，后有赵武，皆能不用兵以服诸侯。此晋之所以不失伯也。

悼公与楚争郑，三合诸侯之师，其势足以举郑而却楚。晋之群臣中行偃、栾黡之徒欲一战以服楚者众矣。惟知罃为中军将，知用兵之难，胜负之不可必，三与楚遇，皆迁延稽故，不与之战，卒以敝楚而服郑。此则知罃不用兵之功也。悼公死，平公立。平公非悼公比也，然能属政赵武<sup>(7)</sup>。武尝与楚屈建合诸侯之大夫于宋，以示弭兵<sup>(8)</sup>。赵武于此，有仁人之心二焉。方其未盟也，屈建衷甲将以袭武<sup>(9)</sup>，武与叔向谋之。叔向曰："以信召人，而以僭济之，人谁与之？安能害我？"武从其言。卒事，而楚不敢动。将盟，晋楚争先。叔向又曰："诸侯归晋之德只<sup>(10)</sup>，非归其尸盟<sup>(11)</sup>也。子务德，无争先。"武亦从而先之。

此二者，非仁人不能。何也？人将衷甲以袭我，我亦衷甲以待之。此势之所必至也。不幸不胜，无可言者。虽幸而胜，晋、楚之祸必自是始。晋为盟主，常先诸侯矣。晋未失诸侯，而楚求先之，若与之争，楚必不听，晋、楚之祸亦必自是始。然此二者，皆人情之所不能忍也。忍之近于弱，不忍近于强，而武能忍之。晋、楚不争，而诸侯赖之。故吾以为武有仁人之心二焉。凡晋之所以不失诸侯，而赵氏之所以卒兴于晋者，由此故也。《春秋》书宋之盟，实先晋而后楚。孔子亦许<sup>(12)</sup>之欤！

**【注释】**

(1) 存三亡国：使三个将要灭亡的国家保存下来。

(2) 属：统领。

(3) 复伯：恢复霸主地位。伯，通霸，春秋时诸侯的盟主。

(4) 襄公，悼公：指晋襄公，晋悼公，都是晋文公的后人。

(5) 伯业：霸业。

(6) 则有在也：自有（霸业）存在的（道理）。

(7) 属政赵武：将国政交给赵武管理。

(8) 弭兵：停止战争。

(9) 衷甲：将战甲穿在里边：即战甲外用衣罩住。

(10) 德只：德行。只，名词末语气词。

(11) 尸盟：主办诸侯结盟的事物，犹言主盟。

(12) 许：赞同。赞许。

# 汉高帝

高帝<sup>(1)</sup>之入秦，一战于武关，兵不血刃，而至咸阳。此天也，非人也。

秦之亡也，诸侯并起，争先入关。秦遣章邯出兵击之。秦虽无道，而其兵方强。诸侯虽锐，而皆乌合之众。其不敌秦明矣。然诸侯皆起于群盗，不习兵势，陵藉郡县，狃<sup>(2)</sup>于亟胜，不知秦之未可攻也。于是章邯一出而杀周章，破陈涉，降魏咎，毙田儋，兵锋所至，如猎狐兔，皆不劳而定。后乃与项梁<sup>(3)</sup>遇，苦战再三，然后破之。梁虽死，而秦之锐锋亦略尽矣。然邯以为楚地诸将不足复虑，乃渡河北击赵。邯既北，而秦国内空。至是秦始可击，而高帝乘之。此正兵法所谓避实而击虚者，盖天命，非人谋也。

项梁之死也，楚怀王遣宋义、项羽<sup>(4)</sup>救赵。羽愿与沛公西入关。怀王诸老将皆曰："项羽为人慄悍祸贼，尝攻襄城，襄城无噍类<sup>(5)</sup>，所过无不残灭。且楚数进取，前陈王、项梁皆败，不如更遣长者扶义而西，告谕秦父兄。秦父兄苦其主久矣，诚得长者往，无侵暴，宜可下。"卒不许项羽，而遣沛公。沛公<sup>(6)</sup>方入关，而项羽已至河北，与章邯相持。邯虽欲还兵救秦，势不得矣。怀王之遣沛公固当，然非邯、羽相持于河北，沛公亦不能成功。故曰：此天命，非人谋也。

【注释】

（1）高帝：指汉高祖刘邦。

（2）狃：贪，贪心。

（3）项梁：？—公元前208年。秦末下相人。他是楚将项燕之子，项羽的叔父。秦二世元年，陈胜等在大泽乡起义，项梁与项羽起兵关中响应，立楚怀王孙心为义帝。后进兵定陶，为秦将章邯所破，败死。

（4）宋义、项羽：当时都是楚怀王手下部将。

（5）噍类：能吃东西的动物，特指活着的人。

（6）沛公：汉高祖刘邦。秦二世元年，刘邦起兵于沛，以响应陈涉起义，众立为沛公。

# 汉文帝[1]

老子曰："柔胜刚，弱胜强。"汉文帝以柔御天下[2]，刚强者皆乘风而靡[3]。尉佗称号南越[4]，帝复其坟墓，召贵其兄弟。佗去帝号，俯伏称臣。匈奴桀敖[5]，陵驾中国[6]。帝屈体遣书，厚以缯絮[7]，虽未能调伏[8]，然兵革之祸，比武帝世十一二耳。吴王濞包藏祸心[9]，称病不朝，帝赐之几杖[10]。濞无所发怒，乱以不作。使文帝尚在，不出十年，濞亦已老死，则东南之乱无由起矣。至景帝不能忍[11]，用晁错之计<sup>(12)</sup>,削诸侯地,濞因之号召七国,西向入关。汉遣三十六将军,竭天下之力,仅乃破之。错言:"诸侯强大,削之亦反,不削亦反;削之反疾而祸小,不削反迟而祸大。"世皆以其言为信。吾以为不然。诚如文帝,忍而不削,濞必未反。迁延数岁之后,变故不一,徐因其变而为之备,所以制之者固多术矣。猛虎在山,日食牛羊,人不能堪,荷戈而往刺之。幸则虎毙,不幸则人死,其为害亟

矣<sup>(13)</sup>。晁错之计,何以异此?若能高其垣墙,深其陷阱,时伺而谨防之,虎安能必为害?此则文帝之所以备吴也。於乎<sup>(14)</sup>,为天下虑患,而使好名贪利小丈夫制之,其不为晁错者鲜矣!

【注释】

(1) 汉文帝:汉高祖中子刘恒(前202—前157),在位二十三年,提倡农耕,主张无为而治,与民休息,取得了全国的经济恢复和政治稳定。旧史与其子景帝两代并称为文景之治。

(2) 御:统治、治理。

(3) 靡:披靡,倒下。

（4）尉佗：本名赵佗（？—前137），秦真定人。秦二世时为南海龙川令。

（5）桀敖：也作桀骜，凶暴乖戾。

（6）陵驾：也作凌驾，超越，高出居上。

（7）缯絮：以缯帛粗绵所制之服。缯：丝织物的总称。

（8）调伏：降伏。

（9）吴王濞：西汉初同姓诸侯国吴王刘濞。

（10）几杖：几案与手杖，以供老年人平时靠身和走路时扶持之用，故古以赐几杖为敬老之礼。

（11）景帝：汉文帝子刘启，公元前156—前141年在位。

（12）晁错：前200—前154，汉颍川人。

（13）亟：迅速。

（14）於乎：同呜呼。

## 汉武帝

天下利害，不难知也。士大夫心平而气定，高不为名所眩[1]，下不为利所怵[2]者，类能知之。人主[3]生于深宫，其闻天下事至鲜[4]矣，知其一不达其二，见其利不睹其害，而好名贪利之臣，探其情而逢其恶，则利害之实乱矣。

汉武帝即位三年，年未二十，闽、越举兵围东瓯⁽⁵⁾。东瓯告急，帝问太尉田蚡。蚡曰："越人相攻，其常事耳，又数反覆，不足烦中国往救。"帝使严助难⁽⁶⁾蚡曰："特⁽⁷⁾患力不能救，德不能覆。诚能，何故弃之？小国以穷困来告急，天子不救，尚何所诉！"帝黜⁽⁸⁾蚡议，而使助持节⁽⁹⁾发会稽兵救之。自是征南越，伐朝鲜，讨西南夷，兵革之祸加于四夷矣。

后二年，匈奴请和亲，大行⁽¹⁰⁾王恢请击之。御史大夫韩安国请许其和。帝从安国议矣。明年，马邑豪聂壹因恢言："匈奴初和亲，亲信边，可诱以利致之，伏兵袭击，必破之道也。"帝使公卿议之，安国、恢往反议甚苦⁽¹¹⁾。帝从恢议，使聂壹卖马邑城以诱单于⁽¹²⁾。单于觉之而去，兵出无功。自是匈奴犯边，终武帝无宁岁，天下几至大乱。

此二者，田蚡、韩安国皆知其非，而迫于利口，不能自伸。武帝志求功名，不究利害之实，而遽⁽¹³⁾从之。及其晚岁，祸灾并起，外则黔首耗散，内则骨肉相贼杀，虽悔过自咎，而事已不救矣。然严助以交通淮南⁽¹⁴⁾，张汤论杀之。王恢以不击匈奴，亦坐弃市⁽¹⁵⁾。二人皆罪不至死，而不免大戮，岂非首祸致罪，天之所不赦故耶！

**【注释】**

（1）眩：迷惑，迷乱。

（2）怵：诱惑，引诱。

（3）人主：指皇帝。

（4）至鲜：特别少。

（5）东瓯：汉会稽郡南部都尉治所，故地在今福建建瓯县东南。

(6) 难：反驳，质问对方。

(7) 特：仅，只。

(8) 黜：废弃。

(9) 持节：持朝廷下令的符节。

(10) 大行：接待宾客的官员。汉武帝太初元年改名为大鸿胪。

(11) 往反议甚苦：反复事议，甚为激烈。

(12) 单于：匈奴的首领。

(13) 遽：急促，匆忙。

(14) 交通淮南：与淮南王相勾结。

(15) 弃市：处死刑。

## 汉景帝[1]

汉之贤君皆曰文景。文帝宽仁大度，有高帝之风。景帝忌克少恩，无人君之量，其实非文帝比也。帝之为太子也，吴王濞世子来朝[2]，与帝博而争道，帝怒，以博局提杀之[3]。濞之叛逆，势激于此。张释之[4]，文帝之名臣也，以劾奏之恨，斥死淮南。邓通[5]，文帝之倖臣也，以吮痈之怨，困迫至死。晁错始与帝谋削诸侯[6]，帝违众而用之。及七国反，袁盎一说[7]，谲而斩之东市[8]，曾不之恤[9]。周亚夫为大将[10]，折吴楚之锐锋，不数月而平大难。及其为相，守正不阿，恶其悻悻不屈[11]，遂以无罪杀之。梁王武[12]，母弟也，骄而从之，几致其死。临江王荣,太子也,以母失爱,至使酷吏杀之。其于君臣、父子、兄弟之际,背理而伤道者,一至于此。原其所以能全身保国与文帝俱称贤君者[13],惟不改其恭俭故耳。《春秋》之法:"弑君称君,君无道也;称臣,臣之罪也。"然陈侯平国、蔡侯般皆以无道弑,而弑皆称臣,以为罪不及民故也[14]。如景帝之失道非一也,而犹称贤君,岂非躬行恭俭,罪不及民故耶?此可以为不恭俭者戒也。

## 【注释】

(1) 汉景帝:文帝子刘启,前157—前141年在位。

(2) 吴王濞:高祖兄刘仲之子刘濞,封吴王。《汉书》有传。

(3) 博局:棋盘一类的东西。 提:击掷,用东西投击人。

(4) 张释之:南阳堵阳人,字季。

(5) 邓通:南安人,尝为汉文帝吮痈得宠。

(6) 晁错:汉颍川人,治申商刑名之学,文帝时,尝为太子家令,称为"智囊"。

(7) 袁盎:汉楚人,字丝。

(8) 谲:谲诈,欺谝。

(9) 曾:竟。 恤:怜悯,怜惜。

(10) 周亚夫:汉沛人,周勃之子,封条侯,为将军,屯兵细柳,军容严整,被文帝誉为真将军。

(11) 悻悻:愤恨不平的样子。

(12) 梁王武:景帝同母弟梁孝王刘武。

(13) 原:追究、推论。

(14) 罪不及：言君虽无道，但还没有达到害民。

## 汉昭帝(1)

周成王以管蔡之言疑周公(2)，及遭风雷之变，发金縢之书，而后释然(3)，知其非也。汉昭帝闻燕王之谮(4)，霍光惧不敢入(5)。帝召见光，谓之曰："燕王言将军都郎(6)，道上称跸(7)，又擅调益幕府校尉。二事属尔(8)，燕王何自知之？且将军欲为非，不待校尉。"左右闻者皆伏其明。光由是获安，而燕王与上官皆败(9)。故议者以为昭帝之贤过于成王。然成王享国四十余年，治致刑措(10)。及其将崩，命召公、毕公相康王(11)，临死生之变，其言琅然不乱(12)。昭帝享国十三年，年甫及冠(13)，功未见于天下，其不及成王者亦远矣。

夭寿虽出于天，然人事常参焉。故吾以为成王之寿考，周公之功也；昭帝之短折，霍光之过也。昔晋平公有蛊疾，医和视之曰(14)："是谓近女室，疾如蛊，非鬼非食(15)，惑以丧志。良臣将死，天命不祐。""国之大臣，荣其宠禄，任其大节，有灾祸兴而无改焉，必受其咎(16)。"以此讥赵孟(17)，赵孟受之不辞。而霍光何逃焉？成王之幼也，周公为师，召公为保(18)，左右前后皆贤臣也。虽以中人之资，而起居饮食，日与之接，逮其壮且老也，志气定矣，其能安富贵、易生死，盖无足怪者。今昭帝所亲信惟一霍光。光虽忠信笃实，而不学无术，其所与共国事者惟一张安世(19)，所与断几事者惟一田延年(20)。士之通经术、识义理者，光不识也。其后虽闻久阴不雨之言而贵夏侯胜⁽²¹⁾，感䴙䴘之事而贤隽不疑⁽²²⁾，然终亦不任也。使昭帝居深宫，近嬖幸⁽²³⁾，虽天资明断，而无以养之，朝夕害之者众矣，而安能及远乎？

人主不幸，未尝更事而履大位⁽²⁴⁾，当得笃学深识之士日与之居⁽²⁵⁾，示之以邪正，晓之以是非，观之以治乱，使之久而安之，知类通达，强立而不反⁽²⁶⁾，然后听其自用而无害，此大臣之职也。不然，小人先之，悦之以声色犬马，纵之以驰骋田猎，侈之以宫室器服，志气已乱，然后入之以谗说，变乱是非，移易白黑，纷然无所不至。小足以害其身，而大足以乱天下。大臣虽欲有言，不可及矣。《语》曰："君子学道则爱人，小人学道则易使。"故人必知道而后知爱身，知爱身而后知爱人，知爱人而后知保天下。故吾论三宗享国长久⁽²⁷⁾，皆学道之力。至汉昭帝，惜其有过人之明，而莫能导之以学，故重论之，以为此霍光之过也。

## 【注释】

（1）汉昭帝：汉武帝幼子刘弗陵。年八岁即位，在位十三年（前86—前74）。《汉书》有纪。

（2）周成王：姬诵，周武王之子，武王崩，成王少，在襁褓之中，周公践祚，代成王摄政当国。

（3）释然：消释，化解。

（4）燕王之谮：燕王为汉武帝子燕刺王刘旦。

（5）霍光：汉河东平阳人，字子孟。霍去病异母弟。

（6）都：聚。

(7) 跸：古时帝王出行时，禁止行人以清道叫跸。

(8) 尔：通迩，近。

(9) 上官：上官桀，上官安父子。

(10) 刑措：无人犯法，刑法搁置不用。

(11) 召公：名奭。

(12) 琅然：清楚的样子。

(13) 甫：方。 冠：古时男子二十岁行成人礼，结发戴冠。故以冠作为成人标志。

(14) 医和：古良医名和，秦人。

(15) 非鬼非食：不是由于鬼神或饮食引起。

(16) 咎：过错。

(17) 赵孟：晋平时的执政大臣赵武，又称赵文子。

(18) 保：太保。

(19) 张安世：汉杜陵人，字子孺，张汤子。

(20) 几事：隐秘细微之事。

(21) 夏侯胜：字长公，东平人。

(22) 隽不疑：字曼倩，渤海人。

(23) 嬖幸：指被宠爱的人。嬖，bì。

(24) 更事：经历世事。 履：登。

(25) 笃学：勤学。

(26) 强立：善于独立思考。

(27) 三宗：殷商之中宗、高宗、祖甲。

## 汉光武上

人主之德，在于知人，其病在于多才。知人而善用之，若己有焉，虽至于尧舜可也。多才而自用，虽有贤者，无所复施，则亦仅自立耳。

汉高帝谋事不如张良(1)，用兵不如韩信(2)，治国不如萧何(3)，知此三人而用之不疑，西破强秦，东伏项羽，曾莫与抗者。及天下既平，政事一出于何，法令讲若画一，民安其生，天下遂以无事。又继之以曹参，终之以平、勃，至文、景之际(4)，中外晏然(5)，凡此皆高帝知人之余功也。

东汉光武，才备文、武，破寻邑，取赵、魏，鞭笞群盗，筹(6)无遗策，计其武功若优于高帝。然使当高帝之世，与项羽为敌，必有不能办者。及既履大位，惩(7)王莽篡夺之祸，虽置三公，而不付以事，专任尚书，以督文书，绳(8)奸诈为贤，政事察察，下不能欺，一时称治。然而异己者斥，非谶(9)者弃，专以一身任天下，其智之所不见，力之所不举者多矣。至于明帝，任察愈甚。故东汉之治，宽厚乐易之风，远不及西汉。贤士大夫立于其朝，志不获伸。虽号称治安，皆其父子才志之所止，君子不尚者也。

【注释】

（1）张良：汉高祖刘邦的著名谋臣。

（2）韩信：刘邦的一员大将。

（3）萧何：汉初为丞相。

（4）至文、景之际：至文帝、景帝之际。

（5）晏然：安定、平静。

（6）筹：计算。

（7）惩：借鉴。

（8）绳：按一定的标准去衡量，纠正。

（9）非谶：不相信谶。谶，预言吉凶得失的文字、图符。

# 汉光武下

高帝举天下后世之重属之⁽¹⁾大臣，大臣亦尽其心力以报之。故吕氏之乱，平、勃得置力焉，诛产、禄，立文帝，若反覆手之易。当是时，大臣权任之盛，风流相接，至申屠嘉犹召辱邓通，议斩晁错，而文景不以为忤，则高帝之用人，其重如此。

景、武之后⁽²⁾，此风衰矣。大臣用舍，仅如仆隶。武帝之老也，将立少主，知非大臣不可，乃委任霍光。霍光之权，在诸臣右⁽³⁾。故能翊昭建宣⁽⁴⁾，天下莫敢异议。至于宣帝，虽明察有余，而性本忌克⁽⁵⁾，非张安世之谨畏，陈万年之顺从，鲜有能容者。恶杨恽、盖宽饶，害赵广汉、韩延寿，悍然无恻怛之意。高才之士侧足而履其朝。

陵迟至于元、成[6]，朝无重臣，养成王氏之祸。故莽以斗筲之才，济之以欺罔，而士无一人敢指其非者。

光武之兴，虽文武之略，足以鼓舞一世，而不知用人之长以济其所不足。幸而子孙皆贤，权在人主，故其害不见，及和帝幼少，窦后擅朝。窦宪兄弟恣横，杀都乡侯畅于朝，事发，请击匈奴以自赎，及其成功，又欲立北单于，以树恩固位。袁安、任隗皆以三公守义力争[7]，而不能胜，幸而宪以逆谋败。盖光武不任大臣之积其弊乃见于此。其后汉日以衰。及其诛阎显，立顺帝，功出于宦官；黜清河王，杀李固，事成于外戚。大臣皆无所与。及其末流，梁冀之害重，天下不能容，复假宦官以去之。宦官之害极，天下不能堪，至召外兵以除之。外兵既入，而东汉之祚尽矣。盖光武帝不任大臣之祸，势极于此。

夫人君不能皆贤。君有不能，而属之大臣，朝廷之正也。事出于正，则其成多，其败少。历观古今大臣任事而祸至于不测者，必有故也。今畏忌大臣，而使他人得乘其隙，不在外戚，必在宦官。外戚宦官更相屠灭，至以外兵继之。呜呼，殆哉！

【注释】

（1）属之：托付给。

（2）景、武之后：汉景帝、汉武帝时。

（3）右：上。古代以右为上。

（4）翊昭建宣：辅佐汉昭帝，（昭帝死后）又拥立汉宣帝。

（5）忌克：猜忌，苛刻。克，通"刻"，苛刻之意。

（6）陵迟至于元、成：衰落的状况一直到汉元帝、成帝时。陵迟，衰落。

（7）三公守义力争：以三公的身份遵守原则力争。三公，辅助国君掌握军政大权的最高官员。

# 刘玄德

事固有当作而不可作者，智者论其公私，权<sup>(1)</sup>其轻重。而可否可决也。蜀先主<sup>(2)</sup>之于关羽，名虽君臣，而义则父子也。先主入蜀，而羽攻曹仁于荆州。吴乘其敝，羽以败死。先主欲为羽报仇，义不可已也，然吴、蜀之于魏，国小而兵弱，本以季汉<sup>(3)</sup>君臣之分，缔交相亲，与魏为敌，则报仇之义，其公且重者在魏也，释魏而事<sup>(4)</sup>羽之怨，则为失所先后矣。先主之在白帝<sup>(5)</sup>也，吴之君臣惧而乞和，若以仇魏之重，俯而从之，义无不可也。先主念羽之厚，拒而不许，君臣之义则至矣。至于奋不虑害，兵败而继之以死，忘两国之大计，而徇一夫之遗忿，则未为得矣。诸葛孔明有言："法孝若在，必能止君此行，虽行亦必不至于败。"然则孔明亦自以伐吴为失计矣哉！

【注释】

（1）权：权衡，衡量。

（2）蜀先主：指刘备。刘备，字玄德。在诸葛亮的辅佐下，建立蜀汉政权与魏、吴形成三足鼎之势，为三国。

（3）季汉：汉末。季，末。

（4）事：致力，专注。

（5）白帝：指白帝城，在今四川奉节，刘备死于此，并托孤于诸葛亮。

# 孙仲谋

任人莫难于托国。汉武帝因文、景富庶之后，虐用其民，厚自奉养，征伐四夷，几丧天下。逮其晚岁，托国于霍光。光知用兵之害，罢均输榷酤[1]，与民休息，而天下复安。凡武帝之所以得称贤君者，惟用霍光故也。蜀先主知嗣子之暗弱[2]，举国而付之诸葛孔明。孔明又废李严、杨仪，援蒋琬、费祎而授之。虽后主之不明，而守国三十余年，君臣相安，蜀人免于涂炭之患，过于魏、吴远甚。

吴大帝方其属任贤将，抗衡中原，曹公惮之[3]。及其老也，贤臣死亡略尽，喜诸葛恪之劲悍，越众而付以后事。恪乘其用兵劳民之后，继起大役，兵折于外，既归而不能自克，将复肆志于僚友。恪既以丧其躯，而孙氏因之三世绝统，吴、越之民陷于炮烙之地，国随以亡。夫以进取之资用进取之臣，以徼一时之功可耳，至于托六尺之孤，寄千里之命，而亦属之斯人，其势必至是哉！

【注释】

（1）罢均输榷酤：废除了均输榷酤法令。均输，汉武帝时实行的一项经济措施。在大司农属下置匀输令，统一征收、买卖和运输货物。榷，专营、专卖。酤，酒。榷酤，由国家管理和经营酒的买卖。

（2）蜀先主知嗣子之暗弱：蜀先主刘备知道自己继位的儿子愚昧软弱。

（3）曹公惮之：曹操对比很畏惧。曹公，指曹操。惮，畏惧。

## 晋武帝

立嫡以长[1]，不以贤；立子以贵，不以长，古今之正义也。然尧废丹朱[2]用舜，而天下安；帝乙废微子立纣，而商以亡。古之人盖有不得已而行之者矣。得已而不已，不得已而已之，二者皆乱也。子非朱、纣，而废天下之正义，君子不忍也；子如朱、纣，而守天下之正义，君子不为也。

汉高帝始谓惠帝仁弱，欲废之而立如意，既而知人心之在太子也，则寝[3]废立之议而用平、勃。平、勃皆贤而权任均，故惠帝虽没，产、禄虽横，而援立文帝，汉室不病也。武帝[4]既老，知燕王旦、广陵王胥之不可用也，废之而立少子，任霍光、金日䃅、上官桀、桑弘羊以后事。当是时，昭帝之贤否未可知，而四人枉直相半[5]也。幸而昭帝明哲，霍光忠良，桀、羊虽欲为乱而不遂。其后复废昌邑，立宣帝，而朝廷晏然无患。盖人君不幸而立幼主，当如二帝属任贤臣，乃免于乱，此必然之势也。魏明帝疾笃而无子，弃远宗子而立齐王，始欲辅以曹宇、曹肇，而幸臣刘放、孙资不便宇、肇之正，劝帝易以司马仲达、曹爽。齐王既非天下之望，而爽又以庸才，与仲达奸雄为对，数年之间，遂成篡弑之祸。

晋武帝亲见此败矣。惠帝之不肖，群臣举知之，而牵制不忍，忌齐王攸之贤，而恃愍怀[6]之小惠，以为可以消未然之忧。独有一汝南王亮，而不早用，举社稷之重而付之杨骏，至于一败涂地，无足怪也。帝之出齐王也。王浑言于帝曰："攸之于晋，有姬旦之亲，若预闻朝政，则腹心不贰之臣也。国家之事，若用后妃外亲，则有吕氏、王氏之虞[7]，付之同姓至亲，又有吴、楚七国之虑。事任轻重所在，未有不为害者也。惟当任正道，求忠良，不可事事曲设疑妨，虑方来[8]之患也。若以智猜物。虽亲见疑，至于疏远，亦安能自保乎？人怀危惧，非为安之理。此最国家之深患也。"浑之言，天下之至言也。帝[9]不能用，而用王佑之计，使太子母弟秦王柬都督关中，楚王玮、淮南王允并镇守要害，以强帝室。然晋室之乱，实成于八王。吾尝筹之[10]，如攸之亲贤，夺嫡之祸，非其志也。不幸至此，天下所宗。宗社之计，犹有赖也。如佑之计，使子弟据兵以捍外患，如梁孝王之御吴、楚尚可，若变从中起，而使人人握兵以救内难，此与何进、袁绍召丁原、董卓以除宦官何异？古人有言，择福莫若重，择祸莫若轻。如武帝之择祸福，可谓不审矣。

【注释】

(1) 立嫡以长：确立正宗的长子，要靠长幼次序。嫡，正宗，正支。

(2) 丹朱：帝尧之子。尧因为丹朱不肖，禅位于舜。

(3) 寝：停止，扣住不发。

(4) 武帝：这里指汉武帝刘彻。

(5) 枉直相半：好坏各占一半。枉，不正直、不正派。直，忠诚正直。

(6) 恃愍怀：凭借怜悯之心。

(7) 虞：忧患。

(8) 方来：未来，将来。

(9) 帝：指晋武帝。

(10) 筹之：为之谋算。

# 晋宣帝(1)

世之说者曰："司马仲达之于魏，则曹孟德之于汉也。"是不然。二人智勇权略则同，而所处则异。汉自董卓之后，内溃外畔，献帝奔走困踣之不暇(2)，帝王之势尽矣，独其名在耳。曹公假其名号以服天下,拥而植之许昌[3]。建都邑,征畔逆,皆曹公也。虽使终身奉献帝,率天下而朝之,天下不归汉而归魏者,十室而九矣。曹公诚能安而俟之[4],使天命自至,虽文王三分天下有其二以事纣,何以加之?惜其为义不终,使献帝不安于上,义士愤怨于下,虽荀文若犹不得其死[5]。此则曹公之过矣。如司马仲达则不然。明帝之末[6],曹氏之业固矣,虽明帝以淫虐失众,曹爽以骄纵得罪[7],而颠复之形未见,天下未畔魏也。仲达因其隙而乘之,拊其背而夺其成业,事与曹公异矣。

汉武帝之老也,托昭帝于霍光[8],昭帝尚幼,燕王、盖主有篡取之心[9],上官桀、桑弘羊助之[10]。此其祸急于曹爽。霍光内毙燕、盖,外诛桀、羊,拥护昭帝,讫无骄君之色。及昭帝早丧,国空无主,迎立昌邑[11]。昌邑不令,又援立宣帝[12]。柄在其手者屡矣[13],然退就臣位,不以自疑。中外悉其本心,亦无一人有异议者。以仲达拟光,孰为得之邪?然光犹不足道。蜀先主将亡,召诸葛孔明而告之曰:"嗣子可辅,辅之;如其不才,君可自取。"复语后主:"汝与丞相从事,事之如父。"后主之暗弱,孔明之贤智,蜀人知之矣。使孔明有异志,一摇手而定矣。然外平徼外蛮夷[14],内废李平、廖立[15],旁御魏、吴,功成业定,又付之蒋琬、费祎[16]。奉一昏主三十余年,而无纤芥之隙,此又霍光之所不能望也。

故人患不诚,苟诚忠孝,舜之于父母[17],伊尹之于太甲[18],终无间然者[19]。自仲达之后,人臣受六尺之寄[20],因而取之者多矣。皆以地势迫切[21],置而不取,则身必危,国必乱,至自比骑虎不可复下,此亦自欺而已哉!

【注释】

(1) 晋宣帝:即司马懿,三国魏温人,字仲达。

(2) 献帝：刘协，汉灵帝子。

(3) 植：通置，安放。

(4) 俟：待，等候。

(5) 荀文若：名彧，东汉颍川颍阴人。

(6) 明帝：曹叡，曹丕之子，227—239在位。《三国志·魏志》有纪。

(7) 曹爽：曹操族孙，字昭伯。

(8) 昭帝：汉武帝幼子刘弗陵，年八岁即位，在位十三年（前86—前74）。

(9) 燕王：汉武帝子燕剌王刘旦。

(10) 上官桀：武帝时为左将军，与霍光同受命辅昭帝。

(11) 昌邑：昌邑王刘贺，武帝子昌邑哀王刘髆之子。

(12) 宣帝：刘询，汉武帝曾孙。

(13) 柄：权力。

(14) 徼外：边界外。

(15) 李平：原名严，字方正。

(16) 蒋琬：三国零陵湘乡人，字公琰。

(17) 舜：古五帝之一，传说其为大孝之人。

(18) 伊尹：商汤臣，名挚。

(19) 间：嫌隙。

(20) 六尺之寄：托孤。 六尺：六尺之孤，未成年的孤儿。周代一尺相当于今之六寸，故六尺指未成年之人。

(21) 地势：形势。

# 唐高祖[1]

唐高祖起太原，其谋发于太宗[2]，诸子不与也。及克长安，诛锄群盗，天下为一，其功亦出于太宗。盖天心之所付予，人心之所归向，其在太宗者，审矣[3]。至立太子，高祖以长立建成，建成当之不辞，于是兄弟疑间，卒至大乱。夫建成不足言也，其咎在高祖。其后武氏之乱[4]，废中宗，立睿宗[5]，以睿宗长子宪为太子矣[6]。及中宗之复，睿宗父子皆以王就第。韦氏之乱[7]，临淄以兵入讨[8]，睿宗践祚而唐室复安[9]。又将以长立宪，宪辞曰："时平先长嫡，国乱先有功。不如此，必且有难。敢以死请。"睿宗从之，而后临淄之位定。以太宗之贤，而不免于争夺，玄宗之贤不逮太宗，而晏然受命，则宪不让，贤于人远矣[10]！

吾尝论之：高祖、睿宗皆中主也，其欲立长，非专其私也，以为立嫡以长，古今之正义也。谓之正义而不敢违，胡不考之前世乎[11]？太王舍太伯、仲雍而立季历[12]，文王舍伯邑考而立武王，而周以之兴。诚天命之所在，而吾无心焉，乱何自生？虽然，太伯奔吴，以避王季，亦畏乱故尔。废长而立少，虽圣贤犹难之。宪与玄宗，兄弟相安，终身无间言焉[13]，盖古今一人而已乎！

【注释】

(1) 唐高祖：李渊，唐王朝的开国之君。

(2) 太宗：李世民，唐李渊次子。

(3) 审：清楚、明白。

(4) 武氏：武则天，唐并州文水人。原名媚娘，后名曌。

(5) 中宗：李显，唐高宗第七子，母为则天皇后。

(6) 宪：睿宗长子，本名成器，避昭成太后讳，改为宪。

(7) 韦氏：唐中宗后。中宗朝时专权，并弑中宗。新旧《唐书》有传。

(8) 临淄：唐睿宗李旦第三子李隆基，曾封临淄王、楚王。

(9) 践祚：即皇帝位，登位。

(10) 贤：胜于，超过。

(11) 胡：何。

(12) 太王：又称古公亶父，古代周族首领。

(13) 间言：嫌隙之言。

# 唐太宗

唐太宗之贤，自西汉以来，一人而已。任贤使能，将相莫非其人，恭俭节用，天下几至刑措<sup>(1)</sup>，自三代以下，未见其比也。然传子至孙，遭武氏之乱，子孙为戮，不绝如线，后世推原其故而不得。以吾观之，惜乎其未闻大道也哉！

昔楚昭王有疾，卜之曰："河为祟(2)。"大夫请祭诸郊，王曰："三代命祀，祭不越望(3)。江、汉、淮、漳，楚之望也。祸福之至，不是过也，不穀(4)虽不德，河非所获罪也。"遂弗祭。及将死，有云如众赤乌，夹日以飞三日。王使问周史，史曰："其当主身乎！若禜(5)之，可移于令尹、司马。"王曰："除腹心之疾，而置诸股肱，何益？不穀不有大过，天其夭诸？有罪受罚，又焉移之？"亦弗禜。孔子闻之曰："楚昭王知大道矣。其不失国也，宜哉！"吾观太宗所为，其不知道者众矣，其能免乎？

贞观之间，天下既平，征伐四夷，灭突厥，夷高昌，残吐谷浑，兵出四克，务胜而不知止。最后亲征高丽，大臣力争不从，仅而克之，其贤于隋氏(6)者，幸一胜耳。而帝安为之。原其意，亦欲夸当世、高后世耳(7)。

太子承乾既立十余年，复宠魏王泰，使兄弟相倾。承乾既废，晋王，嫡子也。欲立泰，而使异日传位晋王，疑不能决，至引佩刀自刺，大臣救之而止。父子之间，以爱故轻予夺，至于如此。

帝尝得秘谶(8)，言唐后必中微(9)，有女武代王。以问李淳风，欲求而杀之。淳风曰："其兆既已成，在宫中矣，天之所命，不可去也。徒使疑似之戮，淫及无辜，且自今已往四十年，其人已老，老则仁。虽受终易姓，必不能绝李氏，若杀之复生壮者，多杀而逸，则子孙无遗类矣。"帝用其言而止，然犹以疑似杀李君羡。夫天命之不可易，惟修德或能已之，而帝欲以杀人弭之，难哉！

帝之老也，将择大臣以辅少主。李勣起于布衣，忠力劲果，有节侠之气，尝事李密，友单雄信。密败，不忍以其地求利。密死，不废旧君之礼。雄信将戮，以股肉啖之，使之俱死，帝以是为可用，疾革(10)，谓高宗："尔于勣无恩，今以事出之，我死，即授以仆射。"高宗从之。及废皇后，立武昭仪，召勣与长孙无忌、褚遂良(11)计之，勣称疾不至。帝曰："皇后无子，罪莫大于绝嗣，将废之。"遂良等不可，他日勣见，帝曰："将立昭仪，而顾命大臣皆以为不可，今止矣。"勣曰："此陛下家事，不须问外人。"由此废立之议遂定。勣，匹夫之侠也，以死徇人不以为难，至于礼义之重，社稷所由安危，勣不知也。而帝以为可以属幼孤，寄天下，过矣！且使勣信贤，托国于父，竭忠力以报其子，可矣，何至父逐之，子复之，而后可哉！挟数(12)以待臣下，于义既已薄矣。

凡此皆不知道之过也。苟不知道，则凡所施于世，必有逆天理，失人心，而不自知者。故楚昭王惟知大道。虽失国而必复。太宗惟不知道，虽天下既安且治，而几至于绝灭。孔子之所以观国者如此。

【注释】

(1) 天下几至刑措：天下几乎达到无人犯法的程度。刑措，同刑错，无人犯法，刑法搁置不用。

(2) 河为祟：黄河在作祟。

(3) 越望：超越所能看到的。

(4) 不毂：古代诸侯的谦称。

(5) 禜：古代消除灾害的一种祭祀。

(6) 隋氏：指隋朝的皇帝。

（7）亦欲夸当世，高后世耳：也是想在当世炫耀自己，令后世敬仰他。夸，炫耀。

（8）秘谶：秘密地预言，预兆。

（9）中微：中衰之意。

（10）疾革：病重。革，急，重。

（11）长孙无忌、褚遂良：二人皆为唐高宗重臣。

（12）挟数：依靠权术。数，原为技艺、技术。这里引申为权谋、权术。

# 狄仁杰

母后临朝，据人君之地而私其亲。有志之士，将欲正之，常患不克<sup>(1)</sup>。汉吕后欲王诸吕<sup>(2)</sup>，王陵以高帝旧约争之曰："非刘氏而王，天下共击之！背之不可。"言虽直，不见省。陵幸而不死，亦废不用。唐武后废庐陵王，立豫王。豫王虽在位，未尝省天下事。徐敬业为之起兵于外，裴炎争之于内，皆不旋踵<sup>(3)</sup>为戮。何者？位尊权重，臣下所无奈何，势必至此也。

惠帝之亡也，陈平听张辟疆计，封王诸吕。吕后安之。故平与周勃得执将相之柄，以伺其间<sup>(4)</sup>。后复听陆贾，交欢周勃。将相之权不分，故周勃得入北军，左袒一呼，而吕氏以亡。豫王既立，武后革命称帝，追尊祖考，封王子弟，戕杀天下豪俊，志得气满，以为武氏有太山之安矣。狄仁杰虽为宰相，而未尝一言。及后欲以三思⁽⁵⁾为太子，访之大臣，仁杰乃曰："臣观天人未厌唐德，顷匈奴犯边，陛下使三思募士，逾月不及千人。及使庐陵王，不旬浃⁽⁶⁾得五万人。今欲立嗣，非庐陵不可。"后怒罢议。久之，复召问曰："朕数梦双陆⁽⁷⁾不胜，何也？"对曰："双陆不胜，无子也，意者天以此儆陛下耶。文皇帝身蹈锋刃，百战以有天下，传之子孙。先帝寝疾，诏陛下监国。陛下掩神器⁽⁸⁾而取之十余年矣，又欲以三思为后，且母子与姑侄孰亲？陛下立庐陵王，则千秋万岁血食于太庙。三思立宫庙，无祔⁽⁹⁾姑之礼。"后感悟，即日遣徐彦伯迎庐陵于房州而立之。

　　盖王陵、裴炎迎祸乱之锋，欲以一言折之，故不废则死。陈平、狄仁杰待其已衰而徐正之，故身与国俱全。惟吕后无子，亲止于侄，故没身而后变。武后有子，母子之爱，人情之所同，故老而自复。由此观之，陈、狄之所以成功者，皆以缓得之也。然庐陵既立，而张易之昌宗未去。仁杰置之不问，复授之张柬之，俟其恶稔⁽¹⁰⁾而后取。岂以祸乱之根生于母子之间？不如是，则必至于毁伤故耶！老氏有言："将欲歙⁽¹¹⁾之，必固张之；将欲弱之；必固强之；将欲废之，必固兴之；将欲夺之，必固与之，是谓微明，柔胜刚，弱胜强。鱼不可以脱于渊，国之利器不可以示人。"二公得之矣。

【注释】

（1）不克：不能，办不到。

（2）欲王诸吕：想使诸吕成为君王。

（3）旋踵：比喻很快，时间很短。

（4）以伺其间：以等待时机。间，夹缝，间隙，引申为机会。

（5）三思：指武三思，武则天的侄子。

（6）不旬浃：不到一旬（十天）的时间。浃，周、遍。

（7）双陆：古代的一种游戏。

（8）神器：指帝位。

（9）祔：新死者附祭于先祖。

（10）稔：成熟，到了晚期。

（11）歛：收敛。

## 唐玄宗宪宗

唐玄宗、宪宗，皆中兴之主也。玄宗继中、睿<sup>(1)</sup>之乱，政紊于内。而外无藩镇分裂之患，约己任贤，而贞观之治可复也。宪宗承代、德<sup>(2)</sup>之弊，政偾<sup>(3)</sup>于朝，而畿甸之外皆为畔国，将以求治，则其势尤难。虽然，二君皆善其始，而不善其终，所以失之者一道也。

齐桓公用管仲、隰朋，九合诸侯，一匡天下，为五伯首<sup>(4)</sup>。及管仲死，用竖刁、易牙，身死不得葬，五公子争立，伯业随毁。盖中人可以上下。此三君者，皆中主耳<sup>(5)</sup>。方其起于忧患厄困之中，知贤人之可任以排难，则勉强而从之，然非其所安也。及其祸难既平，国家无事，则其心之所安者佚乐，所悦者谀佞也，故祸发皆不旋踵，若合符节。

昔太宗既平天下，始任房玄龄、杜如晦、魏征，终用长孙无忌、岑文本、褚遂良，帝亦恭俭节用，去冗官，节浮费，内无宫掖侈靡之奉，旁无近幸赐予之失。贞观之治，斯已过半矣。持书御史权万纪尝言："宣饶部中凿山冶银，岁可取数百万缗以佐国用。"帝怒骂曰："吾所乏忠言嘉谟(6)，有益于民者耳！汝为御史，不能进贤退不肖，而讠术(7)吾以利，岂谓我汉桓、灵(8)耶？"斥去不用。于是士莫敢以利言者。故房、杜诸人得效其忠力，以致贞观之盛。及玄宗初用姚崇、宋璟、卢怀慎、苏颋，后用张说、源乾曜、张九龄；宪宗初用杜黄裳、李吉甫、裴垍、裴度、李绛，后用韦贯之、崔群。虽未足以方驾(9)房、杜，然皆一时名臣也，故开元、元和之初，其治庶几于贞观。

然玄宗方用宋璟，而宇文融以括田幸(10)，遽至宰相，后虽以公议罢去，而思之不已，谓宰相曰："公等暴融恶，朕已罪之矣。然国用不足，将奈何？"裴光庭等不能答。融既死，而言利者争进。韦坚、杨慎矜、王鉷日以益甚，至杨国忠而聚敛极矣。故天宝之乱，海内分裂，不可复合。宪宗方平淮蔡，裴度未及还朝，而程异、皇甫镈皆以利进。度三上书极论不可。帝以天下略平，欲崇台池宫观以自娱乐，异、镈揣知其意，数贡羡财以顺所欲。故度卒逐去，而异、镈皆相。不三年而祸发于宦官。

盖玄宗在位岁久，聚敛之害遍于天下，故天下遂分。宪宗之世，其害未究，故祸止于其身。然方镇之强，宦官之横，遂与唐相终始，可不哀哉！呜呼！太宗之恭俭，所忍无几耳，而福至于不可胜尽；玄、宪之淫佚，所获无几耳，而祸至于不可胜言。而世主终莫之悟，覆车相寻，不绝于世，盖未之思欤？

【注释】

(1) 中、睿：指唐中宗、唐睿宗，皆为武则天所废除。

(2) 代、德：指唐代宗、唐德宗。

(3) 偾：跌倒，仆倒。引申为不理顺。

(4) 为五伯首：为（春秋）五霸之首。

(5) 中主：中兴之君主。

(6) 嘉谟：好的计谋，谋略。

(7) 诱：引诱。

(8) 桓、灵：汉朝的桓帝、灵帝。

(9) 方驾：并驾齐驱。

(10) 而宇文融以括田幸：宇文融由于采取了括田的措施，而得到了皇帝的宠爱。

# 新论上

古之君子，因天下之治以安其成功⁽¹⁾，因天下之乱以济其所不足⁽²⁾。不诬治以为乱⁽³⁾，不援乱以为治⁽⁴⁾。援乱以为治，是愚其君也；诬治以为乱，是胁其君也。愚君胁君，是君子之所不忍，而世俗之所徼幸也<sup>(5)</sup>。故莫若言天下之成势<sup>(6)</sup>。

请言当今之势。当今天下之事，治而不至于安<sup>(7)</sup>，乱而不至于危<sup>(8)</sup>，纪纲粗立而不举<sup>(9)</sup>，无急变而有缓病，此天下之所共知而不可欺者也。然而世之言事者<sup>(10)</sup>，为大则曰无乱，为异则曰有变。以为无乱，则可以无所复为；以为有变，则其势常至于更制<sup>(11)</sup>，是二者皆非今世之忠言至计也。

今世之弊，患在欲治天下而不立为治之地<sup>(12)</sup>。夫有意于为治而无其地，譬犹欲耕而无其田，欲贾而无其财<sup>(13)</sup>，虽有钼耰车马<sup>(14)</sup>，精心强力，而无所施之。故古之圣人将治天下，常先为其所无有，而补其所不足。使天下凡可以无患而后徜徉翱翔<sup>(15)</sup>，惟其所欲为而无所不可，此所谓为治之地也。为治之地既立，然后从其所有而施之。植之以禾而生禾，播之以菽而生菽<sup>(16)</sup>，艺之以松柏梧槚<sup>(17)</sup>，丛莽朴樕<sup>(18)</sup>，无不盛茂而如意。是故施之以仁义，动之以礼乐，安而受之而为王；齐之以刑法<sup>(19)</sup>，作之以信义，安而受之而为霸；督之以勤俭，厉之以勇力，安而受之而为强国。其下有其地而无以施之，而犹得以安存。最下者抱其所有，怅怅然无地而施之<sup>(20)</sup>，抚左而右动<sup>(21)</sup>，镇前而后起<sup>(22)</sup>，不得以安全，而救患之不给。故夫王霸之略，富强之利，是为治之具而非为治之地也<sup>(23)</sup>。有其地而无其具，其弊不过于无功，有其具而无其地，吾不知其所以用之。

昔之君子惟其才之不同，故其成功不齐；然其能有立于世，未始不先为其地也。古者伏羲、神农、黄帝既有天下，则建其父子，立其君臣，正其夫妇，联其兄弟，殖之五种<sup>(24)</sup>，服牛乘马<sup>(25)</sup>，作为宫室、衣服、器械，以利天下。天下之人生有以养，死有以葬，欢乐有以相爱，哀戚有以相吊，而后伏羲、神农、黄帝之道得行于其间。凡今世之所谓长幼之节,生养之道者,是上古为治之地也。至于尧舜三代之君,皆因其所阙而时补之<sup>(26)</sup>,故尧命羲和历日月,以授民时;舜命禹平水土,以定民居;命益驱鸟兽,以安民生;命弃播百谷,以济民饥。三代之间<sup>(27)</sup>,治其井田沟洫步亩之法<sup>(28)</sup>,比闾族党州乡之制<sup>(29)</sup>。夫家卒乘车马之数,冠昏丧祭之节<sup>(30)</sup>,岁时交会之礼<sup>(31)</sup>,养生除害之术<sup>(32)</sup>,所以利安其人者凡皆已定,而后施其圣人之德。是故施之而无所龃龉<sup>(33)</sup>。举今《周官》三百六十人之所治者,皆其所以为治之地,而圣人之德不与也<sup>(34)</sup>。故周之衰也,其《诗》曰:"虽无老成人,尚有典刑。"由此言之,幽厉之际,天下乱矣,而文武之法犹在也。文武之法犹在,而天下不免于乱,则幽厉之所以施之者不仁也<sup>(35)</sup>。施之者不仁,而遗法尚在,故天下虽乱而不至于遂亡。及其甚也,法度大坏,欲为治者无容足之地。泛泛乎如乘舟无楫而浮乎江湖<sup>(36)</sup>,幸而无振风之忧<sup>(37)</sup>,则悠然唯水之所漂,东西南北非吾心也。不幸而遇风,则覆没而不能止。故三季之极<sup>(38)</sup>,乘之以暴君,加之以虐政,则天下涂地而莫之救<sup>(39)</sup>。

然世之贤人起于乱亡之中,将以治其国家,亦必于此焉先之。齐桓用管仲辨四民之业<sup>(40)</sup>,连五家之兵<sup>(41)</sup>,卒伍整于里,军旅整于郊,相地而衰征<sup>(42)</sup>。山林川泽各致其时<sup>(43)</sup>,陵阜陆堨,各均其宜;邑乡县属,各立其正。举齐国之地如画一之可数。于是北伐山戎,南伐楚,九合诸侯,存邢卫,定鲁之社稷,西尊周室<sup>(44)</sup>,施义于天下,天下称伯<sup>(45)</sup>。晋文反国,属其百官<sup>(46)</sup>,赋职任功<sup>(47)</sup>,轻关易道<sup>(48)</sup>,通商宽农<sup>(49)</sup>,懋穑劝分<sup>(50)</sup>,省财足用,利器明德,举善援能<sup>(51)</sup>,政平民阜<sup>(52)</sup>,财用不匮。然后入定襄王,救宋卫,大败荆人于城濮,追齐桓之烈<sup>(53)</sup>,天下称之曰二伯<sup>(54)</sup>。其后子产用之于郑,大夫种用之于越⁽⁵⁵⁾，商鞅用之于秦⁽⁵⁶⁾，诸葛孔明用之于蜀，王猛用之于苻坚⁽⁵⁷⁾，而其国皆以富强。是数人者虽其所施之不同，而其所以为地者一也。夫惟其所以为地者一也，故其国皆以安存，惟其所施之不同，故王霸之不齐，长短之不一。是二者不可不察也。

当今之世，无惑乎天下之不跻于大治⁽⁵⁸⁾，而亦不陷于大乱也。祖宗之法具存而不举⁽⁵⁹⁾，百姓之患略备而未极。贤人君子不知尤其地之不立⁽⁶⁰⁾，而罪其所施之不当；种之不生，而不知其无容种之地也，是亦大惑而已矣。且夫其不跻于大治与不陷于大乱，是在治乱之间也。徘徊傍徨于治乱之间，而不能自立，虽授之以贤才无所为用。不幸而加之以不肖，天下遂败而不可治。故曰：莫若先立其地，其地立而天下定矣。

## 【注释】

（1）因：顺应。　治：安定，太平。

（2）济：救。

（3）诬：捏造事实，欺骗。

（4）援：引。

（5）徼幸：同侥幸，希望得到不应该得到的东西的一种心理状态。

（6）莫若：莫如，不如。　成势：形势，现成的局势。

（7）治而不至于安：太平但是还没达到安定。

（8）乱而不至于危：有祸乱但还未达到危亡程度。

（9）纪纲：法度。　举：全。

（10）言事者：指议论国家当时形势的人。

（11）更制：变更制度。

（12）不立为治之地：不建立进行治理天下的根本。 地：指根本措施，基础，即法度、法。

（13）贾：经商，做买卖。

（14）锄耰：农具。锄即锄，耰为碎土平田的木制工具。

（15）徜徉：自由自在地来回走。 翱翔：自由自在地上下飞。

（16）菽：豆类的总称。

（17）艺：种植。梧：梧桐。 檟：楸树的别名。

（18）丛莽：杂乱丛生的草木。 朴樕：丛生的小木。

（19）齐之以刑罚：用刑罚来使人民统一行动。《论语·为政》："道之以政，齐之以刑，民免而无耻。" 齐：使……整齐。

（20）怅怅然：无所适从的样子。

（21）抚左而右动：按住左边而右边动。

（22）镇：压住。

（23）为治之具：用来治理的工具。

（24）殖：繁殖。 五种：五种谷物，指稻、麦、菽、黍、稷。

（25）服：古代驾车一车四马并驾，中间二马叫服，引申为驾。

（26）阙：同缺。

（27）三代：夏、商、周。

（28）井田：相传古代奴隶社会的一种土地制度。以方九百亩的土地为一里，划分为九区，其中为公田，八家均分一百亩为私田，公田共同耕种。

（29）比闾：周代地方基层组织形式。

（30）冠昏丧祭之节：加冠、婚嫁、丧葬、祭祀的制度。

(31) 岁时交会：过年过节时的交往。

(32) 术：道、方法。

(33) 龃龉：本义为牙齿上下对不上，引申为意见不合。

(34) 不与：不相关。

(35) 幽厉：周幽王、厉王。厉王、幽王都是昏庸暴虐的君主。

(36) 泛泛乎：漂浮的样子。　乘舟无楫：乘船没有桨。

(37) 振风：摇动船的大风。

(38) 季：末代。

(39) 涂地：败坏到极点。　莫之救：没有办法挽救。

(40) 齐桓：齐桓公，名小白，春秋五霸之一。

(41) 连五家之兵：管仲治理齐国时的制度。

(42) 相地而衰征：按土地多少而征税。

(43) 致：得，得到。

(44) 西尊周室：尊奉西方的周王朝。周室即东周王朝，都洛阳，在齐之东。

(45) 称伯：即称霸。　伯：伯主，即霸主。

(46) 属：统属，率领。

(47) 赋职任功：明确职责，任用有功之人。　赋：给予。　任：任用。

(48) 轻关易道：使关口道路畅通。

(49) 宽农：减轻农民的负担。

(50) 懋穑：劝勉农耕。

(51) 援：选用。

(52) 政平民阜：政治清平，人民丰足。

（53）烈：功业。

（54）伯：通霸。

（55）大夫种：春秋时越国大夫文种，楚国郢人，字少禽，也作子禽。

（56）商鞅：战国卫人，又称公孙鞅。仕秦以功封于商，故称商鞅、商君。

（57）王猛：东晋十六国前秦北海剧人，字景略。

（58）跻：登，达到。

（59）具存而不举：全都存在却不执行。

（60）尤：归咎于。

# 新论中

治国而为其地，非圣人而后然也<sup>(1)</sup>，古之君子莫不皆然。而其不然者，则仅存之国也。人之治其家也，其最上者为虞舜<sup>(2)</sup>，其次为曾、闵<sup>(3)</sup>，而其次犹得为天下之良人，其下者乃有不慈不孝。置其不慈不孝<sup>(4)</sup>，盖自其得为良人以上至于为舜，其所以治其身，上以事其父母，下以化服其妻子者不同，而其所以为生者，子耕于田，妇织于室，养其鸡豚<sup>(5)</sup>，殖其菜茹<sup>(6)</sup>，无失其时<sup>(7)</sup>，以养生送死，虽舜与天下之良人均也。舜而不然，不得以为舜；天下之人不然，不得以为良人。何者？是亦治家之地焉耳。而至于为国，而岂独无之？

昔者文王之治岐也<sup>(8)</sup>，耕者九一<sup>(9)</sup>，故周公因之<sup>(10)</sup>，建为步亩沟洫之制。何者？其所因者治世之成法也。孔子之治鲁也，鲁人猎较，孔子亦猎较。何者？其所因者衰世之余制也。当战国之强，诸侯无道，然孟子亦以为有王者起，今之诸侯不可尽诛，惟教之不改而后诛之。故汉之兴也，因秦之故而不害其为汉<sup>(11)</sup>；唐之兴也，因隋之故而不害其为唐。由是观之，则夫享国之长短<sup>(12)</sup>，致化之薄厚<sup>(13)</sup>，其地能容之而不能使之也。地不能使之长短薄厚，然长不得地则无所效其长<sup>(14)</sup>，厚不得地则无所致其厚。故夫有地而可以容有所为者，举而就之可也<sup>(15)</sup>。

当今之世，祖宗之法或具存而不举<sup>(16)</sup>，或简略而不备。具存而不举，是有地而不耕也；简略而不备，是地有所废缺而不完也。欲筑室者先治其基，基完以平而后加石木焉，故其为室也坚。今之治天下则不然。盖尝论之，自五代以来，强臣专国，则天下震动而易乱；自吾祖宗削而渐磨之，则今世可以粗安。凡今世之所恃以为安者，惟无强臣而已<sup>(17)</sup>。然恃其一之粗安也，而尽忘其余。故尝以为当今天下有三不立，由三不立故百患并起，而百善并废。何者？天下之吏偷堕苟且<sup>(18)</sup>，不治其事，事日已败而上不知使，是一不立也。天下之兵骄脆无用<sup>(19)</sup>，召募日广而临事不获其力，是二不立也。天下之财出之有限而用之无极，为国百年而不能以富，是三不立也。基未平也，加之以其所欲为，是故兴一事而百弊作，动一役而天下困，投足而遇陷阱<sup>(20)</sup>，侧身而入河海，平居犹惧有患，而况求以驰骋于其上哉？固不可矣。

今夫夷狄之患，是中国之一病也。吾欲拒之，则有以为拒之之具；和之，则有以为和之之费。以天下而待一国，其为有余力也，固亦宜矣，而何至使天下皆被其患？今也天下幸而无它患难，而唯西北之为畏(21)。然天下之力亦已困而不能支矣。一岁之入不能供一岁之出，是非特纳赂之罪也(22)，三事不立之过也。故三事立，为治之地既成，赂之则为汉文帝，不赂则为唐太宗。赂与不赂，非吾为国治乱之所在也；治乱之所在，在乎其地之立与不立而已矣。

天下之事因循而维持之，以至于渐不可举，犹曰是养之未至也。乘舟中流，释其楫而听水之所之(23)，旋于洄洑(24)，格于洲浦(25)，以为是固然也，其为无具亦已甚矣(26)！以今之时，天子仁恕，士大夫好善，天下之风俗不至于朋党乱正、诬罔君子也(27)，世之清议凛然在矣。公卿之欲有为以济斯世，谁有言者？而曰吾有所待。是徒空言，非事实也。故为之说曰：居之以强力，发之以果敢，而成之以无私。夫惟有私者，不可以果敢。果于一，不果于二，天下将以为言。不果者不可以强力，力虽强而辄为多疑之所败。天下之人惟能为是三者，则足以排天下之坚强(28)，而纳之于柔懦；扰天下之怨怒，而投之于不敢。惟不能为是三者，则足以败天下之贤才，而卒之以不能有所建。是故无私而果敢，果敢而强力，以是三者治天下之三不立，以立为治之地。为治之地既立，然后择其所以施之，天下将无所不可治。

**【注释】**

(1) 然：如此，这样。

(2) 虞舜：传说中的古代圣王，以孝行著称。

(3) 曾闵：曾子、闵子骞，皆孔子弟子，均以孝行著称。

(4) 置：放置，除……以外。

(5) 豚：小猪，此泛指猪。

(6) 殖：种植，繁殖。　茹：蔬菜的总称。

(7) 无失其时：不错过其生殖、种植、生长的时期。

(8) 岐：周兴之地。今陕西岐山。

(9) 耕者九一：种地的按九一比例取税。

(10) 因：继续，继承。

(11) 害：妨害。

(12) 享国：帝王在位的年数。

(13) 致化：达到教化。

(14) 效：显现、显示出。

(15) 就：成，成就。

(16) 举：实行。

(17) 强臣：专权之臣。

(18) 偷堕：即偷惰，苟且怠惰。

(19) 骄脆：骄傲而脆弱。

(20) 投足：举足，抬脚。

(21) 西北：指当时西夏国。

(22) 纳赂：宋朝对外实行妥协政策，每年向辽和西夏输银送绢，以求得边界的安宁。即为纳赂。纳，交纳。赂，指银两、绢等。

(23) 释其楫：放弃船桨。　听：听任。

(24) 洄洑：水流盘旋的样子。

(25) 格：被阻遏。

(26) 无具：没有办法。

(27) 诬罔：以不实之词欺骗人。

(28) 排：排除。

# 新论下

天下之未治也，患三事之不立。苟其既立，则患其无以施之。盖君子为国，正其纲纪，治其法度，皆可得而知也。惟其所以施之，则不可得而知。周公之治周也，修其井田，封建百辟[1]，可得而知也；其所以使天下归周者，不可得而知也。孔子之治鲁也[2]，堕其三都[3]，诛其乱政[4]，可得而知也；其所以使羔豚不饰贾，男女别于道者，不可得而知也。孟子之所以治邾者[5]，正其疆界[6]，五口之家，桑麻鸡豚必具，可得而知也；其所以使之至于王者，不可得而知也。孔子孟子之所汲汲以教人者[7]，在其不可得而知，而其可得而知者不详论也。曰是有意于治者能之，然而亦不可去也。故其得为是国也，必举之以为先。由是观之，治国之地，圣人无之不得以施其圣。然而圣人之道，有所高远而不可及者矣。

其于孔子之门所谓政事，而冉有子路之所能者，治国之地也。子路曰："千乘之国[8]，摄乎大国之间[9]，加之以师旅[10]，因之以饥馑[11]，由也为之，可使有勇，且知方也[12]。"冉有曰："方六七十，如五六十[13]，求也为之，可使足民[14]。如其礼乐[15]，以俟君子[16]。"是亦自以为能为其地，而未有以施之云尔[17]。然夫子许其能之[18]，而不以为大贤，则夫子之道深矣远矣。

夫子平居朝夕孜孜以教人者，惟所以自修其身；而其所以修其政事者，未尝言也。盖亦尝言之矣，曰"谨权量，审法度[19]，修废官[20]"，"兴灭国[21]，继绝世[22]，举逸民[23]"，"所重民食丧祭[24]。"是九者凡所以为政而未足也，故继之曰："宽则得众"，信则人任焉。敏则有功，公则说[25]。"是四者所以成之焉耳，其意以为既成而后以其平居自修之身施之。故《记》曰[26]："君子笃恭而天下平[27]。"为有此具也[28]。君子修其身，无所施之则不立；治其政事，无以施之则不化。当三代之治也，天下之事无不毕举，虽后世之君犹得守其法度，以为无过。惟无暴君，则天下可安。故伊尹之训太甲曰[29]："从谏弗咈，先民时若[30]。"以为如是而可以为治已矣。

古之人言治天下若甚易，然今之人以为大言而不信，不知其有此地也。悲夫！世之君子孜孜以修其身，恭俭忠信欲以施之天下，终身而不见其成，则以为古之人欺我也。夫苟以为古之人欺我，虽有为之者，盖勉强而为之也。夫苟不欲而强为之，则其心益不自信而道日疏[31]。夫以不信之心，行日疏之道，以治无以为地之国，是以功不可成而患日至。故莫若退而立其为治之地，为治之地既立，则身修而天下可化也。

【注释】

（1）封建百辟：封建诸侯。

（2）孔子治鲁：孔子曾为鲁国司寇，鲁定公十四年由大司寇行摄相事。

（3）堕其三都：毁坏三座都城。

(4) 诛：清除，除去。

(5) 邾：春秋时小国，即邹，孟子出生之国。

(6) 疆界：指百姓土地的地界。

(7) 汲汲：急切追求的样子。

(8) 千乘之国：能出兵车一千辆的诸侯国。乘：一辆战车。

(9) 摄乎大国之间：局促地处于大国中间。摄：夹。

(10) 加：加上。师旅：军队，指外国的侵略。

(11) 因之：继之。饥馑：灾荒。谷不熟叫饥，菜不熟叫馑。

(12) 方：道义的方向，道理。

(13) 如：或者。

(14) 足民：使人民富足。

(15) 如：若，至于。

(16) 俟：等待。

(17) 云尔：语末助词，相当于如此而已。

(18) 夫子：指孔子。

(19) 谨权量，审法度：检验并审定度量衡。

(20) 修废官：修复已经废弃的机关工作。

(21) 兴灭国：恢复被灭亡的国家。

(22) 继绝世：承续已经断绝的后代。

(23) 举逸民：提拔被遗落的人才。

(24) 重：重视。民食丧祭：人民、粮食、丧礼、祭祀。

(25) 公则说：公平就会使百姓高兴。说通悦。

(26) 记：解释经传的文字。

(27) 笃恭：真诚恭敬。

（28）具：具备条件。

（29）伊尹之训太甲：伊尹的教诲太甲。

（30）从谏二句：从谏如流，必先民之言是顺。 弗：不，不要。先民：指古贤人。 时：通是。 若：顺从。

（31）疏：远。

## 商　论

商之有天下者三十世，而周之世三十有七。商之既衰而复兴者五王<sup>(1)</sup>，而周之既衰而复兴者，宣王一人而已<sup>(2)</sup>。盖商之多贤君，宜若其世之过于周，而反不如。周之贤君不如商之多，而其久于商者乃数百岁也。此二者所以使天下之人疑焉而不知其故也。

盖尝以为周公之治天下<sup>(3)</sup>，务为文章繁缛之礼<sup>(4)</sup>，以和柔驯扰天下刚强之民<sup>(5)</sup>。故其道本于尊尊而亲亲<sup>(6)</sup>，贵老而慈幼，使民之父子相爱而兄弟相悦，以无犯上难制之气。行其至柔之道，以揉天下之戾心<sup>(7)</sup>，而去其刚毅勇果之志，故其享天下至久。而诸侯内侵，京师不振<sup>(8)</sup>，卒于废为至弱之国。何者？优柔和易之道，可以为久而不可以为强也。若夫商人所以为天下者，不可复见矣，窃尝求之于《诗》、《书》之间，见夫《诗》之宽缓而和柔，《书》之委曲而繁重者，举皆周也；而商人之诗骏发而严厉<sup>(9)</sup>，其书简洁而明肃，以为商人之风俗盖在乎此矣！夫惟天下之有刚强不屈之俗也，故其后世有以自振于衰微，然至于其败也，一散而不可复止。故夫物之强者易以折，而柔忍者可以久存；柔者可以久存，而常困于不胜，强者易以折，而其末也乃可以有所立。且此非圣人之罪也，物莫不有所短。方其盛也，长用而短伏，及其衰也，长伏而短见<sup>(10)</sup>。夫圣人惟能就其所长而用之也，是故当其盛时，天下惟其长之知，而不知其短之所在。及其后世，用之不当，其长日以消亡，而短日出。故夫能久者常不能强，能以自奋者常不能久，此商之所以不长，而周之所以不振也。

呜乎！圣人之虑天下亦有所就而已，盖不能使之无弊也，使之能久而不能强，能以自奋而不能以及远，此二者存乎其后世之贤与不贤也。故太公封于齐，尊贤而尚功<sup>(11)</sup>。周公曰："后世必有篡夺之臣。"周公治鲁，亲亲而尊尊。太公曰："后世寖衰矣<sup>(12)</sup>！"夫尊贤尚功，则近于强；亲亲尊尊，则近于弱。终于齐有田氏之祸，而鲁人困于盟主之令<sup>(13)</sup>。盖商之政近于齐，而周公之所以治周者，其所以治鲁也，故齐强而鲁弱，鲁未亡而齐亡也。

【注释】

（1）五王：指太甲、太戊、祖甲、盘庚、武丁。

（2）宣王：周厉王子，名静。

（3）周公：姬旦，周文王子，辅佐武王灭纣，封于鲁。

（4）文章：谓礼乐法度。　繁缛：烦琐细密。

（5）驯扰：驯服。

（6）尊尊：尊敬高贵的人。　亲亲：亲其亲近的人，爱其亲戚。

（7）戾心：罪恶之心，坏思想。

（8）京师：指王室、君权。

（9）骏发：英气风发。

（10）见：通现。

（11）尚功：崇尚功利。

（12）寖：逐渐。

（13）盟主：霸主。

# 六国论

尝⁽¹⁾读六国世家，窃怪天下之诸侯，以五倍之地，十倍之众，发愤西向，以攻山西千里之秦⁽²⁾，而不免于灭亡。常为之深思远虑：以为必有可以自安之计，盖未尝不咎其当时之士⁽³⁾，虑患之疏⁽⁴⁾，而见利之浅，且不知天下之势也⁽⁵⁾。

夫秦之所与诸侯争天下者，不在齐、楚、燕、赵也，而在韩、魏之郊⁽⁶⁾。诸侯之所与秦争天下者，不在齐、楚、燕、赵也，而在韩、魏之野。秦之有韩、魏，譬如人之有腹心之疾也。韩、魏塞秦之冲⁽⁷⁾，而蔽山东之诸侯⁽⁸⁾，故夫天下之所重者，莫如韩、魏也。

昔者范雎用于秦而收韩，商鞅用于秦而收魏⁽⁹⁾，昭王未得韩、魏之心⁽¹⁰⁾，而出兵以攻齐之刚、寿⁽¹¹⁾，而范雎以为忧，然则，秦之所忌者，可以见矣。秦之用兵于燕、赵，秦之危事也。越韩过魏而攻人之国都，燕、赵拒之于前，而韩、魏乘之于后(12)，此危道也。而秦之攻燕、赵，未尝有韩、魏之忧，则韩、魏之附秦故也(13)。夫韩、魏，诸侯之障(14)，而使秦人得出入于其间，此岂知天下之势耶？委区区之韩、魏，以当虎狼之强秦，彼安得不折而入于秦哉(15)？韩、魏折而入于秦，然后秦人得通其兵于山东诸侯(16)，而使天下遍受其祸。

夫韩、魏不能独当秦，而天下之诸侯，藉之以蔽其西，故莫知厚韩、亲魏以摈秦(17)，秦人不敢逾韩、魏以窥齐、楚、燕、赵之国，而齐、楚、燕、赵之国，因得以自完于其间矣(18)，以四无事之国，佐当寇之韩、魏(19)，使韩、魏无东顾之忧，而为天下出身以当秦兵，以二国委秦，而四国休息于内，以阴助其急(20)，若此可以应夫无穷，彼秦者将何为哉？不知出此，而乃贪疆场尺寸之利(21)，背盟败约(22)，以自相屠灭，秦兵未出，而天下诸侯已自困矣，至使秦人得伺其隙以取其国。可不悲哉！

【注释】

（1）尝：曾经。

（2）山西：即"关西"。战国时，称崤山或华山以西为"山西"。

（3）咎：怪罪。

（4）疏：粗忽。

（5）势：大势、形势。

（6）郊：邑外为郊野。周制，离都城五十里为近郊，百里为远郊。后泛指城外、野外，与下句"韩、魏之野"的"野"同义，都是田野、国土的意思。

（7）塞秦之冲：塞，阻塞，挡住。冲，要冲，军事要道。

（8）蔽山东之诸侯：蔽，遮挡，隐蔽。山东之诸侯，这里指齐、楚、燕、赵四个诸侯国。山东，战国时称崤山或华山以东为"山东"，即"关东"。

（9）商鞅：战国时卫国人，入秦后实行变法，征服了魏国。

（10）昭王：秦昭王公元前306年至前251年在位。

（11）刚、寿：刚，故刚城，今山东省宁阳县。寿，今山东省郓城县。

（12）乘：乘势攻击。

（13）附：依附。

（14）障：屏障。

（15）折：挫折，服从。

（16）山东诸侯：山东的诸侯，这里指齐、楚、燕、赵。

（17）摈：拒斥。

（18）完：全。这里指保全国家的完整。

（19）寇：敌寇，侵略者。这里指秦国。

（20）阴助：暗中帮助。

（21）场：边界。

（22）背盟败约：背，背弃。败，破坏。

## 始皇论

诸侯之兴[1],自生民始矣[2],至始皇灭六国,而五帝三代之诸侯扫地无复遗者[3],非秦能灭诸侯,而势之隆污极于此矣[4]。

昔禹会诸侯于涂山,执玉帛者万国[5],传商及周文武之间,止千七百余国。夫人之必争,强弱之必相吞灭,此势之必至者也。彼非诸侯独能自存,圣贤之君时出而齐之[6],是以强者不敢肆[7],弱者有以自立。盖自禹五世而得少康[8],自少康十二世而得汤[9],自汤八世而得太戊[10],自太戊十三世而得武丁,自武丁八世而得周文、武。当是时,虽有强暴诸侯,不得以力加小弱,然虞、夏诸侯,亡者已十八九矣[11]。自文武成康以来[12],三十有三世,独一宣王能纪纲诸夏。幽平以后[13],诸侯放恣。春秋之际,存者百七十余国而已。虽齐威晋文迭兴[14],以会盟征伐持之[15],而道德不足,其身所攻灭,盖已多矣。陵迟至于六国[16],独有宋卫中山泗上诸侯在耳[17]。地大兵强,皆务以诈力相倾,虽使威文复生[18],号令有所不行,非有盛德之君,不足以怀之矣[19]。是以至于,荡灭无余而后止。秦虽欲复立诸侯,岂可得哉!而议者乃追咎李斯不师古[20],始使秦孤立无援,二世而亡,盖未之思欤!

夫商周之初,虽封建功臣子弟,而上古诸侯棋布天下,植根深固,是以新故相维[21],势如犬牙,数世之后,皆为故国,不可复动。今秦已削平诸侯,荡然无复立锥之国,虽使并建子弟,而君民不亲。譬如措舟沧海之上,大风一作,漂卷而去,与秦之郡县何异?且独不见汉高、晋武之事乎?割裂海内以封诸子,大者连城数十。举无根之人,寄之万民之上,十数年之间,随即散灭,不获其用。岂非惑于其名,而未察其势也哉!

古之圣人立法以御天下<sup>(22)</sup>,必观其势,势之所去,不可强反。今秦之郡县,岂非势之自至也欤?然秦得其势而不免于灭亡,盖治天下在德不在势。诚能因势以立法,务德以扶势,未有不安且治者也。使秦统一天下,与民休息,宽徭赋,省刑罚,黜奢淫,崇俭约,选任忠良,放远法吏,而以郡县治之,虽与三代比隆可也。

【注释】

(1) 诸侯:古代对中央政权所分封各国国君的统称。　兴:起,产生。

(2) 自生民始矣:从有人类就开始了。　生民:人类产生。

(3) 五帝:有不同说法,一般认为指伏羲、神农、黄帝、尧、舜。三代:夏、商、周。　扫地:尽数,全部。　遗:遗留、剩。

(4) 势:形势。趋势。　隆污:高下。　极:至、到。

(5) 玉帛:瑞玉和缣帛,古代祭祀、会盟时用的珍贵礼品。

(6) 齐:整治、治理。

(7) 肆:不受约束。

(8) 少康:夏王相之子,相为寒浞之子浇所杀,相妻逃至有仍,生,少康。少康长大,灭寒浞,恢复夏王朝。

(9)汤：成汤，商之开国君，又称商汤。

(10)太戊：商王名，太庚子。时商衰微，诸侯或不至，太戊立，用伊陟、巫咸等人，商复兴。

(11)十八九：十之八九，十分之八九。

(12)文武成康：文王、武王、成王、康王。皆周初圣王。

(13)幽：周幽王。宣王子，名宫涅。

(14)齐威：即齐桓公，名小白。

(15)会盟：古代诸侯聚会结盟。

(16)陵迟：衰落。

(17)泗上：泗水之滨。

(18)威文：指齐桓公、晋文公。

(19)怀之：使之归向，归化。

(20)李斯：战国末楚人。

(21)维：接、连接。

(22)御：治。

# 秦　论

秦人居诸侯之地，而有万乘之志，侵辱六国，斩伐天下，不数十年之间，而得志于海内。至其后世，再传而遂亡。刘季起于匹夫<sup>(1)</sup>，斩艾<sup>(2)</sup>豪杰，蹶秦诛楚，以有天下。而其传子孙，数十世而不绝。盖秦、汉之事，其所以取者不同，而其所以取之者无以相远也。

然刘、项<sup>(3)</sup>奋臂于闾阎之中，率天下蜂起之兵西向以攻秦，无一成之聚，一夫之众，驱罢弊<sup>(4)</sup>适戍之人，以求所非望，得之则生，失之则死，以匹夫而图天下，其势不得不疾战以趋利，是以冒万死求一生而不顾。今秦拥千里之地，而乘累世之业。虽闭关而守之，畜威养兵，拊循<sup>(5)</sup>士民，而诸侯谁敢谋秦？观天下之衅，而后出兵以乘其弊，天下夫谁敢抗，而惠文、武昭之君<sup>(6)</sup>，乃以万乘之资，而用匹夫，所以图天下之势，疾战而不顾其后，此宜其能以取天下，而亦能以亡也。夫刘、项之势。天下皆非吾有，起于草莽之中，因乱而争之，故虽驱天下之人，以争一旦之命，而民犹有待于戡定<sup>(7)</sup>，以息肩于此。故以疾战定天下，天下既安，而下无背叛之志。若夫六国之际，诸侯各有分地，而秦乃欲以力征，强服四海，不爱先王之遗黎，以为子孙之谋，而竭其力以争邻国之利，六国虽灭，而秦民之心已散矣。故秦之所以谋天下者，匹夫特起之势。而非所以承祖宗之业以求其不失者也。

昔者尝闻之：周人之兴数百年，而后至于文武。文武之际，三分天下而有其二，然商之诸侯犹有所未服，纣之众，未可以不击而自解也。故以文武之贤，退而修德，以待其自溃。诚以为后稷、公刘、太王、王季[8]勤劳不懈，而后能至于此。故其发之不可轻，而用之有时也。嗟夫！秦人举累世之资，一用而不复惜，其先王之泽，已竭于取天下，而尚欲求以为国。亦已惑矣。

【注释】

（1）刘季起于匹夫：刘邦从一介平民起家。刘季，即刘邦，字季。匹夫，平民，庶民。

（2）斩艾：斩杀的意思。艾，通"刈"，割。

（3）刘、项：指刘邦，项羽。

（4）罢弊：疲劳困乏。

（5）拊循：安抚。

（6）惠文、武昭之君：指秦国的惠文王，武王和昭王。

（7）戡定：平定。

（8）后稷、公刘、太王、王季：后稷，周的先祖，为舜的农官。公刘，古代周部族的祖先，相传为后稷的曾孙。太王，周先祖古公亶父，周武王时追尊为太王。王季，周太王古公亶父的末子，周文王之父，名季历。

# 汉　论

　　古之圣人，制为君臣之分[1]。天子以其一身，立乎天下之上，安受天下之奉己而不辞；天下之人，奇才壮士，争也其力，自尽[2]于天子之下，而无所逃循。此二者何为如此也？

　　天下之事，固其贤者为之也。仁人君子尽其心，以制天下之事，而无所不成；武夫猛士竭其力以夷天下之暴乱，而无所不定。此其类非不智且勇也，然而不得其君，则其心常鳃鳃然[3]，旷四海而不能以自安，功成事立，缺然反顾，而莫之能受。是以天下之贤才，其才虽足以取之，而常喜天下之有贤君者，利其有以受之也。盖古之人君，收天下之英雄，而不失其心，故天下皆争归之。而英雄之士，因其君之资，以用力于天下，功成求得，而不敢为背叛之操[4]。故上下相守，而可以至于无穷。惟其君臣相戾[5]，而不能以相用，君以为无事乎其臣，臣以为无事乎其君，君无所用，以至于天下之不亲，臣无以用之，以至于茕茕而无所底丽[6]，而天下始大乱矣。且彼不知夫天下之意也。天下之人，皆人臣也。而谁能以相从？惟其因天子之权而用之，是以虽其比肩之人，而莫敢抗。彼见天下之莫吾抗也，则以为天下之畏我，而不知己之戴君之威而行也。故或狃[7]天下之畏己，而反以求去其君。其君既去，而天下之人，孰畏而不为变哉？

　　昔者西汉之衰，王莽窃取其人君之权而执之，以求取其天下。方其执之而未取也，天下不知其将取之，是以俯首而奉其所为。何者？天下之心，犹以为汉役之也。至于天下在莽，而其英雄之士，遂起而共攻之，不数年，而莽以大败。何者？天下不服亡汉之王莽也。其后东汉之乱，献帝奔走于草莽之中，曹操出之<sup>(8)</sup>以为帝王。当是之时，天下已无汉矣，而唯曹氏之为听。然天下之英雄，犹以为名，皆起而争之，终曹公之身，而不能以自安。犹幸其当时之人，皆知汉之天下已去，而操收之也，是以心服曹氏而安为之臣。故孔子曰："天下有道，礼乐征伐自天子出；天下无道，礼乐征伐自诸侯出。自诸侯出，盖十世希不失矣<sup>(9)</sup>；自大夫出，五世希不失矣；陪臣执国命。三世希不失矣，"盖天下之情，居下而干其上之政者，以为己之享其利也，而不知天下之争心皆将嚣然<sup>(10)</sup>而不平。是以其素所服者愈狭，则其失之也愈速。何则？其不平者众也，故曰："禄之去公室<sup>(11)</sup>五世矣，政在大夫四世矣，而三桓之子孙微矣。"呜呼！公室既微，则三桓之子孙，天下之所谓宜盛者也，而终以衰弱而不振，则夫君臣之分可知也已。

【注释】

（1）制为君臣之分：制定出了君臣的等级职分。

（2）自尽：自我尽力。

（3）鳃鳃然：恐惧的样子。

（4）操：操作，行为。

（5）相戾：相背，不相合。

（6）底丽：依附。

（7）狃：习惯。

(8) 出之：驱逐他。

(9) 希不失矣：很少有不失败的。希，很少。

(10) 嚣然：喧哗，吵闹的样子。

(11) 公室：春秋战国时诸侯的家族。

# 三国论

天下皆怯<sup>(1)</sup>而独勇，则勇者胜；皆暗而独智<sup>(2)</sup>，则智者胜。勇而遇勇，则勇者不足恃也。智而遇智，则智者不足用也。夫唯智勇之不足以定天下，是以天下之难，蜂起而难平。

盖尝闻之，古者英雄之君，其遇智勇也，以不智不勇，而后真智大勇，乃可得而见也。悲夫，世之英雄，其处于世，亦有幸不幸耶！汉高祖<sup>(3)</sup>、唐太宗，是以智勇独过天下<sup>(4)</sup>而得之者也。曹公<sup>(5)</sup>、孙<sup>(6)</sup>、刘<sup>(7)</sup>，是以智勇相遇而失之者也。以智攻智，以勇击勇，此譬如两虎相摔<sup>(8)</sup>，齿牙气力，无以相胜，其势足以相忧，而不足以相毙。当此之时，惜乎无有以汉高帝之事制之者也<sup>(9)</sup>。昔者项籍<sup>(10)</sup>，乘百战百胜之威，而执诸侯之柄<sup>(11)</sup>，咄嗟叱咤<sup>(12)</sup>，奋其暴怒，然西向以逆高祖。其势飘忽震荡，如风雨之至。天下之人，以为遂无汉矣<sup>(13)</sup>。然高帝以其不智不勇之身，横塞其冲，徘徊而不得进。其顽钝椎鲁<sup>(14)</sup>，足以为笑于天下，而卒能摧折项氏而待其死，此其故何也？夫人之勇力，用

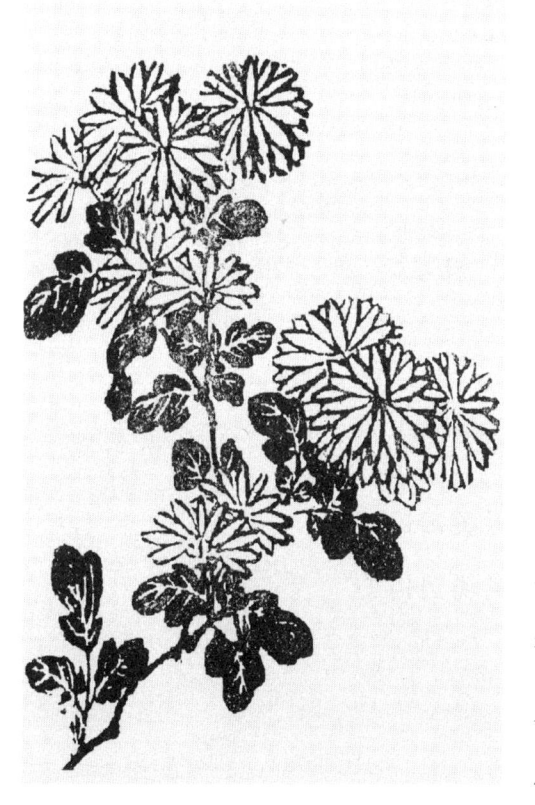

而不已[15],则必有所耗竭,而其智虑久而无成,则亦必有所倦怠而不举,彼欲用其所长,以制我于一时,而我闭门而拒之,使之失其所求,逡巡求去而不能去[16],而项籍固已惫矣[17]。

今夫曹公、孙权、刘备,此三人者,皆知以其才自取,而未知以不才取人也。世之言者曰:孙不如曹,而刘不如孙。刘备惟智短而勇不足,故有所不若于二人者,而不知因其所不足以求胜。则亦已惑矣。盖刘备之才,近似于高祖,而不知所以用之之术。昔高祖之所以自用其才者,其道有三焉耳。先据势胜之地,以示天下之形;广收信[18]、越出奇之将,以自辅其所不逮[19];有果锐刚猛之气而不用,以深折项籍猖狂之势。此三事者,三国之君,其才皆无有能行之者。独有一刘备,近之而未至,其中犹有翘然自喜之心[20],欲为椎鲁而不能钝,欲为果锐而不能达。二者交战于中,而未有所定,是故所为而不成,所欲而不遂[21],弃天下而入巴、蜀,则非地也。用诸葛孔明治国之才[22],而当纷纭征伐之冲[23],则非将也。不忍忿忿之心[24],犯其所短,而自将以攻人[25],则是其气不足尚也,嗟夫,方其奔走于二袁之间,困于吕布[26],而狼狈于荆州[27],百败而其志不折,不可谓无高祖之风矣,而终不知所以处自用之方。夫古之英雄,惟汉高帝为不可及也夫[28]。

【注释】

(1) 怯：怯懦，胆小。

(2) 暗：愚昧，糊涂。与"智"相反。

(3) 汉高祖：刘邦。

(4) 过：超过。

(5) 曹公：曹操。

(6) 孙：孙权，字仲谋，三国时吴国国王。

(7) 刘：刘备，字玄德，三国时蜀国国王。

(8) 捽：搏斗，冲突。

(9) 汉高帝：即汉高祖刘邦。

(10) 项籍：项羽。

(11) 柄：权柄。

(12) 咄嗟叱咤：怒斥，呼喝。咄嗟，同"叱咤"。

(13) 遂：就。

(14) 顽钝椎鲁：顽钝，愚笨。椎鲁，愚钝，与"顽钝"同义。

(15) 已：止。

(16) 逡巡：欲进不进，迟疑不决的样子。

(17) 惫：疲惫，倦乏。

(18) 信：韩信。

(19) 不逮：不及。逮，到，及。

(20) 翘然：出众自傲的样子。

(21) 遂：顺利成功。《礼记·月令》："百事乃遂"。

（22）诸葛孔明：即诸葛亮。

（23）纷纭：多而杂乱。

（24）忿忿：心里不平。

（25）自将以攻人：指关羽死后，刘备非常悲愤，亲自领兵攻吴而大败。

（26）吕布：字奉先，东汉九原人，善骑射，有勇力，曾投靠董卓，誓为父子。后又与司徒王允合谋，杀董卓，封为温侯，后依袁术，投袁绍，被曹操所杀。

（27）荆州：州治在襄阳，即今湖北省襄樊市。

（28）不可及：赶不上，达不到。

# 晋 论

御天下有道：休之以安，动之以劳。使之安居而能勤，逸处而能忧，其君子周旋揖让不失其节，而能耕田射驭，以自致其力，平居习为勉强而去其惰傲，厉精而日坚，勤劳而日强，冠冕佩玉之人而不惮执天下之大劳。夫是以天下之事，举皆无足为者，而天下之匹夫，亦无以求胜其上[1]。何者？天下之乱，盖尝起于上之所惮而不敢为，天下之小人，知其上之有所惮而不敢为，则有以乘其间而致其上之所难。

夫其上之所难者，岂非死伤战斗之患，匹夫之所轻而士大夫之所不忍以其身试之者邪？彼以死伤战斗之患邀我，而我不能应，则无怪乎天下之至于乱也。故夫君子之于天下，不见其所畏，求使其所畏之不见，是故事有所不辞，而劳苦有所不惮。

者晋室之败，非天下之无君子也。其君子皆有好善之心，高谈揖让，泊然冲虚[2]，而无慷慨感激之操[3]，大言无当，不适于用，而畏兵革之事。天下之英雄，知其所忌而窃乘之，是以颠沛陨越，而不能以自存。且夫刘聪、石勒、王敦、祖约[4]，此其奸诈雄武，亦一世之豪也。譬如山林之人，生于草木之间，大风烈日之所咻[5]，而霜雪饥馑之所劳苦，其筋力骨节之所尝试者，亦已至矣。而使王衍、王导之伦，清谈而当其冲，此譬如千金之家，居于高堂之上，食肉饮酒，不习寒暑之劳，而欲以之捍御山林之勇夫，而求其成功，此固奸雄之所乐攻而无难者也。是以虽有贤人君子之才，而无益于世；虽有尽忠致命之意，而不救于患难。此其病起于自处太高，而不习天下之辱事，故富而不能劳，贵而不能治。盖古之君子，其治天下，为其甚劳而不失其高；食其甚美而不弃其粝。使匹夫小人，不知所以用其勇，而其上不失为君子。至于后世，为其甚劳而不知以自复，而为秦之强，食其甚美而无以自实，而为晋之败。夫甚劳者，固非所以为安；而甚美者，亦非所以自固。此其所以丧天下之故也哉！

【注释】

(1) 亦无以求胜其上：对君主皇上也不敢有什么非分之想。

(2) 泊然冲虚：淡泊空虚。

(3) 操：操守，品行。

(4) 刘聪、石勒、王敦、祖约：刘聪，汉（前赵）的一位君主。

石勒，后赵的一位君主。王敦，公元266—324年。晋元帝渡江，他与从兄王导同心拥戴，被授以重任。后拥兵不朝，意欲胁制朝廷。永昌元年，他以诛帝亲信刘隗等为名，起兵反，东下攻陷石头城，入朝为丞相。元帝死，他退屯姑孰。晋明帝太宁二年再反，兵入江宁，途中病死，众溃，被戮，悬首于市。祖约，东晋人，祖逖之弟，祖逖死，他代之为豫州刺史，后反叛朝廷，兵败，投奔石勒。石勒看不起他的为人，杀之。

（5）咻：搅扰。

# 隋　论

人之于物，听其自附，而信其自去<sup>(1)</sup>，则人重而物轻。人重而物轻，则物之附人也坚。物之所以去人，分裂四出而不可禁者，物重而人轻也。古之圣人，其取天下，非其驱而来之也；其守天下，非其劫而留之也。使天下自附，不得已而为之长<sup>(2)</sup>，吾不役<sup>(3)</sup>天下之利，而天下自至。夫是以去就之权在君，而不在民，是之谓人重而物轻。且夫吾之于人，己求而得之，则不若使之求我而后从之。己守而固之，则不若使之不忍去我，而后与之。故夫智者或可<sup>(4)</sup>与取天下矣，而不可与守天下。守天下则必有大度者也。何者？非有大度之人，则常恐天下之去我，而以术<sup>(5)</sup>留天下。以术留天下，而天下始去之矣。

昔者三代之君⁽⁶⁾，享国长远，后世莫能及。然而亡国之暴，未有如秦、隋之速。二世而亡者也。秦、隋之亡，其弊果安在哉？自周失其政，诸侯用事，而秦独得山西之地，不过千里。韩、魏压其冲⁽⁷⁾，楚胁其肩，燕、赵伺其北，而齐掉⁽⁸⁾其东。秦人被甲持兵，七世而不得解，寸攘尺取，至始皇然后合而为一。秦见其取天下若此其难也，而以为不急持⁽⁹⁾之，则后世且复割裂以为敌国。是以销名城，杀豪杰，铸锋镝，以绝天下之望。其所以备虑而固守之者甚密如此，然而海内愁苦无聊，莫有不忍去之意。是以陈胜、项籍因民之不服，长呼起兵，而山泽皆应。由此观之，岂非其重失天下而防之太过之弊欤？

今夫隋文之世，其亦见天下之久不定，而重失其定也。盖自东晋以来，刘聪、石勒、慕容、苻坚、姚兴、赫连之徒，纷纷而起者，不可胜数。至于元氏，并吞灭取，略已尽矣，而南方未服。元氏自分而为周、齐。周并齐而授之隋。隋文取梁灭陈⁽¹⁰⁾，而后天下为一。彼亦见天下之久不定也，是以全得天下之众，而恐其失之；享天下之乐，而惧其不久；立于万民之上，而常有猜防不安之心。以为举世之人，皆有曩者英雄割据之怀，制为严法峻令，以杜⁽¹¹⁾天下之变。谋臣旧将，诛灭略尽，而独死于杨素之手，以及于大故终于炀帝⁽¹²⁾之际，天下大乱，涂地而莫之救。由此观之，则夫隋之所以亡者，无以异于秦也。

悲夫！古之圣人，修德以来天下，天下之所为去就者，莫不在我，故其视失天下甚轻。夫惟视失天下甚轻，是故其心舒缓，而其为政也宽。宽者生于无忧，而惨急者生于无聊耳。昔尝闻之：周之兴，太王避狄于岐，豳⁽¹³⁾之人民扶老携幼，而归之岐山之下，累累而不绝，丧失其旧国，而卒以大兴。及观秦、隋，惟不忍失之而至于亡，然后知圣人之为是宽缓不速之行者，乃其所以深取天下者也。

【注释】

(1) 听其自附，而信其自去：听任他们归附而对于他们是否会离去充满自信。

(2) 长：统治者。

(3) 役：役使。

(4) 或可：或许可以。

(5) 术：权术，计谋。

(6) 三代之君：指夏商周三代君主。

(7) 冲：要冲，要道。

(8) 掉：摇摆。

(9) 持：控制，挟制。

(10) 隋文取梁灭陈：隋文帝消灭了南朝的梁朝和陈朝。

(11) 杜：防止。

(12) 炀帝：隋朝的末代皇帝，淫乱无度，终至亡国。

(13) 豳：周人迁往岐山前居住地。

# 唐　　论

天下之变，常伏于其所偏重而不举之处，故内重则为内忧，外重则为外患。古者聚兵京师，外无强臣，天下之事，皆制于内。当此之时，谓之内重。内重之弊，奸臣内擅而外无所忌，匹夫横行于四海而莫之能禁。其乱不起于左右之大臣，则生于山林小民之英雄。故夫天下之重，不可使专在内也。古者诸侯大国，或数百里，兵足以战，食足以守，而其权足以生杀，然后能使四夷、盗贼之患不至于内，天子之大臣有所畏忌，而内患不作(1)。当此之时，谓之外重。外重之弊，诸侯拥兵，而内无以制。由此观之，则天下之重，固不可使在内，而亦不可使在外也。

自周之衰，齐、晋、秦、楚(2)，绵地千里，内不胜于其外，以至于灭亡而不救。秦人患其外之已重而至于此也，于是收天下之兵而聚之关中，夷灭其城池，杀戮其豪杰，使天下之命皆制于天子。然至于二世之时，陈胜、吴广大呼起兵，而郡县之吏，熟视而走，无敢谁何。赵高擅权于内，颐指如意，虽李斯为相，备五刑而死于道路。其子李由守三川，拥山河之固，而不敢校(3)也。此二患者，皆始于外之不足而无有以制之也。至于汉兴，惩秦孤立之弊，乃大封侯王。而高帝之世，反者九起，其遗孽余烈。至于文景而为淮南、济北、吴、楚之乱。于是武帝分裂诸侯，以惩大国之祸，而其后百年之间，王莽遂得以奋其志于天下，而刘氏子孙无复龃龉(4)。魏晋之世，乃益侵削诸侯，四方微弱，不复为乱，而朝廷之权臣、山林之匹夫，常为天下之大患。此数君者，其所以制其内外轻重之际，皆有以自取其乱而莫之或知也。

夫天下之重，在内，则为内忧；在外，则为外患。而秦汉之间，不求其势之本末，而更相惩戒，以就一偏之利(5)，故其祸循环无穷而不可解也。且夫天子之于天下，非如妇人孺子之爱其所有也。得天下而谨守之，不忍以分于人，此匹夫之所谓智也，而不知其无成者，未始不自不分始。故夫圣人将有所大定于天下，非外之有权臣，则不足以镇之也。而后世之君，乃欲去其爪牙，翦其股肱，而责其成功，亦已过矣。愚尝以为天下之势。内无重，则无以威外之强臣，外无重，则无以服内之大臣而绝奸民之心。此二者，其势相持而后成，而不可一轻者也。

昔唐太宗既平天下，分四方之地，尽以沿边为节度府，而范阳、朔方之军，皆带甲十万，上足以制夷狄之难，下足以备匹夫之乱，内足以禁大臣之变。而其将帅之臣常不至于叛者，内有重兵之势，以预制之也。贞观之际，天下之兵八百余府，而在关中者五百，举天下之众，而后能当关中之半。然而朝廷之臣亦不至于乘间衅以邀大利者，外有节度之权以破其心也。故外之节度，有周之诸侯外重之势，而易置从命，得以择其贤不肖之才。是以人君无征伐之劳，而天下无世臣暴虐之患。内之府兵，有秦之关中内重之势，而左右谨饬[6]，莫敢为不义之行，是以上无逼夺之危，下无诛绝之祸。

盖周之诸侯，内无府兵之威，故陷于逆乱而不能以自止。秦之关中，外无节度之援，故胁于大臣而不能以自立。有周秦之利，而无周秦之害。形格势禁[7]，内之不敢为变，而外之不敢为乱，未有如唐制之得者也。而天下之士不究利害之本末，狠以成败之遗踪而论计之得失，徒见开元之后，强兵之将皆为天下之大患，而遂以太宗之制为狷狂[8]不审之计。

夫论天下，论其胜败之形，以定其法制之得失，则不若穷其所由胜败之处。盖天宝之际，府兵四出，萃于范阳。而德宗之世，禁兵皆成赵、魏，是以禄山、朱泚得至于京师，而莫之能禁，一乱涂地，终于昭宗，而天下卒无宁岁。内之强臣，虽有辅国、元振、守澄、士良之徒，而卒不能制唐之命，诛王涯，杀贾悚，自以为威震四方，然刘从谏为之一言，则震慑自敛，不敢复肆。其后崔昌遐倚朱温之兵以诛宦官，去天下之监军，而无一人敢与抗者。由此观之，唐之衰，其弊在于外重。而外重之弊，起于府兵之在外，非所谓制之失，而后世之不用也。

【注释】

(1) 作：发生。

(2) 齐、晋、秦、楚：皆东周时诸侯国。

(3) 校：计较。

(4) 龃龉：比喻不合，相抵触。

(5) 以就一偏之利：意思是偏执于一个方面（或内重，或外重）的好处。

(6) 谨饬：谨慎。

(7) 形格势禁：被形势阻止。格，阻止，阻碍。

(8) 猖狂：狂妄而放肆。

# 周公论

伊尹既立太甲，不明而放诸桐<sup>(1)</sup>，天下不以为不义。武王既没，成王幼，周公摄天子之位，朝诸侯于明堂，而召公不说，管叔、蔡叔咸叛[2]，天下几至于不可救。二者此其故何也？

太甲既立矣，而不足以治天下，则夫伊尹犹有以辞于后世也。盖周公之事，其迹无以异于伊尹，然天下之人举皆疑而不信，此无足怪也。何者？天下未知夫成王之不明，而周公摄，则是周公未有以服天下之心而强摄焉，以为之上也。且夫伊尹之摄其事，则有所不得已而然尔。太甲虽废，而伊尹未敢有所复立，以召天下之乱，故宁以己摄焉，而待夫太甲之悔，是以天下无疑乎其心。今夫周公之际，其势未至于不得已也。使成王拱手以居天下之上，而周公为之佐，以成王之名号于天下，而辅之以周公，此所谓其势之未至于不得已者矣。而周公不居，则夫天下之谤，周公之所自取也。

然愚以为不然。挟天子以令天下，此诸葛孔明之事耳，而周公岂不足以知之？盖夫人臣惟无执天子之权，人臣而执天子之权，则必有忠于其心，而后可以自兔于难[3]。何者？人臣而用天子之事，此天子之所忌也。以一人之身，上为天子之所忌，而下为左右之大臣从而媒蘖其短[4]，此古之忠臣所以尽心而不免于祸，而世之奸雄之士所以动其无君之心而不顾者也。使成王用事于天下，而周公制其予夺之柄[5]，则愚恐成王有所不平于其心，而管、蔡之徒乘其隙而间之[6]，以至于乱也。使成王有天子之虚名，而不得制天下之政，则愚恐周公有所不忍于其志，赧然其有不安之心也。是以宁取而摄之，使成王无与乎其间，以破天下谗慝之谋，而绝其争权之心，是以其后虽有管、蔡之忧，而天下不摇。使其当时立于群臣之间，方其危疑扰攘[7]而未决也，则愚恐周公之祸，非居东[8]之所能免，而管、蔡得志于天下，成王将遂不立也。呜呼！其思之远哉！

【注释】

（1）伊尹既立太甲，不明而放诸桐：伊尹立太甲为王，因其不明智而放逐到桐宫。伊尹，商汤的大臣，名挚，是汤妻陪嫁的奴隶。后跟汤伐夏桀，被尊为阿衡（宰相）。汤死后，其孙太甲破坏商汤法制，伊尹把他放逐到桐宫，三年后迎之复位。

（2）而召公不说，管叔、蔡叔咸叛：召公，姓姬，名奭，周的支族，周武王之臣，因封地在召，故称召公或召伯。成王时，与周公旦分陕而治。自陕而西，召公主之，自陕而东周公主之。说，通"悦"。管叔、蔡叔，二人皆为武王之弟。古史相传，武王死，成王幼，周公摄政。管、蔡在国中散布流言说："公（周公旦）将不利于孺子（成王）"周公闻言惧而避居东都。其后，成王迎周公归，管、蔡于是挟纣子武庚叛乱，周公出兵征讨，杀武庚、管叔，流放了蔡叔，叛乱被平息。咸，都，全。

（3）难：疑难，责难。

（4）媒蘖其短：诬陷说他有短处。媒蘖，比喻诬陷。

（5）制其予夺之柄：意思是周公掌握着成王的权力，制，控制，掌握。予夺之柄，给予或剥夺的权力。

（6）间之：离间。

（7）扰攘：混乱，纷乱。

（8）居东：居于东都。

## 老聃论上

善与人言者，因其人之言而为之言，则天下之为辩者服矣。与其里人<sup>(1)</sup>言，而曰："吾父以为不然"，则谁肯信以为尔父之是是<sup>(2)</sup>？故不若与之论其曲直，虽楚人可以与秦人言之而无害。故夫天下之所为多言，以排夫异端而终以不明者，唯不务其是非利害，而以父屈人也。

夫圣人之所为尊于天下，为其知夫理之所在也。而周公、仲尼之所为信于天下，以其弟子而知之也。故非其弟子，则天下有不知周公之为周公，而仲尼之为仲尼者矣。是故老聃、庄周<sup>(3)</sup>其为说不可以周、孔辩也。何者？彼且以为周、孔之不足信也。夫圣人之于言，譬如规矩<sup>(4)</sup>之于方圆尔。天下之人信规矩之于方圆，而以规矩辩天下之不方不圆，则不若示求其至方极圆，以阴合于规矩。使规而有不圆，矩而有不方，则亦无害于吾说，若此则其势易<sup>(5)</sup>以折天下之异论。

昔者天下之士，其论老聃、庄周与夫佛之道者，皆未尝得其要也。老聃之说曰："去仁义，绝礼乐，而后天下安。"而吾之说曰："仁义礼乐，天下之所待以治安者。"佛之说曰："弃父绝子，不为夫妇，放鸡豚，食菜茹<sup>(6)</sup>，而后万物遂<sup>(7)</sup>。"而吾之说曰："父子夫妇，食鸡豚，以遂万物之性。"夫彼且以其说，而吾亦以吾说，彼之不吾信，如吾之不彼信也。盖天下之不从，莫急于未信而强劫之。故夫仁以安人，而行之以义，节之以礼，而播之以乐，守之以君臣，而维之以父子兄弟，食肉而饮酒,此明于孔子者之所知也,而欲以谕其所不知之人,而曰:"孔子则然"。嗟夫,难哉!

愚则不然,曰:天下之道,唯其辩之而无穷,攻之而无间(8)。辩之而有穷,攻之而有间,则是不足以为道。果孔子而有穷也,亦将舍而他之。惟其无穷,是以知其为道而无疑。盖天下有能平其心而观焉,而不牵夫仲尼、老聃之名,而后可与语此也。

【注释】

(1) 里人:邻里同乡。

(2) 则谁肯以为尔父子是是:谁又肯相信你父亲所说对的就是对的呢。尔,你。这句里的两个"是"连用,都是肯定的意思,但前一个"是"用作名词,后一个"是"用作动词。

(3) 老聃、庄周:老聃,即老子,春秋战国时人,曾为周藏书室史官,相传著《老子》(又称《道德经》)五千余言,为道家学派的代表人物。庄周。约公元前369—前286年,战国时宋蒙人。曾为漆园吏。相传楚威王闻其名,厚币以迎之。许以为相,辞不就。著书十余万言,往往以寓言来表达。主张清静无为,独尊老子而屏斥儒家墨家,也是道家重要代表人物,后人将老、庄并称。

(4) 规矩:规,用来画圆形的工具,矩,用来画方形的工具。

(5) 易:容易。

(6) 茹:蔬菜的总称。

(7) 遂:成就。顺利做到,引申为顺利成长。

(8) 无间:没有间隙。

## 老聃论下

天下之道，惟其辩之而无穷，攻之而无间。辩之而有穷，攻之而有间，则是不足以为道。

昔者六国之际，处士横议，以荧惑[1]天下。杨氏[2]"为我"，而墨氏[3]"兼爱"。凡天下之有以君臣父子之亲而不相顾者，举皆归于杨子；而道路之人皆可以为父兄子弟者，举皆归于墨子也。夫天下之人，不可以绝其相属之亲而合其无故之欢，此其势然矣。故老聃、庄周知夫天下之不从也，而起而承之。以为"兼爱""为我"之不足以收天下，是以不为"为我"，不为"兼爱"。而处乎"兼爱""为我"之际。此其意以为，不"兼爱"则天下讥其无亲，不"为我"则天下议其为人。故两无所适处，而泛泛焉浮游其间，而我皆无所与，以为是足以自免而逃天下之是非矣。

夫天下之人，惟是其所是，而非其所非，是以其说可得而考其终。今夫老、庄无所是非，而其终归于无有，此其思之亦已详矣。杨氏之"为我"，墨氏之"兼爱"，此其为道莫不有所执也。故"为我"者，为"兼爱"之所诋；而"兼爱"者，为"为我"之所毁。是二者，其地皆不可居也。然而得其间而固守之，则可以杜天下之异端而绝其口。盖古之圣人，惟其得而居之，是以天下大服，而其道遂传于后世。今老聃、庄周不得由其大道，而见其隙，窃入于其间，而执其机[4]，是以其论纵横坚固而不可破也。

且夫天下之事。安可以一说治也。彼二子者，欲一之以"兼爱"，断之以"为我"，故其说有时焉而遂穷。夫惟圣人能处于其间而制其当，然"兼爱""为我"亦莫弃也，而能用之以无失乎道，处天下之纷纭而不失其当，故曰："伯夷，叔齐[5]不降其志，不辱其身；而柳下惠、少连[6]降志而辱身。言中伦，行中虑，虞仲[7]夷逸隐居放言，身中清，废中权，我则异于是，无可无不可。"夫无可无不可，此老聃、庄周之所以为辩也，而仲尼亦云。则夫老聃、庄周，其思之不可以为不深矣。盖尝闻之，圣人之道，处于可、不可之际，而遂从而实之，是以其说万变而不可穷。老聃、庄周从而虚之，是以其说汗漫[8]而不可诘，今将以求夫仲尼、老聃之是非者，惟能知虚实之可用与否而已矣。

盖天下固有物也，有物而物相遭，则固亦有事矣。是故圣人从其有而制其御有之道，以治其有实之事，则天下夫亦何事之不可为？而区区焉求其有以纳之于无，则其用力不已甚劳矣哉！夫老聃、庄周则亦尝自知其穷矣，夫其穷者何也？不若从其有而有之之为易也。故曰："常无欲以观其妙"，而又曰："常有欲以观其徼[9]；既曰"无之以为用"，而又曰："有之以为利"。而至于佛者，则亦曰"断灭"，而又曰"无断无灭"。夫既曰无矣，而又恐无之反以为穷。既曰"断灭"矣，而又恐断灭之适以为累。则夫其情可以见矣，仲尼有言曰："君子之中庸也，君子而时中；小人之中庸也。小人而无忌惮也。"夫老聃、庄周，其亦近于中庸而无忌惮者哉！

【注释】

（1）荧惑：炫惑。

（2）杨氏：指杨朱，战国时魏人，字子居，又称杨子，阳子或阳生。其说重在爱己，不以物累，不拔一毛以利天下，与墨子"兼爱"说相反，同为当时的儒家斥为异端。著述不传。

（3）墨氏：指墨子，名翟，春秋、战国之际的思想家，墨家学派的创始者，鲁国人，作过宋国大夫，死于楚国。他主张兼爱、非政、尚贤等，反对儒家的繁礼厚葬，提倡薄葬，非乐。

（4）机：时机，机会。

（5）伯夷、叔齐：商孤竹君的两个儿子。相传其父遗命要立次子叔齐为继承人。孤竹君死后，叔齐让位给伯夷，伯夷不受，叔齐也不愿登位，先后都逃到周国。周武王伐纣，两人叩马谏阻。武王灭商后，他们耻食周粟，逃到首阳山，采薇而食，后双双饿死。

（6）柳下惠、少连：柳下惠，即春秋时鲁大夫展禽，因食邑柳下，谥惠，故称柳下惠。任士师时，三次被黜，与伯夷并称夷惠。少连，亦古时屈志而辱身的人。

（7）虞仲：即仲雍，周先人古公亶父的次子，相传古公亶父欲立少子季历，以便再传给历子昌（文王）。仲雍与其兄太伯一同避往楚越间，自号句吴，太伯死，由他继位。

（8）汗漫：阔大不着边际的样子。

（9）徼：求，求取。

## 燕赵论

昔者三代之法，使天下立学校而教民，行乡射[1]饮酒之礼。于岁之终，田事既毕，而会其乡党之耆老[2]，设其笾豆酒食之荐，而天子之大夫亲为之行礼。盖以为田野之民，裸裎[3]其股肱，而劳苦其筋力，长幼杂作，以趋一时之利，习于鄙野之俗，而不知孝悌之节，顽冒无耻，不可告语，而易与为乱。是以因其休息而教之以礼，使之有所不忘于其心，故三代之民，虽耕田荷任[4]之贱，其所有为者甚鄙，而其中必有所守，其心甚朴，而亦不至于无知以犯非义，何者？其上之人不以为鄙而不足教，而其民亦喜于为善也。

至于后世之衰，天下之民，愚者不知君臣父子之义，而天下之风俗日已败乱。今夫轻扬而剽悍、好利而多变者，吴、楚之俗也；劲勇而沉靖(5)、椎钝(6)而少文者，燕、赵之俗也。以轻扬剽悍之人，而有好利多变之心，无三代王者之化，宜其起而为乱矣。若夫北方燕、赵之国，其劲勇沉靖者，可以义动，而椎鲁少文者，可以信结也。然而燕、赵之间，其民常至于自负其勇以为盗贼，无以异于吴、楚者，何也？其劲勇近于好乱，而其椎钝近于无知。上失其道，而燕、赵之良民，不复见于当世，而其暴戾之夫每每乱天子之治。仲尼曰："君子好勇而无义，则为乱；小人好勇而无义，则为盗。"故古之圣人止乱以义，止盗以义，使天下之人皆知父子君臣之义，而谁与为乱哉？

昔者唐室之衰，燕、赵之人，八十年之间，百战以奉(7)贼臣，竭力致死，不顾败亡，以抗天子之兵，而以为忠臣义士之所当然。当此之时，燕、赵之士，惟无义也，故举其忠诚专一之心，而用之天下之至逆。以拒天下之至顺，而不知其非也。孟子曰："无常产(8)而有常心者，惟士为能。若夫民无常产，因无常心。苟无常心，放僻邪侈(9)，无不为已。"故夫燕、赵之地，常苦夫士大夫之寡也。

## 【注释】

（1）乡射：古代以射选士，其制有二：一为州长于春秋两季以礼会民，射于州之学校；二为乡大夫三年大比，献贤能之书于王，行乡射之礼，射礼前，先行乡饮酒礼。

（2）耆老：老年人。

（3）裎：裸体。

（4）荷任：负荷，负担，背负。

(5) 沉靖：深沉安静。

(6) 椎钝：朴实迟钝。

(7) 奉：遵从，遵守。

(8) 常产：固定资产。

(9) 放僻邪侈：放纵邪恶。

# 蜀　论

匹夫匹妇，天下之所易[1]也。武夫任侠，天下之所畏也。天下之人，知夫至刚之不可屈，而不知夫至柔之不可犯也。是以天下之乱。常至于渐深而莫之能止。盖其所畏者，愈骄而不可制，而其所易者，不得志而思以为乱也。秦、晋之勇，蜀、汉之怯，怯者重犯禁，而勇者轻为奸，天下之所知也。当战国之时，秦、晋之兵弯弓而带剑，驰骋上下，咄嗟[2]叱咤，蜀、汉之士所不能当[3]也。然而天下既安，秦、晋之间，豪民杀人以报仇，椎埋发冢[4]以快其意，而终不敢为大变也。蜀人畏吏奉法，俯首听命。而其匹夫小人，意有所不适，辄起而从乱，此其故何也？观其平居无事，盗入其室，惧伤而不敢校[5]，此非有好乱难制之气也。然其弊常至于大乱而不可救，则亦优柔不决之俗，有以启之耳。

今夫秦、晋之民，倜傥[6]而无所顾，负力而傲其吏。吏有不善，而不能以有容也，叫号纷呶<sup>(7)</sup>，奔走告诉，以争毫厘曲直之际，而其甚者，至有怀刃以贼<sup>(8)</sup>其长吏，以极其忿怒之节，如是而已矣。故夫秦、晋之俗，有一朝不测之怒，而无终身戚戚不报之怨也。若夫蜀人，辱之而不能竞<sup>(9)</sup>，犯之而不能报，循循<sup>(10)</sup>而无言，忍诟而不骤发也。至于其心有所不可复忍，然后骤而为群盗，散而为大乱，以发其愤憾不泄之气。故虽秦、晋之勇，而其为乱也，志近而祸浅；蜀人之怯，而其为变也，怨深而祸大。此其勇怯之势，必至于此而无足怪也。是以天下之民，惟无怨于其心。怨而得偿<sup>(11)</sup>，以快其怒，则其为毒也，犹可以少解。惟其郁郁而无所泄，则其为志也远，而其毒深，故必有大乱，以发其怒而后息。

　　古者君子之治天下，强者有所不惮，而弱者有所不侮，盖为是也。《书》曰："无虐茕独<sup>(12)</sup>，而畏高明。"《诗》曰："不侮鳏寡，不畏强御<sup>(13)</sup>。"此言天下之匹夫匹妇，其力不足以与敌，而其智不足以与辩，胜之不足以为武，而徒使之怨以为乱故也。嗟夫，安得斯人者，而与之论天下哉！

【注释】

（1）易：轻视。

（2）咄嗟：叹词。表示呵叱悲叹。

（3）当：匹敌。

（4）椎埋发冢：打开坟墓，槌打埋在里边的死人。椎，用槌子打，发，挖开。

（5）校：对抗。较量。

（6）倜傥：不拘于俗。

（7）呶：喧哗。

（8）贼：残害。

（9）竞：争逐。此处引申为反抗。

（10）循循：顺从的样子。

（11）偿：赔偿。抵偿。

（12）茕独：孤独无援的人。

（13）强御：横暴有势力者。

# 北狄论

北狄(1)之人，其性譬如禽兽，便于射猎，而习于驰骋。生于斥卤(2)之地，长于霜雪之野，饮水食肉，风雨饥渴之所不能困，上下山坂，筋力百倍，轻死而乐战，故常以勇胜中国。然至于其所以拥护亲戚，休养生息，畜牛马，长子孙，安居佚乐，而欲保其首领者，盖无以异于华人也。而中国之士，常惮其勇，畏避而不敢犯。毡裘之民(3)，亦以此恐愒(4)中国而夺之利。此当今之所谓大患也。

昔者汉武(5)之世，匈奴绝和亲，攻当路塞，天下震恐。其后二十年之间，汉兵深入，不惮死亡，捐命绝幕(6)之北，以决胜负，而匈奴孕重(7)堕坏，人畜疲敝，不敢复战。何者？勇士壮马，非中国之所无，有而穷追远逐。虽匈奴之众，亦终有所不安也。故夫敌国之盛，非邻国之所深忧也，要在养兵结士而集其勇气，使之不慑而已。

方今天下之势，中国之民，优游缓带，不识兵革之劳，骄奢怠惰，勇气消耗。而戎狄之赂，又以百万为计，转输天下，甘言厚礼，以满其不足之意，使天下之士，耳熟所闻，目习所见，以为生民之命，寄于其手，故俯首柔服，莫敢抗拒。凡中国勇健豪壮之气，索然无复存者矣。

夫战胜之民，勇气百倍；败兵之卒，没世[8]不复。盖所以战者，气也；所以不战者，气之畜[9]也；战而后守者，气之余也。古之不战者，养其气而不伤。今之士不战，而气已尽矣。此天下之所大忧者也。

昔者六国之际，秦人出兵于山东，小战则杀将，大战则割地，兵之所至，天下震栗。然诸侯犹帅其罢散[10]之兵，合从以击秦，砥砺战士，激发其气。长平之败[11]，赵卒死者四十万人，廉颇[12]收合余烬，北摧栗腹[13]，西抗秦兵，振刷磨淬[14]，不自屈服。故其民观其上之所为。日进而不挫，皆自奋怒以争死敌。其后秦人围赵邯郸，梁王使将军新垣衍如赵，欲遂帝秦，而鲁仲连[15]慷慨发愤，深以为不可。盖夫天下之士，所为奋不顾身，以抗强虎狼之秦者，为非其君也。而使诸侯从而帝之，天下尚谁能出身以拒其君哉？故鲁仲连非徒惜夫帝秦之虚名，而惜夫天下之势有所不可也。

今尊奉夷狄无知之人，交欢纳币，以为兄弟之国，奉之如骄子，不敢一触其意，此适足以坏天下义士之气，而长夷狄豪横之势耳。今诚养威而自重，卓然特立，不听夷狄之妄求，以为民望，而全[16]吾中国之气。如此数十年之间，天下摧折之志复壮，而北狄之勇，非吾之所当畏也。

【注释】

(1) 北狄：古代北方少数民族的总称。

(2) 斥卤：盐碱地。

(3) 毡裘之民：指北方少数民族，他们铺毡穿裘，故代称之。

(4) 恐愒：恐吓。

(5) 汉武：指汉武帝。

(6) 绝幕：极远的沙漠地带。幕，通"漠"。

(7) 孕重：怀孕。

(8) 没世：终身，永久。

(9) 畜：积聚，储藏。

(10) 罢散：疲劳散乱。

(11) 长平之败：秦将白起于长平（战国时赵国的一个邑，在今山西高平县西北）大败赵军，活埋赵降卒四十万。

(12) 廉颇：战国时赵国的大将。

(13) 栗腹：人名，战国时燕将。

(14) 振刷磨淬：振奋自强的意思。

(15) 鲁仲连：战国时齐人，亦称鲁连。游于赵，秦围赵急，魏派垣衍为使请求帝秦。鲁仲连力言不可。后燕将据聊城，齐攻之岁余不下，鲁仲连遗书燕将，聊城才下，齐王欲为之封爵，鲁仲连逃隐海上。

(16) 全：保全。

## 西戎论

戎狄<sup>(1)</sup>之俗，畏服大种<sup>(2)</sup>，而轻中国。戎强则臣狄，狄强则臣戎。戎狄皆弱，而后中国可得而臣；戎狄皆强，而后侵略之患不至于中国。盖一强而一弱，中国之患也。彼其弱者，不敢独战，是以争附强国之余威，以趋利于中国，而后无所惧。强者并将弱国之兵，荡然南下，而无复反顾之忧，然后乃敢专力于中国而不去。此二者以势相从而不可间，是以中国之士，常不得解甲而息也。

昔者冒顿老上之盛<sup>(3)</sup>，惟西戎之无强国也，故匈奴之人，得以尽力而苦吾中国。使西戎有武力战胜之君，则中国之祸，将有所分而不专。何者？彼畏西戎之乘其后也。故北狄强，则中国不得不厚西戎之君，而西戎之君，亦将自托于中国。然而西戎非有强力自负之国。则其势亦将折而入于匈奴。惟其国大而好勇，其君之意，欲区区自立于一隅，而不畏北狄之众，而后中国可得而用也。

然天下之人，皆以为北方有强悍不屈之匈奴，而又重之以西戎之大国。则中国将不胜其困，此何其不思之甚也！夫戎狄之人，惟其愚陋而多怨，是故可与共忧也；惟其强狠而好胜，是故可以激而壮也。使之自相攻击，而不能相下，则其势必走于中国。中国因而收之，而其不服者，乃可图也。

然天下之议，又将以为戎狄之俗，不喜自相攻斗，而喜击中国之众，此其势固不可得而合也。盖亦以为不然。夫四夷<sup>(4)</sup>之所以喜攻中国者，为夫吾兵之不能苦战，而金玉锦绣之所交会<sup>(5)</sup>也。今使吾兵精而食足，据险阻，明烽燧，吏士练习而不敢懈，彼虽壮骑，无所施设<sup>(6)</sup>，则其利不在于攻中国。坚坐而相守，不出十年，彼外无所掠虏，将不忍而热中，将反而求以相诟，以为起兵之名。彼兵交于匈奴而怨结于中国，则何以自固。故中国举而收之，必将得其欢心。然天下之心，常畏其强而莫或收之，而使为北狄之用，此何其不识戎狄之情也！

【注释】

(1) 戎狄：指战国西部和北部的少数民族。

(2) 大种：大的种族。

(3) 冒顿老上之盛：指冒顿单于的兴盛。冒顿（公元前？—前174）。公元前209年他杀父自立，有战士号称三十万，东灭东胡，西破月氏，进占今河套地，威胁新建立的西汉政权。

(4) 四夷：东夷，西戎，南蛮，北狄旧时统称为四夷。

(5) 交会：聚集。

(6) 施设：施展。

## 西南夷论

古者九夷八蛮⁽¹⁾，无大君长，纷纷籍籍⁽²⁾，不相统制。惟北狄⁽³⁾之种，常为大国，以抗中夏。然蛮夷之俗，种姓分别，千人为部，百家为党，见利则聚，轻合易散，族类不一，其心终莫相爱，故其兵利于疾战，而不利于迟久。北狄之人，绵地千里，控弦⁽⁴⁾百万，侯王君长通为一家，人畜富庶，蔓延山谷之间，其心常有所爱重而不忍去，故其兵利于迟久，而不利于疾战。此二者其大小之势，各有所便，宜乎中国之所以待之者，各有道也。

今夫北狄之人，伏于阴山之下，养兵休士，久居而不战，此其志岂尝须臾⁽⁵⁾忘中国也？然其心以为：战而胜人，犹不若不战而屈人之兵。战而不胜，民之死者未可知也，故常大言虚喝而不进，以谋敝⁽⁶⁾中国。盖其所爱者愈大，故其谋之愈深，而发之愈缓，以求其不失也。若夫西戎、南蛮、西南夷⁽⁷⁾之民，悉其众庶⁽⁸⁾，尚不能当狄人之半，而其酋豪，每每为乱不能自禁，此诚无爱于其心，而侥幸于一战，以用其乌合之众而已。故夫蛮夷之人，扰边求利，其中非有大志者，其类皆可以谋来也。

愚尝观于西南徼外⁽⁹⁾，以临蛮夷之众，求其所以为变之始，而遂至于攻城郭，杀人民，纵横放肆而不可救者，其积之莫不有渐也。夫蛮夷之民，宁绝而不之通，今边鄙之上，利其货财而纳之于市，使边民凌侮欺谩而夺其利，长吏又以为扰民而不之禁。穷恚[10]无聊，莫可告诉，故其势必至于解仇结盟，攻剽蹂践，残之于锋镝之间，而后其志得伸也。嗟夫！为吏如此，亦见其不知本矣。通关市，我吏民待之如中国之人，彼尚谁所激怒而为此哉？然事不患乎不知，而患乎人之不能用。昔班超处西域数十年，西破龟兹，北伏匈奴[11]。及将东归，或以为必有奇谋，乃就问其计。然其言止曰："察见渊中鱼不详，屯戍之士皆非忠臣孝子，不可尽绳以法，"当是时，莫不皆笑，以为不足用。然及西域之乱，终亦以此故。夫谋非必奇而后可用，而在乎当否则已。古者四夷皆置校尉，而益州有蛮夷骑都尉以治其事。使其强者不能内侵，而弱者不为中国之所侮，盖为是也。

【注释】

(1) 九夷八蛮：泛指我东、西南一带的少数民族。

(2) 纷纷籍籍：杂乱的样子。

(3) 北狄：我国北方的一支少数民族。

(4) 控弦：拉弓，引申为士兵。

(5) 须臾：一会儿，很短时间。

(6) 敝：使……衰败。

(7) 西戎、南蛮、西南夷：都是我国当时边远地区的少数民族。

(8) 众庶：全部人。庶，人民。

(9) 徼外：边界之外，边疆之外。

（10）恚：恼怒，发怒。

（11）昔班超处西域数十年，西破龟兹，北伏匈奴：班超（33—103），汉代班固之弟。父死，家贫，为官府抄书以养母。曾投笔叹曰："当效傅介子、张骞立功异域以取封侯，安能处事笔砚间乎？"汉明帝永平十六年，率三十六人出使西域，使西域五十余缄国获得安宁。班超在西域三十一年，官至西域都护，后其妹班昭为之上书乞归。至洛阳，拜射声校尉，同年病卒。

## 王者不治夷狄论

儒者必慎其所习。习之不正，终身病之。《公羊》之书[1]，好为异说而无统，多作新意以变惑天下之耳目。是以汉之诸儒治《公羊》者，比于他经，是为迂阔。至于何休[2]，而其用意又甚于《公羊》，盖其势然也。

经[3]书："公及戎盟于潜。"《公羊》犹未有说也，而休以为王者不治夷狄，录戎来者不拒，去者不追也。夫公之及戎盟于潜也，时有是事也。时有是事，而孔子不书可乎？故《春秋》之书，其体有二：有书以见褒贬者，有书以记当时之事，备史记之体，而其中非必有所褒贬予夺者。公之及戎盟于潜，是无褒贬予夺者也，而休欲必为之说，是以其说不得不妄也。

且王者岂有不治夷狄者乎？王者不治夷狄，是欲苟安于无事者之说也。古之所以治夷狄之道，世之君子尝论之矣。有用武而征伐之者，高宗、文王[4]之事是也；有修文而和亲之者，汉之文、景[5]之事是也；有闭拒而不纳之者，光武[6]之谢西域、绝匈奴之事是也。此三者皆所以与夷狄为治之大要也。今曰来者必不可拒，则是光武之谢西域，以息中国之民者非乎？去者必不可追，则是高宗、文王凡所以征其不服而讨其不庭[7]者皆非也。凡休之说，施之于中国强盛、夷狄暴横之时，则将养寇以遗子孙之忧；施之于中国新定、休息自养之际，则为夷狄之所役，使以自劳敝而不得止。凡此二者，休之说无施而可也。

盖愚闻之，圣人之于戎狄也，吾欲来之则来之，虽有欲去者，不可得而去也；吾欲去之则去之，虽有欲来者，亦不可得而来也。要以使吾中国不失于便，而置夷狄于不便之地，故其屈伸进退，莫不在我。而休欲其自来而自去也耶，此其尤不可者也。治休之学者曰《春秋》托始以治天下，当隐公之际，未暇远略，故先书晋灭夏阳[8]，不书楚灭谷、邓[9]。夫谷、邓之不书，是楚之未通而不告也。如使圣人未欲与夷狄交通，则虽有欲至，尚可得而至哉？愚故曰：《春秋》之书"公及戎盟于潜"，是记事之体，而无休之说也。

## 【注释】

(1)《公羊》之书：指《春秋公羊传》，为战国时齐人公羊高所著。

(2) 何休：为董仲舒四传弟子，精研六经，曾因太傅陈蕃推荐而参政，蕃失败后受连累罢官。他以十七年的时间撰写成了《春秋公羊解法》。

（3）经：指孔子所著的《春秋》。

（4）高宗，文王：高宗，指商代君主武丁，为中兴之主，死后称高宗。文王，指周文王。

（5）文、景：指汉文帝、汉景帝。

（6）光武：指汉武帝刘秀。

（7）庭：通"廷"，朝见。

（8）夏阳：春秋时梁国。战国时为魏之梁地。

（9）谷、邓：谷，地名，即塞门，故地在今陕西礼泉县东北。邓，南方近楚国的诸侯小国，庄公十六年为楚国所灭。故地在今河南邓县一带。

# 形势不如德论

三代<sup>(1)</sup>之时，法令宽简，所以堤防禁固其民而尊严其君者，举皆无有。而其所都之地<sup>(2)</sup>，又非有深山大河之固，然而历岁数百，长久而安存者何耶？秦之法令可谓峻矣，而其所都，又关中天府之固，古之所谓百二<sup>(3)</sup>者也。然而二世而亡者何耶？太史公<sup>(4)</sup>曰："权势法制所以为治也，地形险阻所以为固也。"然而二者犹未足恃也。故曰：形势虽强，犹不如德也。

天下之形势，愚尝论之矣。读《易》至于《坎》，喟然而叹曰：嗟夫！圣人之所以教人者，盖详矣夫。《坎》之为言，犹曰险也。天之所以为险者，以其不可升；而地之所以为险者，以其有山川丘陵。天地之险，愚闻之矣，而人之险，愚未之闻也。或曰：王公设险，以守其国，此人之险，而高城深池之谓也。曰：非也。高城深池，此无以异于地之险。而人之险，法制之谓也。天下之人，其初盖均是人也，而君至于为君之尊，而民至于为民之卑。君上日享其乐而臣下日安其劳，而不敢怨者，是法制之力也。然犹未也，可以御小害，而未可以御大害也。大盗起，则城池险阻不可以固而留，众叛亲离，则法制不可以执而守。是必有非形之形，非势之势，而后可也。

　　故至《坎》之六四而曰："樽酒簋贰，用缶，纳约自牖，终无咎。"夫六四处刚柔相接之时，而乃用一樽、二簋、土盎、瓦缶相与拳曲俯仰于户牖之下，而终获无咎，此岂非圣人知天下之不可以强服，而为是优柔从容之德，以和其刚强难屈之心，而作其愧耻不忍之意故耶？嗟夫！秦人自负其强，欲以斩刖齐天下之民<sup>(5)</sup>，而以山河为社稷之保障，不知英雄之士开而辟之，刑罚不能绳，险阻不能拒。故圣人必有以深结天下之心，使英雄之士有所不可解者，则《坎》之六四是也。

【注释】

（1）三代：指夏、商、周三代。

（2）所都之地：所建立首都的地方。

（3）百二：百分之二。

（4）太史公：指西汉著名史学家司马迁。

（5）欲以斩刖齐天下之民：想通过斩刖等刑罚来平定天下人民。刖，古代一种把脚砍掉的酷刑。齐，使……平齐，一致。

## 史官助赏罚论

域中有三权：曰天，曰君，曰史官。圣人以此三权者，制天下之是非，而使之更相助。夫惟天之权，而后能寿夭祸福天下之人，而使贤者无夭横穷困之灾，不贤者无以享其富贵寿考之福。然而季次、原宪[1]，古所谓贤人者也，伏于穷闾之下[2]，布衣饘粥之不给[3]。盗跖、庄蹻横行于天下[4]，食人之肝以为粮，而老死于牖下[5]，不见兵革之祸。如此，则是天之权有时而有所不及也。故人君用其赏罚之权，于天道所不及之间，以助天为治。然而赏罚者，又岂能尽天下之是非？而赏罚之于一时，犹惧其不能明著暴见于万世之下，故君举而属之于其臣，而名之曰"史官"。盖史官之权，与天与君之权均，大抵三者更相助，以无遗天下之是非。故荀悦曰[6]："每于岁尽，举之尚书[7]，以助赏罚。"

夫史官之兴，其来尚矣！其最著者，在周曰佚[8]，在鲁曰克，在齐曰南氏，在晋曰董狐，在楚曰倚相。观其为人，以度其当时之所书，必有以助赏罚者，然而不获见其笔墨之所存，以不能尽其助治之意。独仲尼因鲁之史官左丘明而得其载籍[9]，以作为《春秋》，是非二百四十二年。虽其名为经，而其实史之尤大章明者也[10]。故齐桓、晋文有功于王室，王赏之以侯伯之爵、征伐四国之权⁽¹¹⁾，而《春秋》又从而屡进之，此所以助乎赏之当于其功也。吴、楚、徐、越之僭，皆得罪于其君者也，而《春秋》又从而加之以斥绝摈弃不齿之辞，此所以助乎罚之当于其罪也。若夫当时赏罚之所不能及，则又为之明言其状，而使后世嗟叹痛惜之不已。呜呼，贤人君子之功烈⁽¹²⁾，与夫乱臣贼子罪恶之状，于此皆可以无忧其无闻焉！是故古者圣人重史官。当汉之时，号曰太史令，而其权在丞相之上，郡国计吏上计于太史⁽¹³⁾，而后以其副上于丞相、御史。夫惟知其权之可以助赏罚也，故从而尊显之。然则后之史官其可以忽哉？

【注释】

(1) 季次：孔子弟子公皙哀，字季次，齐国人。

(2) 闾：里巷，巷，胡同。

(3) 饘：厚粥，干粥。　给：足。

(4) 盗跖：相传为春秋末期人，名跖。

(5) 牖：窗。

(6) 荀悦：东汉颍川颍阴人，字仲豫。

(7) 尚书：尚书省，官府名。又官名，六部长官，称尚书。

(8) 佚：周史官，又写作逸。以下克、南氏、董狐、倚相，均见《左传》。

(9) 左丘明：春秋时鲁国史官。因其世为左史，故以左为姓。

(10) 章明：显明。

(11) 四国：四方。

(12) 功烈：功业。

(13) 计吏：考察官吏的官员。 计：考核官吏。

## 礼以养人为本论

君子之为政，权$^{(1)}$其轻重，而审其小大，不以轻害重，不以小妨大，为天下之大善。而小有不合焉者，君子不顾也。立天下之大善，而以小有不合而止，则是天下无圣人，大善终不可得而建也。

自周之亡，其父子君臣冠昏丧祭之礼，日以沦废。至于汉兴，贤君名臣，比比而出，皆知礼之足以为治也，然皆拱手相视，而莫敢措$^{(2)}$，非以礼为不善也，以为不可复也，是亦自轻而已。故元成之间$^{(3)}$，刘向上书，以为礼以养人为本。如有过差，是过而养人也。刑罚之过，或至于死伤，然有司请定法令，笔则笔，削则削$^{(4)}$，是敢于杀人而不敢于养人也。然而为是者，则亦有故。律令起于后世，而礼出于圣人。敢变后世之刑，而不敢变先王之礼，是亦畏圣人太过之弊也。《记》曰："礼之所生，生于义也。故礼虽先王未之有，可以义起也。"故因人之情，而为之节文$^{(5)}$，则亦何至于惮之而不敢邪？

今夫冠礼$^{(6)}$，所以养人之始，而归之正也；昏礼$^{(7)}$，所以养人之亲，而尊其祖也；丧礼$^{(8)}$，所以养人之孝，而为之节也，祭礼$^{(9)}$，所以养人之终，而接之于无穷也；宾客之礼$^{(10)}$，所以养人之交，而慎其渎也；乡礼⁽¹¹⁾，所以养人之本，而教之以孝悌也。凡此数者，皆待礼而后可以生。今皆废而不立，是以天下之人，皇皇然无所折衷，求其所从而不得，则不能不出其私意，以自断其礼。

私意既行，故天下之弊起。奢者，极其奢以伤其生；俭者，极其俭以不得其所欲。财用匮而饥寒作，饥寒作而盗贼起，盗贼起而民之所恃以为养者，皆失而不可得。虽日开仓廪、发府库以赡百姓，民犹未可得而养也。故古之圣人，不用财，不施惠，立礼于天下，而匹夫匹妇，莫不自得于闾阎之中，而无所匮乏，此所谓知本者也。

## 【注释】

（1）权：权衡，衡量。

（2）措：废置、搁置。

（3）故元成之间：因此汉代元帝、成帝之间。

（4）笔则笔，削则削：该记的记，该删的删。笔，记载。削，删除。

（5）节文：节制修饰。

（6）冠礼：古代的一种礼仪，男子二十举行冠礼，表示已经成人。

（7）昏礼：婚娶之礼。古时娶妻之礼，于黄昏举行，故称昏礼。

（8）丧礼：旧时举办丧事的仪节。

（9）祭礼：古时祭祀的礼仪。

（10）宾客之礼：迎接招待宾客的礼仪。

（11）乡礼：乡里举行乡射等礼仪活动。

# 刑赏忠厚之至论

古之君子立于天下，非有求胜⁽¹⁾于斯民也。为刑以待天下之罪戾⁽²⁾，而唯恐民之入于其中以不能自出也；为赏以待天下之贤才，而唯恐天下之无贤而其赏之无以加之也。盖以君子先天下，而后有不得已焉。夫不得已者，非吾君子之所志也，民自为而召之也。故罪疑者从轻，功疑者从重，皆顺天下之所欲从。

且夫以君临民，其强弱之势、上下之分，非待夫与之争寻常之是非而后能胜之矣。故宁委之于利，使之取其优，而吾无求胜焉。夫惟天下之罪恶暴著而不可掩，别白⁽³⁾而不可解，不得已而用其刑。朝廷之无功，乡党之无义，不得已而爱其赏⁽⁴⁾。如此，然后知吾之用刑，而非吾之好杀人也；知吾之不赏，而非吾之不欲富贵人也。使夫其罪可以推而纳之于刑，其迹可以引而置之于无罪；其功与之而至于可赏，排之而至于不可赏。若是二者而不以与民，则天下将有以议我矣，使天下而皆知其可刑与不可赏也。则吾犹可以自解。使天下而知其可以无刑、可以有赏之说，则将以我为忍人⁽⁵⁾，而爱夫爵禄⁽⁶⁾也。

圣人不然，以为天下之人，不幸而有罪，可以刑，可以无刑，刑之，而伤于仁；幸而有功，可以赏，可以无赏，无赏，而害于信。与其不屈吾法，孰若使民全其肌肤、保其首领而无憾于其上；与其名器之不僭，孰若使民乐得为善之利而无望望不足之意。呜呼！知其有可以与之之道而不与，是亦志于残民而已矣。且彼君子之与之也，岂徒曰与之而已也，与之而遂因以劝⁽⁷⁾之焉耳。故舍有罪而从无罪者，是以耻劝之也；去轻赏而就重赏者，是以义劝之也。盖欲其思而得之也。故夫尧舜、三代之盛。舍此而忠厚之化⁽⁸⁾，亦无以见于民矣。

【注释】

（1）胜：胜过，超过。引申为刻意统治。

（2）罪戾：罪过。

（3）别白：分辨明白。

（4）爱其赏：吝惜他们的赏赐。

（5）忍人：容忍，放纵别人。

（6）爵禄：爵位薪俸。

（7）劝：鼓励。促进。

（8）化：教化。

## 六孙名字说

予三子：伯曰迟，仲曰适，叔曰逊，始各一子耳，予年六十有五，而三人各复二子，于是予始六孙。

昔予兄子瞻⁽¹⁾命其诸孙皆以竹名，故名迟之子长曰简，幼曰策。

《易》曰："乾以易知，坤以简能。易则易知，简则易从。易知则有亲，易从则有功。有亲则可久，有功则可大。可久则贤人之德，可大则贤人之业。"故简之字曰业。《乾》之策[2]二百一十有六，《坤》之策一百四十有四。《易》之始未有策也，文王演而重之，然后策可见。故策之字曰演。适之子长曰籀，幼曰范。书[3]起于篆，而究于隶。史籀始篆，篆隶皆成于滋也，故籀之字曰滋。范，法也。王良与嬖奚乘，不获一禽，曰："我为之范，驰驱终日不获一。为之诡遇[4]，一朝而获十。我不贯与小人乘，请辞。"故范之字曰御。逊之子长曰筠，幼曰筑。始予得罪于朝，而放于筠，逊从而筠生。传曰："礼之于人，如松柏之有心也，如竹箭之有筠[5]也。"皆其坚者也。故筠之字曰坚。孔子曰："譬如为山，未成一篑，止，吾止也；譬如平地，虽覆一篑，进，吾往也。"为山者必筑。前无所见，则未成一篑而止；苟有见矣，则虽覆一篑而进。进而不止，虽山可成也，故筑之字曰进。

予盖老矣，而三子方壮，将复有子，而予不及见乎则已矣，如犹及见焉，则又将名之，俟其长而示之，使知名之之意焉可也。

【注释】

（1）子瞻：苏辙的哥哥苏轼，字子瞻。

（2）策：占卜用的蓍草。

（3）书：指书法。

（4）诡遇：指打猎时不按礼法规定而横射禽兽。

（5）筠：竹皮。

# 上皇帝书

熙宁二年三月日，具位臣<sup>(1)</sup>苏辙谨冒万死再拜上书皇帝陛下：

臣官至疏贱<sup>(2)</sup>，朝廷之事非所得言。然窃自惟，虽其势不当进言，至于报国之义，犹有可得言者。昔仁宗亲策<sup>(3)</sup>直言之士，臣以不识忌讳得罪于有司，仁宗哀其狂愚，力排群议，使臣得不遂弃于世。臣之感激，思有以报，为日久矣。今者，陛下以圣德临御天下，将大有为以济斯世，而臣材力驽下<sup>(4)</sup>，无以自效，窃听之道路，得其一二，思致之左右。苟惩创前事<sup>(5)</sup>，不复以闻，则其思报之诚，没世而不能自达，是以辄发其狂言而不知止。

臣闻善为国者，必有先后之次，自其所当先者为之，则其后必举。自其所当后者为之，则先后并废。《书》曰："欲登高，必自下。欲陟遐<sup>(6)</sup>，必自迩<sup>(7)</sup>。"世未有不自下而能高，不自近而能远者。然世之人常鄙其下而厌其近，务先从事于高远，不知其不可得也。《诗》曰："无田甫田，维莠骄骄。无思远人，劳心忉忉。"以为田甫田而力不给，则田莱<sup>(8)</sup>而不治，不若不田也。思远人而德不足，则心劳而无获，不若不思也。欲田甫田，则必自其小者始。小者之有余，而甫田可启矣。欲来远人，则必自其近者始，近者之既服，而远人自至矣。苟由其道，其势可以自得。苟不由其道，虽强求而不获也。臣愚不肖，盖尝试妄论今世先后之宜，而窃观陛下设施之万一。以为所当先者，失在于不为。而所当后者，失在于太早。然臣非敢以为信然也，特其所见有近于是者，是以因其近似而为陛下深言之。

伏惟陛下即位以来，躬亲庶政⁽⁹⁾，聪明睿智，博达宏辩，文足以经治⁽¹⁰⁾，武足以制断⁽¹¹⁾，重之⁽¹²⁾以勤劳，加之以恭俭。凡古之帝王，旷世而不能有一焉者，陛下一旦兼而有之矣。夫以天纵之姿，济之以求治之心，施之于事，宜无为而不成，无欲而不遂。今也为国历年于兹，而治不加进，天下之弊日益于前世。天下之人未知所以适治之路，灾变横生，川原震裂，江河涌沸，人民流离，灾火继作，历月移时，而其变不止。此臣所以日夜思念而不晓，疑其先后之次，有所未得者也。

夫今世之患，莫急于无财而已。财者为国之命，而万事之本。国之所以存亡，事之所以成败，常必由之。昔赵充国论备边之计，以为湟中谷斛八钱，籴三百万斛，羌人不敢动矣。诸葛亮用兵如神，而以粮道不继，屡出无功。由是观之，苟无其财，虽有圣贤，不能自致于跬步⁽¹³⁾。苟有其财，虽庸人可以一日而千里。陛下顷以西夏不臣，赫然发愤，建用兵之策，招来横山⁽¹⁴⁾之民，将夺其险阻，破坏其国而已。方是之时，夏人残虐失众，横山之民厌苦思汉，而又乘其荐饥，苟加之以兵，此非计之失者也。然而沿边无数月之粮，关中无终岁之储，而所兴之役，有莫大之费。陛下方且泰然，不以为忧，以为万举而有万全之功。既而边臣失律，先事轻发，亦既入践其国，系虏其民矣。然而陛下得其地而不敢收，获其人而不敢臣，虽有成功，而不能继也，其终卒致于废黜谋臣而讲和好。夫陛下谋之于期年⁽¹⁵⁾之前而罢之于既发之后，岂以为是失当而悔之哉！诚无财以善其后尔。且夫财之不足，是为国之先务也。至于鞭笞四夷，臣服异类，是极治之余功，而太平之粉饰也。然今且先之，此臣所以知其先后之次有所未得者也。

今者陛下惩前事之失，出秘府[16]之财，徙内郡之租赋，督转漕之吏使，备沿边三岁之畜[17]。臣以此疑陛下之有意乎财矣，然犹以为未也，何者？秘府之财，不可多取，而内郡之民，不可重困[18]。可以纾目前之患，而未可以为长久之计。此臣所以求效其区区而不能自已也。

盖善为国者不然，知财之最急而万物赖焉。故常使财胜其事而事不胜财，然后财不可尽而事无不济。财者车马也，事者其所载物也。载物者常使马轻其车，车轻其物，马有余力，车有余量。然后可以涉涂泥而车不偾[19]，登坂险而马不踬[20]，今也四方之财，莫不尽取，民力屈矣。而上用不足，平居惴惴[21]，仅能以自完，而事变之生，复不可料。譬如敝车羸马，而引丘山之载，幸而无虞，犹恐不能胜，不幸而有阴雨之变，陵谷之险，其患必有不可知者。故臣深思极虑，以为方今之计，莫如丰财。

然臣所谓丰财者，非求财而益之也，去事之所以害财者而已矣。夫使事之害财者未去，虽求财而益之，财愈不足。使事之害财者尽去，虽不求丰财，然而求财之不丰，亦不得也，故臣谨为陛下言事之害财者三：一曰冗吏，二曰冗兵，三曰冗费。

冗吏之说曰：请原古之所以置吏之意，有是民也，而后有是官，有是官也，而后有是吏，量民而置官，量官而求吏，其本凡以为民而已，是以古者即其官以取人。郡县之职缺而取之于民，府寺之属缺而取之于郡县。出以为守令，久以为卿相。出入相受，中外相贯，一人去之，一人补之，其势不容有冗食之吏。近世以来，取人不由其官，士之来者无穷，而官有限极。于是兼守判知之法生，而官法始坏，浸淫分散，不复其旧，是以吏多于上，而士多于下，上下相窒[22]。譬如决水于不流之泽,前者未尽,来者已至,填咽充满,一陷于其中而不能出。故布衣之士多方以求官,已仕之吏多方以求进,下慕其上,后慕其前,不愧诈伪,不耻争夺,礼义消亡,风俗败坏,势之穷极,遂至于此。夫人情纾则乐易,乐易则有所不为;窘则懑乱[23],懑乱则无所不至。今使众人相与皆出于隘,足履相躔,肩肘相逮[24],傍徨而不得进,又将禁其奔走而争先者。苟将禁之,则莫如止来者而辟其隘。今也驱市人而纳之,不胜其多也,设险于中涂而艰难之,是以法愈设,而争愈甚。惟陛下以时[25]救之,下哀痛之书,明告天下,以吏多之故,与之更立三法。

其一,使进士诸科增年而后举,其额不增,累举多者无推恩。其说曰:凡今之所以至于不可胜数者,以其取之之多也,古之人其择吏也甚精,人知吏之不可以妄求,故不敢轻为士,为士者皆其修洁之人也。今世之取人,诵文书,习程课,未有不可为吏者也。其求之不难而得之甚乐,是以群起而趋之。凡今农工商贾之家。未有不舍其旧而为士者也。为士者日多,然而天下益以不治。举今世所谓居家不事生产,仰不养父母,俯不恤妻子,浮游四方,侵扰州县。造作诽谤者,农工商贾不与也。祖宗之世,士之多少,其比于今不能一二也。然其削平僭乱,创制立法,功业卓然,见于后世,今世之士,不敢望其万一也。士之多不及于今世,而功则过之,无足怪者,取之至少,则人不敢轻为士,其所取者,皆州郡之选人也。故为是法,使人知上意之所向,十年之后,无实之士将不黜而自灭。且夫设科以待天下之士,盖将使其才者得之,不才者不可得也,吾则取之而彼则不能得,犹曰虽不能得而累举多者,必取无弃,则是以官徇[26]人也。且累举之士,类非少年矣,耳目昏塞,筋力疲倦,而后得之,数日而计之,知其不能有所及也，则其为政无所赖矣。今有人畜牛羊而求牧，既取其壮者，又取其老者。取其壮者曰："吾取其力也。"取其老者曰："吾怜其老也。"如怜其老而已，则曷为以累牛羊哉！苟诚以为有遗才焉，则今所谓遗逸之书，有以收之矣。

其二，使官至于任子(27)者，任其子之为后者，世世禄仕于朝，袭簪缓而守祭祀，可以无憾矣。然而为是法也，则必始于二府(28)。法行于贱而屈于贵，天下将不服。天下不服，而求法之行，不可得也。盖矫失以救患者，必有所过而后济。臣非不知二府之不可以齿庶官(29)也。

其三，使百司各损其职掌，而多其出职之岁月。其说曰："百司，臣不得而尽详也。"请言其尤甚者，莫如三司(30)。三司之吏，世以为多而不可损，何也？国计重而簿书众也。臣以为不然。主大计者，必执简以御繁，以简自处，而以繁寄人。以简自处，则心不可乱；心不可乱，则利至而必知，害至而必察。以繁寄人，则事有所分；事有所分，则毫末不遗，而情伪必见。今则不然，举四海之大，而一毫之用必会于三司，故三司者案牍之委(31)也。案牍既积，则吏不得不多。案牍积而吏多，则欺之者众，虽有大利害，不能察也。夫天下之财，下自郡县而至于转运。转相钩较，足以为不失矣。然世常以转运使为不可独信，故必至于三司而后已。夫苟转运使之不可独信而必三司之可任，则三司未有不责成于吏者，岂三司之吏则重于转运使欤？故臣以为天下之财，其详可分于转运使，而使三司岁揽其纲目，既使之得优游以治财货之源，又可颇损其吏，以绝乱法之弊。苟三司犹可损也，而百司可见矣。

然而此三法者，皆世之所谓拂世戾俗(32)，召怨而速谤者也。今且将行之，臣非敢犯众人之怒而行此危事也，以为有可行之道焉。何者？

自台省六品、诸司五品,一郊⁽³³⁾而任一人,自两制以上,一岁而任一人,此祖宗百年之法,相承而不变者也,而仁宗之世则损之;三载而考绩无罪者迁其官,自唐以来,亦未始有变者也,而英宗之世则增之。此二者,夫岂便于世俗哉!然而莫敢怨者,以为吏多而欲损者,天下之公义,其不欲者,天下之私计也。以私计而怨公义,其为怨也不直⁽³⁴⁾矣。是以善为国者,循理而不恤⁽³⁵⁾怨。非不恤怨,知其无能为也。且今此三法者,固未尝行也,然而天下亦不免于怨,何者?士之出身为吏者,损其生业,弃其田里,以尽力于王事,而今也以吏多之故,积劳者久而不得迁,去官者久而不得调,又多为条约以沮格之,减罢其举官,破坏其考第,使之穷窘无聊,求进而不遂,此其为怨,岂减于布衣之士哉!均之二怨皆将不免,然使新进之士日益多,国力匮竭而不能支,十年之后,其患必有不可胜言者。故臣愿陛下亲断而力行之。

苟日增之吏渐于衰少,则臣又将有以治其旧吏,使诸道职司,每岁终任其所部郡守监郡,各任其属,曰:自今以前,未有以私罪至某,赃罪正入已至若干者,二者皆自上。钧其轻重而裁之,已而以他事发,则与之同罪,虽去官与赦不降也。夫以私罪至某,赃罪正入已至若干,其为恶也著矣。而上不察,则上之不明亦可知矣,故虽与之同罪而不过。

今世之法,任人者任其终身。苟其有罪,终身钧坐之。夫任人之终身,任其未然之不可知者也;任人之岁终而无过,任其已然之可知者也。臣请得以较之⁽³⁶⁾:任其未然之不可知,虽圣人有所不能。任其已然之可知,虽众人能之。今也任之以圣人之所不能既不敢辞矣,而况任之以众人之所能,顾不可哉!且按察之吏,则亦不患其不知也,患其知而未必皆按，曰："是无损于我，而徒以为怨云尔。"今使其罪及之，其势将无所不问。陛下诚能择奉公疾恶之臣而使行之，陛下厉精而察之，去民之患如除腹心之疾，则其以私罪至某，赃罪正入已至若干者，非复过误，适陷于深文者也。苟遂放归，终身不齿，使奸吏有所惩，则冗吏之弊可去矣。

冗兵之说曰：臣闻国朝创业之初，四方割据，中国地狭，兵革至少。其后荡灭诸国，拓地既广，兵亦随众。雍熙之间<sup>(37)</sup>，天下之兵仅三十万。方此之时，屯戍征讨，百役并作，而兵力不屈，未尝有兵少之患也。自咸平、景德以来，契丹内侵，继迁叛逆。每有警急，将帅不问得失，辄请益兵。于是召募日增，而兵额之多，遂倍前世。其后宝元、庆历之间，元昊<sup>(38)</sup>窃发，复使诸道点民为兵，而沿边所屯至七八十万，自是天下遂以百万为额。虽复近岁无事，而关中之兵，至于二十八万。举雍熙天下之众，适以备方今关中一隅之用，兵多之甚，于此见矣。

然臣闻方今宿迁之兵，分隶堡障，战兵统于将帅者其实无几。每一见贼，贼兵常多，我兵常少，众寡不敌，每战辄败。往者将帅失利，未有不以此自解者也。夫祖宗之兵至少，而常若有余。今世之兵至多，而常患于不足。

此二者不可不察也。兵法有之曰：兴师十万，出征千里。百姓之费，公家之奉，日费千金，内外骚动。怠于道路者，七十万家。而爱爵禄百金，不能知敌之情者，不仁之至也。故三军之事，莫亲于间<sup>(39)</sup>，赏莫重于间。间者，三军之司命也。臣窃惟祖宗用兵，至于以少为多，而今世用兵至于以多为少。得失之原，皆出于此。何以言之？臣闻太祖用李汉超、马仁瑀、韩令坤、贺惟忠、何继筠等五人使备契丹，用郭进、武守琪、李谦溥、李继勋等四人使备河东，用赵赞、姚内斌、董遵诲、王彦升、冯继业等五人使备西羌，皆厚之以关市之征，饶之以金帛之赐，其家属之在京师者，仰给于县官，贸易之在道路者，不问其商税。故此十四人者皆富厚有余，其视弃财如弃粪土，赒人之急如恐不及。是以死力之士，贪其金钱，捐躯命，冒患难，深入敌国，刺其阴计<sup>(40)</sup>而效之。至于饮食动静无不毕见，每有入寇辄先知之。故具所备者寡而兵力不分，敌之至者举皆无得而有丧。是以当此之时，备边之兵多者不过万人，少者五六千人。以天下之大，而三十万兵足为之用。今则不然，一钱以上，皆籍<sup>(41)</sup>于三司，有敢擅用，谓之自盗。而所谓公使钱，多者不过数千缗，百须<sup>(42)</sup>在焉，而监司又伺其出入而绳之以法。至于用间，则曰"官给茶彩"。夫百饼之茶，数束之彩<sup>(43)</sup>，其不足以易人之死也明矣。是以今之为间者，皆不足恃，听传闻之言，采疑似之事，其行不过于出境，而所问不过于熟户，苟有借口以欺其将帅则止矣，非有能知敌之至情者也。敌之至情，既不可得而知，故常多屯兵以备不意之患，以百万之众而常患于不足，由此故也。陛下何不权其轻重而计其利害，夫关市之征比于茶彩则多，而三十万人之奉，比于百万则约<sup>(44)</sup>。众人知目前之害，而不知岁月之病。平居不忍弃关市之征以与人，至于百万则恬而不知怪。昔太祖起于布衣，百战以定天下，军旅之事其思之也详，其计之也熟矣。故臣愿陛下复修其成法，择任将帅，而厚之以财，使多养间谍之士，以为耳目。耳目既明，虽有强敌而不敢辄近，则虽雍熙之兵，可以足用于今世。

陛下诚重难之，臣请陈其可减之实。何者？今世之强兵，莫如沿边之土人。而今世之惰兵，莫如内郡之禁旅。其名愈高，其廪愈厚。其廪愈厚，其材愈薄。往者，西边用兵，禁军不堪其役，死者不可胜计。羌人每出，闻多禁军，辄举手相贺；闻多土兵，辄相戒不敢轻犯。以实较之，土兵一人，其材力足以当禁军三人。禁军一人，其廪给足以赡土兵三人。使禁军万人在边，其用不能当三千人，而常耗三万人之畜。边郡之储，比于内郡，其价不啻数倍。以此权之，则土兵可益，而禁军可捐[45]；虽三尺童子知其无疑也。陛下诚听臣之谋，臣请使禁军之在内郡者，勿复以戍边。因其老死与亡，而勿复补，使足以为内郡之备而止。去之以渐[46]，而行之以十年，而冗兵之弊可去矣。

冗费之说曰：世之冗费，不可胜计也。请言其大与臣之所知者，而陛下以类推之。

臣闻事有所必至，恩有所必穷。事至而后谋，则害于事。恩穷而后迁，则伤于思。昔者太祖、太宗，敦睦九族，以先天下。方此之时，宗室之众无几也，是以合族于京师，久而不别。世历五圣，而太平百年矣，宗室之盛未有过于此时者也。禄廪之费多于百官，而子孙之众宫室不能受。无亲疏之差，无贵贱之等，自生齿[47]以上皆养于县官，长而爵之[48]，嫁娶丧葬无不仰给于上，日引月长，未有知其所止者。此亦事之所必至，而恩之所必穷者也。然而未闻所以谋而迁之，古者天子七庙，三昭三穆，与太祖而七。以人子之爱其亲，推而上之，至于其祖，由祖而上，至于百世，宜无所不爱。无所不爱，则宜无所不庙。苟推其无穷之心，则百世之祖，皆庙而后为称也。圣人知其不可，故为之制。七庙之外，非有功德则迭毁，春秋之祭不与。莫贵于天子，莫尊于天子之祖，而庙不加于七。何者？恩之所不能及也，何独至于宗室而不然。臣闻三代之间，公族有以亲未绝而列于庶人[49]者，两汉之法，帝之子为王，王之庶子犹有为侯者，自侯以降，则庶子无复爵土。盖有去而为民者，有自为民而复仕于朝者，至唐亦然。故臣以为，凡今宗室，宜以亲疏贵贱为差，以次出之[50]，使得从仕比于异姓，择其可用而试之以渐。凡其禄秩之数、迁叙[51]之等、黜陟之制，任子之令，与异姓均。临之以按察，持之以寮吏，威之以刑禁。以时察之，使其不才者不至于害民，其贤者有以自效。而其不任为吏者则出之于近郡，官为庐舍而廪给之[52]，使得占田治生，与士庶比[53]。今聚而养之，厚之以不訾[54]之禄，尊之以莫贵之爵，使其贤者老死郁郁而无所施，不贤者居处隘陋，戚戚而无以为乐，甚非计之得也。昔唐武德之初，封从昆[55]弟子，自胜衣[56]以上皆爵郡王。太宗即位，疑其不便，以问大臣，封德彝曰："爵命崇则力役多，以天下为私奉，非至公之法也。"于是疏属王者降为公。夫自王而为公，非人情之所乐也，而犹且行之。今使之爵禄如故而获治民，虽有内外之异，宜无有怨者。然臣观朝廷之议，未尝敢有及此。何者？以宗室之亲，而布之于四方，惧其启奸人之心，而生意外之变也。臣窃以为不然，古之帝王，好疑而多防，虽父子兄弟不得尺寸之柄。幽囚禁锢，齿于匹夫者，莫如秦、魏。然秦、魏皆数世而亡。其所以亡者，刘氏、项氏与司马氏，而非其宗室也。故为国者，苟失其道，虽胡越之人皆得谋之。苟无其衅，虽宗室谁敢觊者？惟陛下荡然与之无疑，使得以次居外，如汉、唐之故。此亦去冗费之一端也。

臣闻汉、唐以来，重兵分于四方，虽有末大之忧，而馈运之劳不至于太甚。祖宗受命，惩其大患而略其细，故敛重兵而聚之京师。根本既强，天下承受而服。然而转漕之费遂倍于古。凡今东南之米，每岁溯汴而上，以石计者，至五六百万。山林之木尽于舟楫，州郡之卒敝于道路，月廪岁给之奉不可胜计。往返数千里，饥寒困迫，每每侵盗，杂以他物，米之至京师者率[57]非完物矣。由此观之，今世之法，直以其力致之而木计其患，非法之良者也。臣愿更为之法，举今每岁所运之数而四分之。其二即用旧法，官出船与兵而漕⁽⁵⁸⁾之，凡皆如旧。其一募六道之富人，使以其船及人漕之，而所过免其商税，能以若干至京师，而无所欺盗败失者，以今三司军大将之赏与之。方今滨江之民以其船为官运者，不求官直⁽⁵⁹⁾，盖取官之所入，而不覆较者得其赢以自润，而富民之欲仕者，往往求为军大将，以此推之，宜有应募者。其一官自置场，而买之京师，京师之兵，当得米而不愿者，计其直以钱偿之。夫物有常数，取之于南，则不足于北。舍之于东，则有余于西，此数之必然，而不可逃者也。今官欲买之，其始不免于贵。贵甚，则东南之民倾而赴之，赴之者众，则将反于贱。致贱必以贵，致贵必以贱，此亦必然之数也。故臣愿为此二者与旧法皆立，试其利害而较其可否，必将有可用者。然后举而从之，此又去冗费之一端也。

　　臣闻富国有道，无所不恤者，富之端也。不足恤者，贫之源也。从其可恤而收之，无所不收，则其所存者广矣。从其无足恤而弃之，无所不弃，则其所亡者多矣。然而世人之议者则不然，以为天下之富，而顾区区之用，此有司之职，而非帝王之事也。此说之行于天下，数百年于兹矣，故天下之费，其可已者常多于旧。臣不敢远引前世，请言近岁之事。自嘉祐以来，圣人迭兴，而天下之吏，京秩以上，再迁其官，天下郡守职司，再补其亲戚。自治平京师之大水，与去岁河朔之大震，百役并作，国有至急之费，而郊祀之赏不废于百官。自横山用兵，供亿⁽⁶⁰⁾之未定，与京西流民劳徕⁽⁶¹⁾之未息，官私乏困，日不暇给，而宗室之丧不俟岁月而葬。臣以此观之，知朝廷有无足恤之义。臣诚知事之既往无可为者，然苟自今从其可恤而收之，则无益之费犹可渐减。此又去冗费之一端也。

臣不胜拳拳私忧过计，为是三冗之说以献。伏惟陛下思深谋远，听断详尽，于天下之事无所不瞩，臣之所陈，何足言者。然臣愚以为，苟三冗未去，要之十年之后，天下将益衰耗，难以复治。陛下何不讲求其原而定其方略？择任贤俊而授之以成法，使皆久于其官而后责其成绩。方今天下之官，泛泛乎皆有欲去不久之心，侍从之臣逾年而不得代，则皇皇而不乐。今虽不能使之尽久，然至于诸道之职司，三司之官吏，沿边之将佐，此皆与天子共成事者也。天下之事，将责成之而不久其任，开其源者不见其流，发其谋者不见其成功。此事之所以不得成也。陛下诚择人而用之，使与二府皆久于其官。人知不得苟免而思长久之计，君臣同心，上下协力，磨之以岁月，如此而三冗之弊乃可去也。

然而为此犹有所患。何者？今世之士大夫，好同而恶异，疾成而喜败，事苟不出于己，小有龃龉不合，则群起而排之。借如今使按察之官，任其属吏，岁终而无过，此其势必将无所不按，得罪者必将多于其旧。然则天下之口，纷然非之矣。不幸而有一不当，众将群指以罪，法一不当，不能动，不幸而至于再三，虽上之人亦将不免于惑。众人非之于下，而朝廷疑之于上，攻之者众，而持之者不坚，则法从此败矣。盖世有耕田而以其耜杀人者，或者因以耕田为可废。夫杀人之可诛与耕田之不可废，此二事也。安得以彼而害此哉！故夫按人而不以其实者，罪之可也，而法之是非，则不在此。苟陛下诚以为可行，必先能破天下之浮议<sup>(62)</sup>，使良法不废于中道。如此而后，三冗之弊可去也。

三冗既去，天下之财得以日生而无害，百姓充足，府库盈溢，陛下所为而无不成，所欲而无不如意。举天下之众，惟所用之，以攻则取，以守则固，虽有西戎北狄不臣之国，宥⁽⁶³⁾之则为汉文帝，不宥则为唐太宗，伸缩进退，无不在我。今陛下不事其本，而先举其末，此臣所以大惑也。臣不胜愤懑，越次言事，雷霆之谴，无所逃避。臣辙诚惶诚恐，顿首，顿首，谨书。

【注释】

（1）具位臣：意思是备位充数，不称职守之臣。是一种自谦的说法。

（2）官至疏贱：官位特别疏远低贱。至，特别。

（3）策：策问，策试。从汉代起，皇帝为选拔人才举行考试，事先把问题写在竹简上，叫"策"。后来皇帝出题考试便沿称此名。

（4）材力驽下：才学能力低下。驽，劣马，比喻才能低下。

（5）苟惩创前事：假如以原来制科考试的教训为借鉴。

（6）邈：远。

（7）迩：近。

（8）莆：草很多。

（9）庶政：众多繁忙的政务。

（10）经治：治国的制度。

（11）制断：裁断、决断。

（12）重之：再加上。

（13）跬步：半步。

（14）横山：北宋时西夏与宋边界附近的一个地方。

（15）期年：一周年。

(16) 秘府：古代宫中收藏秘籍的地方，此处当指宫中财库。

(17) 畜：通"蓄"，积蓄。

(18) 重困：再加之以困难。

(19) 偾：倒。此处应引申为车陷进泥中。

(20) 踬：仆倒。跌倒。

(21) 惴惴：心中不安的样子。

(22) 窒：阴塞，不通。

(23) 窘则憓乱：窘迫则烦乱。憓：烦乱。

(24) 逮：及，达到。

(25) 以时：及时，按时。

(26) 徇：通"殉"，为了达到某种目的而死。

(27) 任子：因父兄的功绩，得以授予官职的人。

(28) 二府：宋代中书省和枢密院称二府。

(29) 齿庶官：与众官并列。齿，并列。庶官，众官，百官。

(30) 三司：宋代专掌财赋的机构。

(31) 委：委积，堆积。

(32) 拂世戾俗：与世俗相违背。拂、戾，都是相反，违背的意思。

(33) 一郊：每一次郊祀。古代皇帝每年冬至在南郊祭天。

(34) 直：有道理。

(35) 恤：按抚。

(36) 较之：比较。

(37) 雍熙之间：指雍熙年间。雍熙，宋太宗赵匡义的年号。

(38) 元昊：指赵元昊，宋代时西夏主。

（39）间：间细，间谍。

（40）阴计：密秘的计划，计谋。

（41）籍：登记，记录在案。

（42）百须：各种各样的需要（花钱的事情）。

（43）彩：彩色的丝织品。

（44）约：节俭。

（45）捐：裁减。

（46）渐：逐渐，慢慢来。

（47）生齿：儿童。特指刚刚出牙的儿童。

（48）爵之：封之以爵位。

（49）庶人：百姓。

（50）以次出之：按先后次序排除。

（51）迁叙：废黜等级。迁，废黜，叙，等级。

（52）廪给之：官方供给粮食。

（53）比：相同。

（54）訾：计算，估量。

（55）从昆：从兄。昆，兄。

（56）胜衣：指稍长一点的儿童。儿童稍长，体形足以撑得起成人的衣服。

（57）率：大体上。

（58）漕：通过水道运送粮食。

（59）直：通"值"，价值。

（60）供亿：按需要而供应。也指供应的东西。

（61）劳徕：双声字，勤勉的意思。

(62)浮议:流传而没有根据的议论。

(63)宥:宽恕,赦免。

# 上枢密韩太尉书

太尉[1]执事[2]:辙生好为文,思之至深[3]。以为文者气之所行[4];然文不可以学而能,气可以养而致[5]。孟子曰:"我善养吾浩然之气。"今观其文章,宽厚宏博,充乎天地之间,称其气之大小[6]。太史公行天下,周览四海名山大川,与燕、赵间豪俊交游,故其文疏荡,颇有奇气。此二子者,岂尝执笔学为如此之文哉?其气充乎其中而溢乎其貌,动乎其言而见乎其文,而不自知也。

辙生十有九年矣。其居家所与游者,不过其邻里乡党[7]之人,所见不过数百里之间,无高山大野,可登览以自广;百氏之书[8],虽无所不读,然皆古人之陈迹,不足以激发其志气。恐遂汩没[9],故决然舍去,求天下奇闻壮观,以知天地之广大。过秦、汉之故都[10],恣观终南、嵩、华之高,北顾[11]黄河之奔流,慨[12]然想见古之豪杰。至京师[13],仰观天子宫阙[14]之壮。与仓廪[15]、府库、城池[16]、苑囿[17]之富且大也,而后知天下之巨丽。见翰林欧阳公,听其议论之宏辩,观其容貌之秀伟,与其门人贤士大夫游,而后知天下之文章聚乎此也。

太尉以才略冠天下[18],天下之所恃[19]以无忧,四夷之所惮以不敢发,入则周公、召公,出则方叔、召虎,而辙也未之见焉。且夫[20]人之学也，不志⁽²¹⁾其大，虽多而何为⁽²²⁾？辙之来也，于山见终南、嵩、华之高，于水见黄河之大且深，于人见欧阳公，而犹以未见太尉也，故愿得观贤人之光耀⁽²³⁾，闻一言以自壮，然后可以尽天下之大观而无憾⁽²⁴⁾者矣。

辙年少，未能通习吏事⁽²⁵⁾。向⁽²⁶⁾之来，非有取于斗升之禄，偶然得之，非其所乐。然幸得赐归待选⁽²⁷⁾，使得优游⁽²⁸⁾数年之间，将归益治其文，且学为政。太尉苟以为可教而辱教之，又幸矣⁽²⁹⁾。

【注释】

（1）太尉：指当时的枢密使（韩琦）。因宋代的枢密使与秦汉时的太尉官职相似，故称。

（2）执事：办事的人。

（3）思之：思考作文的道理。之，代词，它，指"为文"。

（4）以为文者气之所行：我认为文章是气的显现。气，气质和精神。形，显现。

（5）然文……而致：但是，离开了"养气"，舍本逐末地去习文，文章是写不好的，而气质可以通过修养而获得。能，善。致，达到，获得。

（6）称其气之大小：意思是说孟子的文章和他的浩然之气是相称的。称，相称，符合。

（7）邻里乡党：古代社会基层组织的一些名称。据《周礼·地官》：五家为邻，二十五家为里，一万二千五百家为乡，五百家为党。

（8）百氏之书：诸子百家的著作。

（9）恐遂汩没：担心自己因而被埋没。恐，恐怕，担心。遂，因。汩没，沉沦、埋没，引申为没有成就。

（10）秦、汉之故都：秦都咸阳（今陕西省咸阳市），西汉都长安（今陕西省西安市），东汉迁都洛阳（今河南省洛阳市）。

（11）北顾：北，向北望。顾，望。

（12）慨：感慨、叹息。

（13）京师：京城。北宋都汴京（今河南省开封市）。

（14）宫阙：宫殿。阙，王宫。又，宫廷门外的望楼也叫阙。

（15）仓廪：粮仓。

（16）池：这里指护城河。

（17）苑囿：皇家花园。苑，帝王育花木养动物的园子。囿，动物园。

（18）才略冠天下：才略，才能谋略，雄才大略。冠天下，天下第一。

（19）恃：依仗。

（20）且夫：发语词，况且。

（21）志：用作动词，有志于。

（22）虽多而何为：虽，即使。何为，干什么用？

（23）光耀：光彩、荣耀。

（24）憾：遗恨。

（25）吏事：做官的业务。

（26）向：不久以前，前些时候。

（27）赐归待选：准许我暂时回家，等候吏部选用。

（28）优游：从容，空闲。

(29) 太尉……又幸矣：太尉您如果认为我这个人可以教育，并且屈尊教导我，更是我的幸运了。苟，如果。辱教之，屈尊教导我。之，代词，我。

## 上昭文富丞相书

辙[1]西蜀之人[2]，行年二十有二，幸得天子一命之爵，饥寒穷困之忧不至于心，其身又无力役劳苦之患，其所任职不过簿书米盐之间，而且未获从事以得自尽。方其闲居，不胜思虑之多，不忍自弃，以为天子宽惠与天下无所忌讳，而辙不于其强壮闲暇之时早有所发明以自致其志，而复何事？恭惟天子设制策之科，将以待天下豪俊魁垒[3]之人。是以辙不自量，而自与于此[4]。

盖天下之事，上自三王以来以至于今世，其所论述亦已略备矣，而犹有所不释于心。夫古之帝王，岂必多才而自为之？为之有要[5]，而居之有道，是故以汉高皇帝之恢廓慢易[6]，而足以吞项氏之强；汉文皇帝之宽厚长者，而足以服天下之奸诈。何者？任人而人为之用也，是以不劳而功成。至于武帝，材力有余，聪明睿智过于高、文，然而施之天下，时有所折而不遂。何者？不委之人而自为用也。由此观之，则夫天子之责亦在任人而已。

窃惟当今天下之人，其所谓有才而可大用者，非明公[7]而谁？推之公卿之间而最为有功；列之士民之上而最为有德；播之夷狄之域而最为有勇。是三者亦非明公而谁？而明公实为宰相，则夫吾君之所以为君之事，盖已毕矣。

古之圣人，高拱无为，而望夫百世之后，以为明主贤君者，盖亦如是而可也。然而天下之未治，则果谁耶？下而求之郡县之吏，则曰："非我能。"上而求之朝廷百官，则曰："非我责。"明公之立于此也，其又将何辞？嗟夫！盖亦尝有以秦越人[8]之事说明公者欤？昔者秦越人以医闻天下。天下之人皆以越人为命。越人不在，则有病而死者，莫不自以为吾病之非真病，而死之非真死也。他日，有病者焉，遇越人而属之曰："吾捐身以予子，子自为子之才治之，而无为我治之也。"越人曰："嗟夫，难哉！夫子之病，虽不至于死，而难以愈。急治之，则伤子之四支[9]；而缓治之，则劳苦而不肯去。吾非不能去也，而畏是二者。夫伤子之四支，而后可以除子之病，则天下以我为不工；而病之不去，则天下以我为非医。此二者，所以交战于吾心而不释也。"既而见其人，其人曰："夫子则知医之医，而未知非医之医欤？今夫非医之医者，有所冒行而不顾，是以能应变于无穷。今子守法密微而用意于万全者，则是子犹知医之医而已。"天下之事，急之则丧，缓之则得，而过缓则无及。孔子曰："道[10]之难行也，我知之矣。知者过之，不肖者不及也。"夫天下患于不知，而又有知而过之者，则是道之果难行也。

昔者，世之贤人，患夫世之爱其爵禄，而不忍以其身尝试于艰难也。故其上之人，奋不顾身以搏天下之公利而忘其私。在下者亦不敢自爱，叫号纷呶，以攻讦其上之短。是二者可谓贤于天下之士矣，而犹未免为不知。何者？不知自安其身之为安天下之人，自重其发之为重君子之势，而轻用之于寻常之事，则是犹匹夫之亮[11]耳。

伏自明公执政，于今五年，天下不闻慷慨激烈之名，而日闻敦厚之声。意者明公其知之矣，而犹有越人之病也。辙读《三国志》，尝见曹公与袁绍相持久而不决，以问贾诩(12)，诩曰："公明胜绍，勇胜绍，用人胜绍，决机用绍。绍兵百倍于公，公画地而与之相守，半年而绍不得战，则公之胜形已可见矣。而久不决，意者顾万全之过耳。"夫事有不同，而其意相似。今天下之所以仰首而望明公者，岂亦此之故欤？明公其略思其说，当有以解天下之望者。不宣。辙再拜。

【注释】

（1）辙：苏辙自称。

（2）西蜀之人：苏辙生于四川眉山县，此县地处四川西部，故苏辙自称西蜀之人。

（3）魁垒：雄伟。

（4）自与于此：自己参加了（制科考试）。与，参与参加。

（5）要：要领，关键。

（6）恢廓慢易：宽宏怠忽，散慢轻侮。

（7）明公：指富弼，是一种尊称。

（8）秦越人：古代的一位名医。

（9）支：同"肢"。

（10）道：意为主张，思想，学说。

（11）亮：指三国时政治、军事家诸葛亮。

（12）贾诩：汉末著名谋士。

## 上曾参政书

辙闻之：士不更变，不可与图远[1]。新胜之家，知得而不知丧，知存而不知亡，始若可喜，而终不可久。

昔者辙读《书》至《秦誓》而得之，曰"番番良士，旅力既愆[2]，我尚有之。仡仡[3]勇夫，射御不违，我尚不欲。"夫昔之为此言者，盖亦已知之矣。孟明视、西乞术、白乙丙，此三人者，秦之豪俊有决之士。而百里奚、蹇叔子，此秦之所谓老耄而不武者也。穆公欲袭郑，孟明以为可，而蹇叔以为不可，则蹇叔之说无乃远于事情而近于怯哉。然而要其成败得失之终而责其思虑之长短，则蹇叔不可谓迂，而孟明不可谓是也。故曰："如有一个臣，断断[4]兮，无他技，其心休休[5]焉，其如有容焉。人之有技，若己有之；人之彦圣[6]，其心好之；不啻如自其口出，实能容之。以保我子孙黎民，尚亦有利哉！"

嗟夫！穆公至此而后知蹇叔之非庸人欤？今夫立于百官之上而宰天下之事者，亦何以其他技为哉！温良博爱而能容天下之士，斯可矣。往者辙之东游，而明公适为京兆。当此之时，明公之声上震于朝廷而下慑于闾里，行道之人为之不敢妄视，盗贼屏息而不作，可谓才有余矣。然至于参决大政而日韬其光，务为敦厚，不欲以才盖天下。上承二公，下拊百官，周旋揖让，而士大夫莫不雍容和穆以相与也。嗟夫！明公何以及此哉！

辙，西蜀之匹夫，往年偶以进士得与一命之爵，今将为吏崤黾之间，闲居无事，闻天子举直言之士，而世之君子以其山林朴野之人不知朝廷之忌讳，其中无所隐蔽，故以应诏。而辙也，复不自度量而言当世之事，亦不敢为莽卤不详之说，其言语文章，虽无以过人，而其所论说，乃有矫拂切直之过。窃独悲古者深言之人，遭时之不祥，一有所触，而其言不复见录于世。方今群公在朝，以君子长者自处，而优容天下彦圣有技之士。士之有言者，可以安意肆志而无患，然后知士之生于今者之为幸；而辙亦幸者之一人也。素所为文，家贫不能尽致，有历代论十二篇，上自三王而下至于五代，治乱兴衰之际可以概见，于此观其略可也。

【注释】

（1）图远：有更远大的企求。

（2）旅力既愆：失去了行军打仗的能力。旅力，参加军旅的能力。愆，失去。

（3）仡仡：壮勇的样子。

（4）断断：专诚守一。

（5）休休：宽容，容量大。

（6）彦圣：才德杰出的人。

# 上两制诸公书

辙读书至于诸子百家<sup>(1)</sup>纷纭同异之辩，后世工巧组绣钻研离析之学，盖尝喟然太息，以为圣人之道，譬如山海薮泽之奥，人之入于其中者，莫不皆得其所欲，充足饱满，各自以为有余，而无慕乎其外。

今夫班输、共工，旦而操斧斤<sup>(2)</sup>以游其丛林，取其大者以为楹，小者为梲，圆者以为轮，挺者以为轴，长者扰云霓，短者蔽牛马，大者拥丘陵，小者伏蓁莽，芟夷蹶取<sup>(3)</sup>，皆自以为尽山林之奇怪矣。而猎夫渔师，结网聚饵，左强弓，右毒矢，陆攻则毙象犀，水伐则执鲛鮀，熊罴虎豹之皮毛，鼍龟犀兕之骨革，上尽飞鸟，下及走兽昆虫之类，纷纷籍籍，折翅捩<sup>(4)</sup>足，鳞鬣委顿<sup>(5)</sup>，纵横满前，肉登鼎俎，膏润砧几，皮革齿骨，披裂四出，被于器用。求珠之工，随侯夜光<sup>(6)</sup>，间以颗玼<sup>(7)</sup>，磊落的皪<sup>(8)</sup>，充满其家。求金之工，辉赫晃荡<sup>(9)</sup>，铿锵交戛<sup>(10)</sup>，遍为天下冠冕佩带饮食之饰。此数者皆自以为能尽山海之珍，然山海之藏，终满而莫见其尽。

昔者夫子及其生而从之游者，盖三千余人。是三千人者，莫不皆有得于其师，是以从之周旋奔走，逐于宋、鲁，饥饿于陈、蔡，困厄而莫有去之者，是诚有得乎尔也。盖颜渊见于夫子，出而告人曰："吾能知之。"子路、子贡、冉有出而告人亦曰："吾知之。"下而至于邦巽、孔忠、公西舆、公西箴，此数子者，门人之下第者也，窃窥于道德之光华，而有闻于议论之末，皆以自得于一世。其后田子方、段干木之徒,讲之不详,乃窃以为虚无淡泊之说。而吴起、禽滑氂之类,又以猖狂于战国。盖夫子之道,分散四布,后之人得其遗波余泽者至于如此。而扬朱、墨翟、庄周、邹衍、田骈、慎到、韩非、申不害之徒,又不见夫子之大道,皇皇惑乱,譬如陷于大泽之陂[11],荆榛棘茨,蹊隧灭绝,求以自致于通衢[12]而不可得,乃妄冒蒺藜,蹈崖谷,崎岖缭绕,而不能自止。何者?彼亦自以为已之得之也。

辙尝怪古之圣人,既已知之矣,而不遂以明告天下而著之六经。六经之说皆微见其端,而非所以破天下之疑惑,使之一见而寤者,是以世之君子纷纷至此而不可执也。今夫《易》者,圣人之所以尽天下刚柔喜怒之情、勇敢畏惧之性,而寓之八物。因八物之相遇,吉凶得失之际,以教天下之趋利避害,盖亦如是而已。而世之说者,王氏、韩氏至以老子之虚无,京房、焦贡至以阴阳灾异之数。言《诗》者不言咏歌勤苦酒食燕乐之际,极欢极戚而不违于道,而言五际子午卯酉之事。言《书》者不言其君臣之欢,吁俞[13]嗟叹,有以深感天下,而论其《费誓》《秦誓》之不当作也。夫孔子岂不知后世之至此极欤?其意以为后之学者,无所据依感发以自尽其才,是以设为六经而使之求之,盖又欲其深思而得之也,是以不为明著其说,使天下各以其所长而求之。故曰:"仁者见之谓之仁,智者见之谓之智。"而子贡亦曰:"在人,贤者识其大者,不贤者识其小者。"夫使仁者效其仁,智者效其智,大者推明其大,而不遗其小,小者乐致其小,以自附于大,各因其才而尽其力,以求其至微至密之地,则天下将有终身校其说而无倦者矣。至于后世不明其意,患乎异说之多而学者之难明也,于是举圣人之微言而折之以一人之私意,而传疏之学横放于天下。由是学者愈怠,而圣人之说益以不明。

今夫使天下之人因说者之异同,得以纵观博览,而辨其是非,论其可否，推其精粗，而后至于微密之际，则讲之当益深，守之当益固。《孟子》曰："君子深造之以道，欲其自得之也。自得之，则居之安。居之安，则资之深。资之深，则取之左右逢其原。故君子欲其自得之也。"

昔者辙之始学也，得一书，伏而读之，不求其博，而惟其书之知，求之而莫得，则反覆而思之，至于终日而莫见，而后退而求其得。何者？惧其入于心之易，而守之不坚也。及既长，乃观百家之书，从横颠倒，可喜可愕，无所不读，泛然无所适从。盖晚而读《孟子》，而后遍观乎百家而不乱也。而世之言者曰：学者不可以读天下之杂说，不幸而见之，则小道异术将乘间而入于其中。虽扬雄尚然，曰："吾不观非圣之书。"以为世之贤人所以自养其心者，如人之弱子幼弟不当出而置之于纷华杂扰之地，此何其不思之甚也！古之所谓知道(14)者，邪词入之而不能荡，诐(15)词犯之而不能诈，爵禄不能使之骄，贫贱不能使之辱，如使深居自闭于闺闼之中，兀然颓然而曰"知道知道"云者，此乃所谓腐儒者也。古者伯夷隘，柳下惠不恭，隘与不恭，是君子之所不为也。而孔子曰："伯夷、叔齐不降其志，不辱其身。柳下惠、少连降志而辱身，言中伦，行中虑。虞仲、夷逸隐居放言，身中清，废中权。而我则异于是，无可无不可。"夫伯夷、柳下惠，是君子之所不为，而不弃于孔子，此孟子所谓孔子集大成者也。至于孟子，恶乡原之败俗，而知於陵仲子之不可常也。美(16)禹、稷之汲汲于天下，而知颜氏子自乐之非固也，知天下之诸侯其所取之为盗，而知王者之不必尽诛也，知贤者之不可召，而知召之役之为义也。故士之言学者，皆曰孔孟。何者？以其知道而已。

今辙山林之匹夫，其才术技艺无以大过于中人，而何敢自附于孟子？然其所以泛观天下之异说，三代以来，兴亡治乱之际，而皎然其有以折<sup>(17)</sup>之者，盖其学出于孟子而不可诬也。

今年春，天子将求直言之士，而辙适来调官<sup>(18)</sup>京师，舍人杨公不知其不肖，取其鄙野之文五十篇而荐之，俾与明诏之末。伏惟执事<sup>(19)</sup>方今之伟人而朝之名卿也，其德业之所服，声华之所耀，孰不欲一见以效薄技于左右？夫其五十篇之文，从中而下，则执事亦既见之矣。是以不敢复以为献，姑述其所以为学之道，而执事试观焉。

## 【注释】

(1) 诸子百家：先秦至汉初各种学派的总称。

(2) 斤：斧子一类的工具。

(3) 芟夷蹶取：铲除平定，竭尽而取。蹶，竭尽，枯竭。

(4) 捩：折，折断。

(5) 委顿：疲乏狼狈。

(6) 夜光：指夜光珠。

(7) 颣玼：毛病，缺点。

(8) 的皪：鲜明的样子。

(9) 晃荡：耀眼生辉的样子。

(10) 交戛：交错的响声。

(11) 陂：水边、岸。

(12) 通衢：四通八达的大道。

(13) 吁俞：感叹词。

(14) 知道：懂得，明白。

(15) 诐：不正，邪僻。

(16) 美：赞赏，以……为美。

（17）折：驳斥，使对方屈服。

（18）调官：官职迁转。宋制，地方官每三年一调。苏辙曾被受与渑池县主薄一职，但未赴任。

（19）执事：各部门的专职官员。这里指两制诸公。

# 上刘长安书

辙闻之：物之所受于天者异，则其自处必高，自处既高，则必趢然(1)有所不合于世俗。盖猛虎处于深山，向风长鸣，则百兽震恐而不敢出。松柏生于高冈，散柯布弃而草木为之不殖(2)。非吾则尔拒。而尔则不吾抗也。

故夫才不同则无朋，而势远绝则失众，才高者身之累也，势异者众之弃也。昔者伯夷、叔齐已尝试之矣，与其乡人立，以其冠之不正也，舍而去之。夫以其冠之不正也，舍之而去，则天下无乃无可与共处者耶？举天下而无可与共处，则是其势岂可以久也？苟其势不可以久，则吾无乃亦将病之？与其病而后反也，不若其素与之之为善也。伯夷、叔齐惟其往而不反，是以为天下之弃人也。以伯夷之不吾屑(3)而弃伯夷者，是固天下之罪矣。而以吾之洁清而不屑天下，是伯夷亦有过耳。古语有之曰："大辩若讷(4)，大巧若拙。"何者？惧天下之以吾辩而以辩乘我(5)，以吾巧而以巧困我。故以拙养巧，以讷养辩，此又非独善保身也，亦将以使天下之不吾忌，而其道可长久也。

今夫天下之士，辙已略观之矣：于此有所不足，则于彼有所长；

于此有所蔽，则于彼有所见。其势然矣。仄闻⁽⁶⁾执事之风，明俊雄辩，天下无有敌者，而高亮刚果，士之进于前者，莫不振栗而自失，退而仰望才业之辉光，莫不逡巡⁽⁷⁾而自愧。盖天下之士已大服矣，而辙愿执事有以少下之⁽⁸⁾，使天下乐进于前而无恐，而辙亦得进见左右，以听议论之末。幸幸甚甚。

**【注释】**

（1）趯然：跳跃的样子。

（2）散柯布弃：散乱的枝条落下来遍布地上。布，遍布。弃，遗弃，这里是从树上落下来之意。

（3）不吾屑：即不屑吾，对我不重视。不屑，不顾，不重视之意。

（4）讷：语言迟钝，不善于讲话。

（5）乘我：压服我。乘，这里当压服，欺压讲。

（6）仄闻：侧面听说，仄，侧面。

（7）逡巡：有顾虑而徘徊或退却。

（8）少下之：稍稍屈尊一些。下，降下。

## 贺欧阳少师致仕启⁽¹⁾

伏审累章得谢⁽²⁾，故邑荣归⁽³⁾。位冠东宫⁽⁴⁾，宠兼旧职。高风所振⁽⁵⁾，清议愈隆⁽⁶⁾。伏惟致政观文少师⁽⁷⁾，道德在人，术学盖世⁽⁸⁾。

早游侍从，蔚为议论之宗；晚入庙堂，隐然众庶之望。属三朝之终始⁽⁹⁾，更万变之勤劳。临事而安，莫测弛张之用⁽¹⁰⁾；释位既久⁽¹¹⁾，始知静镇之功。仰成绩之不刊⁽¹²⁾，信后来之难继。荐历三镇⁽¹³⁾，始终一心。知无不言，曾中外而易意⁽¹⁴⁾？老而弥壮，信贤达之过人。众皆以力事君，公独以道自任。仕以其力者，力衰而后去；进以其道者，道高则难留。故七十致仕，在《礼》则然⁽¹⁵⁾，而"六一"自名⁽¹⁶⁾，此志久矣。筑室清颍⁽¹⁷⁾，琴书足以忘忧；遗名四方，珪组盖已外物。谁欤治国，能就问以质疑？惟是门人，尚不拒其来学，辙以官守⁽¹⁸⁾，不获躬诣门屏⁽¹⁹⁾，谨奉启陈贺。

## 【注释】

（1）欧阳：欧阳修（1007—1072），庐陵吉水人，字永叔，自号醉翁、六一居士。

（2）伏审：匍伏知道。匍伏谓爬行，用以表谦。

（3）故邑：指颍州。

（4）东宫：太子所居之宫，也指太子。

（5）高风：高超卓越的风范。

（6）清议：公正的评论。

（7）致政：归还政事、辞职。

（8）术学：学术，此处指文学。

（9）三朝：仁宗、英宗、神宗三朝。

（10）弛张：时事的起落变化。

（11）释位：去位。

（12）仰：仰望。 不刊：不可磨灭。

（13）荐历三镇：多次历三州。

（14）易：悦，和悦。

（15）在《礼》则然：《礼·王制》："五十而爵，六十不亲学，七十致政。"

（16）六一：欧阳修晚年自号六一居士。

（17）清颍：清澈的颍水之滨。

（18）官守：居官守职。离不开工作岗位。

（19）躬诣：亲自到。 躬：亲身。 诣：到。 门屏：指家门。

# 答黄庭坚书

辙之不肖，何足以求交于鲁直[(1)]？然家兄子瞻与鲁直往还甚久，辙与鲁直舅氏公择相知不疏，读君之文，诵其诗，愿一见者久矣。性拙且懒，终不能奉咫尺之书，致殷勤于左右，乃使鲁直以书先之，其为愧恨可量也。

自废弃以来，颓然自放，顽鄙愈甚，见者往往嗤笑，而鲁直犹有以取之。观鲁直之书，所以见爱者，与辙之爱鲁直无异也。然则书之先后，不君则我，未足以为恨也。比闻鲁直吏事之余，独居而蔬食，陶然自得。

盖古之君子不用于世，必寄于物以自遣。阮籍以酒，嵇康以琴。阮无酒，嵇无琴，则其食草木而友麋鹿，有不安者矣。独颜氏子[(2)]饮水啜菽[(3)]，居于陋巷，无假于外，而不改其乐，此孔子所以叹其不可及也。今鲁直目不求色，口不求味，此其中所有过人远矣，而犹以问人，何也？闻鲁直喜与禅僧语，盖聊以是探其有无耶？渐寒，比日起居甚安，惟以时自重。

【注释】

（1）鲁直：黄庭坚，字鲁直，号山谷道人，与秦观、张耒、晁补之游于苏轼之门，人称苏门四学士。晚年位益黜而名益高，世人以他与苏轼并称苏黄。

（2）颜氏子：指孔子的学生颜回。春秋时鲁国人。好学，乐道安贫。一箪食，一瓢饮，不改其乐。不迁怒，不贰过，在孔门中以德行著称。后世儒家尊为"复圣"。

（3）啜菽：吃豆子。啜，吃。菽，豆类的总称。

## 陈州为张安道论时事书

伏以中外臣庶各有职事，越职而言，国有常宪[1]。臣守土陈州，非有言责而辄言之，计其狂愚，兹实有罪。然臣伏念顷以老疾不任吏事，陛下未忍废弃，亲择便地以遂安养。将辞之日，面奉德音。以为大臣之义，皆当为国谋虑，不宜以中外⁽²⁾为嫌，有所不尽。古人有言："虽乃身在外，乃心罔⁽³⁾不在王室。"伏惟圣德广大，无所不容，而臣自到任以来于今一岁，心目昏眩，有加无瘳⁽⁴⁾，故尝乞丐余生，求还闲舍，区区之诚久而未获。陛下视臣志气衰至此，岂复有意别白⁽⁵⁾是非而与世俗争议也哉！是以得失之间久无所与。今者窃有所怀，上为陛下参之官吏，下为陛下验之百姓，而安危之机实在于此。自惟受恩累圣，邦⁽⁶⁾之休戚，身实同之，志力虽衰，于义不可嘿已，然臣之所欲言者，非敢远引前古，逆探未然，以惑陛下之聪明也。凡皆陛下之所尝试，而臣愚之所与闻者耳。

臣伏见陛下即位之始，计虑深远，凡有所建，动合天心，始议山陵⁽⁷⁾，深恤费用之广，推明先帝薄葬之命，以诏有司。四方闻之，无不感泣。其后一年之间，诞布号令，劝率宗族惇孝弟之行，勉励州郡先农桑之政，复转对以广言路，议徭役以宽民力。盛德之事，不可具记。是时天下虽大变之后，而无不翘然想闻德音以忘其忧。两宫欢欣，九族亲睦；群臣万民，蒙福而安。纷纭之议，不至于朝廷；谤讟⁽⁸⁾之声，不闻于闾里。陛下优游无为，而天下已治矣。为国如此，岂不乐哉！陛下自今视之，当日之政，其可悔恨者凡有几？以臣视之，非独陛下无所悔恨，虽天下之人，亦未有以为失当者也。何者？政令简易而人情之所安耳。《易》曰："易则易知，简则易从。易知则有亲，易从则有功。有亲则可久，有功则可大。"向使陛下推行此道始终不变，则臣以为久大之功可得而致矣。

其后求治太切，用意过当，奸臣缘隙得进邪说，始议开边以中⁽⁹⁾上旨。于是延安有横山之谋，保安有招诱之计。陛下饶之以金帛，假之以干戈。小人贪功，虑害不远，轻发深入，结怨西戎，攘夺尺寸无用之土，空竭内府累世之积。大者疲弊秦、雍<sup>(10)</sup>，小者身死寇雠，西鄙骚然不宁，而陛下始一悔矣。

然而陛下天姿英果，有汉武宏达之量，虽复兵吏失律，而立功之意未尝少衰，是以左右大臣测知此心，复进财利之说。陛下乐闻其利，而未暇深究其害，于是举而从之，置条例司以讲求天下之遗利，己酉之秋，新政始出。自是以来，凡所变革，不可悉数：其最大者，一出而为常平青苗；再出而为拣兵并营<sup>(11)</sup>；三出而为出钱雇役<sup>(12)</sup>；四出而为保甲教阅。四者并行于世，官吏疑惑，兵民愤怨，谏争者章<sup>(13)</sup>交于朝，诽谤者声播于市。陛下不胜其烦，为之当宁<sup>(14)</sup>太息，日昃而不食矣。然犹幸其成功，力排众人之议，而固守之，天下方共厌苦，而不知其所止也。而拣兵并营之策，其害先见，武夫凶悍，为怨最深，为患最急。陛下知其不可，于是多支月粮，复收退卒，以顺适其意，而陛下既再悔矣。

然军中之口，犹复匈匈不靖<sup>(15)</sup>。陛下虽推恩抚之，而终不以为惠，反谓陛下畏之耳。不幸边臣失算，再生戎患。帷幄之臣，谋之不臧<sup>(16)</sup>，不务安之，而务挠之。临遣执政，付以疆事，多出金币，豫书诰敕，以成其深入之计。当此之时，天下之心，知其必败矣。而陛下与一二臣者方以为万举而万全。既而出兵无人之境，筑城不守之地，因弊腹心，以求无益之功，使秦晋之民，父子流离，肝脑涂地，戎人徼倖<sup>(17)</sup>受屈。已筑之城，随即倾覆，救援之兵，相继溃叛。四方震动，君臣宵旰。而后下罪己之诏，投窜元宰，以谢二鄙，而陛下既三悔矣。

夫此三者，方其未悔也，陛下亦以为是邪，非邪？陛下犯逆众心，力行而不顾，其必以为是，不以为非也。然而其终卒至于此。然则方今陛下之所是而未悔者，无乃亦类此欤！臣闻众而不可欺者，民也；勇而不可犯者，兵也；险而不可侮者，邻国也。今陛下既已欺民、犯兵而侮邻国矣！夫犯兵，侮邻，变速而祸小。至于欺民，则变迟而祸大。变速而祸小者，瓦解之忧也；变迟而祸大者，土崩之患也。今瓦解之忧陛下既知悔矣，而土崩之患陛下未以为意。此臣之所以寒心也。《易》曰："不远复[18]，无祗悔[19]，元吉。"事之未败也。陛下不悟其非，必俟其败而后悔，如向三者，则陛下之复已远，而悔亦大矣。

且臣观之，方今陛下之所是而未悔者，亦有三而已：青苗、助役、保甲。三者之弊，臣不复言矣。何也？言事者论其不可，非一人也，百姓毁坏支体、熏灼耳目、嫁母分居、贱卖田宅以自脱免，非一家也。陛下其亦知之矣，徘徊而不改，使民无所告诉。加之以水旱，继之以饥馑，积憾之民奋为群盗，侵淫蔓延，灭而复起，英雄乘间[20]而作，振臂一呼，而千人之众可得而聚也，如此而胜、广之形成，此所谓土崩之势也。臣恐陛下至此，虽欲复悔，而无所及矣。

故臣愿陛下取即位之政与今日之事而试观之，天下扰扰不安，孰与今日之甚？群臣交口争辩，孰与今日之众？陛下听览疲倦，孰与今日之多？悔恨自责，孰与今日之切？陛下诚以此较之，则不待臣言之终，而得失可以自决矣。且夫即位之政，陛下之本心也；今日之事，臣下之过计[21]也。陛下弃即位之本心而徇臣下之过计，臣窃以为过也。虽然，臣窃听之道路，方今陛下则亦悔之矣，悔之而不变，非陛下之意也，迫于建议之臣耳。夫人臣进谋于其君，苟事之不遂而变以从众，则人主有以测其深浅。人主有以测其深浅，则其用舍之命在于人主，此人臣之所以不便也。

臣窃痛陛下为社稷之计欲改过以安天下，而怙[22]权固位之臣持之而不释，陛下聪明睿知，废置自我，而独为此郁郁也。汉宣帝与赵充国议击匈奴，魏相[23]非之，以为当与平昌侯、乐昌侯、平恩侯及有识者详议乃可。此三人者，非贤于赵充国也，然而与国同忧乐，无侥幸功名之心与睎望[24]爵赏之意,则过于充国远甚。充国犹不可听,而况不如充国者哉!陛下将安民保国,而与喜功伐、好权利者谋之,臣不知其可也。臣不胜区区忘身忧国之诚,是以势疏[25]而言切,以便陛下察之。

【注释】

(1) 常宪:经常性的法令。

(2) 中外:朝廷内外。

(3) 罔:无,没有。

(4) 瘳:病好了。

(5) 别白:分辨。

(6) 邦:邦国,国家。

(7) 山陵:皇帝陵寝的代称,即皇帝的墓室。

(8) 谗:诽谤,怨言。

(9) 中:符合,适合。

(10) 秦、雍:秦地、雍地,当时都是宋的边疆。

(11) 拣兵并营:也是王安石等人创立的新法。大体是挑拣精兵,合并兵营。

(12) 雇役:即雇役法,也称免役法等,王安石新法之一。简单说,就是差役改为雇役的役法。宋代平民须服役,成为沉重负担,王安石于熙宁四年推行此法,不服役的人可出钱顶替服役,服役的人可按照役的轻重得到一定数量的酬金。

(13) 章:奏章。

(14) 当宁:犹当朝,在朝廷上。宁,路门外、门屏之间叫宁,古时天子在此接受诸侯的朝见。"当宁"引申为在朝庭上。

（15）訩訩不靖：汹汹然，不安静。靖，安静。

（16）臧：善，好。

（17）徽倦：导致疲惫。

（18）复：倒回来，回去。

（19）祇悔：只后悔。

（20）乘间：犹言乘机。间，间隙，机会。

（21）过计：过分的计谋。

（22）怙：依仗，凭借。

（23）魏相：当时为汉宣帝丞相。

（24）睎望：同希望。

（25）势疏：所处位置疏远。

# 自齐州回论时事书

臣自少读书，好言治乱。方陛下求治之初，上书言事，陛下不废狂狷，召对便殿，亲闻德音。九品贱官，自此始得登对论事。当此之时，陛下好问之声震动海内。愚贱之人笃信寡虑，以为天下之事可得徐陈遍举，指顾而定矣。既而误蒙恩泽，受职条例，抗论得失，与有司不合，得请外补[1]，于今七年。而天下之治安终未可见，臣窃疑之。

伏惟陛下天纵圣德，聪明睿智，不学而具，其于谋虑措置，曾何足云。然自顷岁[2]以来，每有更张，民率不服。盖青苗[3]行，而农无余财；保甲[4]行，而农无余力；免役[5]行，而公私并困；市易行，而商贾皆病。上则官吏劳苦，患其难行；下则众庶愁叹，愿其速改。凡此四者，岂陛下之圣明有所不知耶？臣以为非也。陛下之圣明，无所不知。何以言之？二年以来，陛下屡发英断，废置大吏，数其罪恶，明示臣庶，凡天下之所共疾恶者，陛下无一不知。由此观之，凡天下之所共厌苦者，陛下何所不察！今者皇天悔祸，启道圣意，易置辅相，中外踊跃，思睹宽政。而历日弥月，寂寞无闻，众心皇皇，如久饥而不得食。臣虽愚陋，窃独为陛下恨也。

陛下自即位以来，求治之心常若不及，意将以尧、舜之隆平，易汉、唐之浅陋。不幸左右不明，陵迟[6]以至于此，天下之人孰不知之？今也，既知其不可用而去之，又循其旧术而不改，将遂代之任咎[7]。此臣之所为陛下恨也。

且今天下之安危，智者不再计矣：水旱连年，死者将半；遗民饥困，盗贼满野；疆埸未宁，军旅在外；府库空竭，边馈[8]寡少。事之可忧者，何可胜数！术之不效，断可见矣。然陛下独迟迟而不决，意者己为之而己废之，恐天下有以窥其深浅耶。臣闻人主之德如天。天之于物也，炽然而旱，赤地千里，草木皆死，可谓虐矣。然至雷雨时作，膏泽洋溢，百谷奋起，民复粒食，鼓舞盛德而忘旱之虐。何者？度量广大，改过无疑也。如使密云而不雨，既雨而中止，迟疑犹豫，久而不忍，则天之生物尽矣。传[9]曰："君子之过也，如日月之食焉。过也，人皆见之；更也，人皆仰之。"

今陛下诚先治其心，使虚一而静，湛[10]乎彼我，得失莫能婴[11]也。去恶如弃尘垢，迁善如救饥渴，与民一新，罢此四事：青苗之既散者，要之以三岁而不收息；保甲之既团者，存其旧籍而不任事；复差役以罢免役之条；通商贾以废市易之令。行之期年而观之，苟民不安居，水旱复作，盗贼复起，财用复竭，诚有一事以忧陛下，臣请伏罔上⁽¹²⁾之诛，以谢左右。陛下诚不信臣，数年之后，亲受其弊矣。古人有言曰："一惭⁽¹³⁾，之而不忍，而将终身惭乎？"惟陛下为社稷筹之。

臣谨列四事之害，画一以献，不胜愚忠愤懑之诚，干犯天威，伏俟铁钺⁽¹⁴⁾。臣辙诚惶诚恐昧死上书。

【注释】

(1) 外补：旧时京官外调叫外补。

(2) 顷岁：近年。顷，时间很短。

(3) 青苗：指王安石推行的青苗法。

(4) 保甲：指王安石推行的保甲法。

(5) 免役：指免役法。

(6) 陵迟：衰落。

(7) 任咎：担当过失或罪责。

(8) 边馈：供给边疆的财物。

(9) 传：左传。

(10) 湛：澄清。

(11) 婴：束缚，缠绕。

(12) 罔上：欺骗皇上。

(13) 惭：惭愧。

(14) 伏俟铁钺：等待受刑，俟，等待。铁钺，用以行刑的兵器。

# 为兄轼下狱上书

臣闻困急而呼天，疾痛而呼父母者，人之至情也。臣虽草芥之微，而有危迫之恳，惟天地父母哀而怜之。

臣早失怙恃[1]，惟兄轼一人，相须[2]为命。今者窃闻其得罪逮捕赴狱，举家惊号，忧在不测。臣窃思念，轼居家在官，无大过恶，惟是赋性愚直，好谈古今得失，前后上章论事，其言不一。陛下圣德广大，不加谴责，轼狂狷寡虑[3]，窃恃天地包含之恩，不自抑畏。顷年通判杭州及知密州日，每遇物托兴，作为歌诗，语或轻发，向者曾经臣寮缴进[4]，陛下置而不问。轼感荷恩贷，自此深自悔咎，不敢复有所为。但其旧诗已自传播。

臣诚哀轼愚于自信，不知文字轻易，迹涉不逊，虽改过自新，而已陷于刑辟[5]，不可救止。轼之将就逮也，使谓臣曰："轼早衰多病，必死于牢狱，死固分也。然所恨者，少抱有为之志，而遇不世出[6]之主，虽龃龉于当年，终欲效尺寸于晚节。今遇此祸，虽欲改过自新，洗心以事明主，其道无由。况立朝最孤[7]，左右亲近，必无为言者，惟兄弟之亲，试求哀于陛下而已。"臣窃哀其志，不胜手足之情，故为冒死一言。

昔汉淳于公得罪，其女子缇萦，请没为官婢，以赎其父。汉文因之，遂罢肉刑。今臣蝼蚁之诚，虽万万不及缇萦，而陛下聪明仁圣，过于汉文远甚。臣欲乞纳在身官，以赎兄轼，非敢望末减其罪，但得免下狱死为幸。兄轼所犯，若显有文字，必不敢拒抗不承，以重得罪。

若蒙陛下哀怜，赦其万死，使得出于牢狱，则死而复生，宜何以报！臣愿与兄轼，洗心改过，粉骨报效，惟陛下所使，死而后已。臣不胜孤危迫切，无所告诉，归诚陛下，惟宽其狂妄，特许所乞，臣无任祈天请命，激切陨越<sup>(8)</sup>之至。

【注释】

（1）怙恃：扶持，保护。

（2）相须：相依。

（3）狂狷寡虑：狂妄急躁而缺少思虑。

（4）缴进：交进，交上。

（5）辟：法律，法度。

（6）不世出：意思是几世才出现。

（7）立朝最孤：在朝廷中最孤立。

（8）陨越：颠坠，跌倒。